Heinrich Steinfest
Der betrunkene Berg

PIPER

Zu diesem Buch

Ohne sie wäre er gestorben, dünn bekleidet, im Eis der Alpen. Das war wohl auch sein Plan, aber Katharina rettet den erfrierenden Mann, bietet ihm Unterschlupf in ihrer Buchhandlung. Auf 1.765 Metern Höhe betreibt sie ihren »Bücherberg«, der nun, im November, geschlossen bleibt. Sie behält den Fremden ohne Namen und Gedächtnis bei sich, vorübergehend, gibt ihm den Namen Robert, weil er so etwas »Roberthaftes« an sich hat. Die beiden lesen zusammen, er kocht für sie, und Stück für Stück beginnt er sich zu erinnern.

Heinrich Steinfest ergründet die überraschenden Wege, die Zufall und Schicksal uns im Leben einschlagen lassen. Und geht der Frage nach, was mit uns geschieht, wenn eine böse Tat das Leben in eine neue Richtung lenkt.

»Von packender Leichtigkeit.« *Berliner Zeitung*

Heinrich Steinfest wurde 1961 geboren und lebt zurzeit in der Nähe von Heidelberg. Seine Romane wurden bereits zweimal für den Deutschen Buchpreis nominiert: 2006 »Ein dickes Fell«, und 2014 gelangte »Der Allesforscher« auf die Shortlist. 2016 erhielt Heinrich Steinfest den Bayerischen Buchpreis für »Das Leben und Sterben der Flugzeuge«, 2018 wurde »Die Büglerin« für den Österreichischen Buchpreis nominiert.

Heinrich Steinfest

Der betrunkene Berg

Roman

PIPER

Mehr über unsere Autorinnen, Autoren und Bücher:
www.piper.de

Wenn Ihnen dieser Roman gefallen hat, schreiben Sie uns unter Nennung des Titels »Der betrunkene Berg« an *empfehlungen@piper.de*, und wir empfehlen Ihnen gerne vergleichbare Bücher.

Von Heinrich Steinfest liegen im Piper Verlag vor:
Markus-Cheng-Reihe: Cheng – Sein erster Fall · Ein sturer Hund – Chengs zweiter Fall · Ein dickes Fell – Chengs dritter Fall · Batmans Schönheit – Sein vierter Fall · Der schlaflose Cheng – Sein fünfter Fall · Die Möbel des Teufels – Frau Wolf und Cheng ermitteln · Gemälde eines Mordes – Frau Wolf und Cheng ermitteln

Tortengräber · Der Mann, der den Flug der Kugel kreuzte · Nervöse Fische · Der Umfang der Hölle · Die feine Nase der Lili Steinbeck · Mariaschwarz · Gewitter über Pluto · Die Haischwimmerin · Wo die Löwen weinen · Der Allesforscher · Das grüne Rollo · Das Leben und Sterben der Flugzeuge · Die Büglerin · Der Chauffeur · Amsterdamer Novelle · Der betrunkene Berg · Gebrauchsanweisung für Österreich · Gebrauchsanweisung fürs Scheitern

Unser Versprechen für mehr Nachhaltigkeit
• Klimaneutrales Produkt
• FSC®-zertifiziertes Papier
• Hergestellt in Europa

FSC www.fsc.org
MIX
Papier | Fördert gute Waldnutzung
FSC® C021394

Ungekürzte Taschenbuchausgabe
ISBN 978-3-492-31984-3
Januar 2024

Lektorat/Redaktion/Fotografien/Illustrator:
Umschlaggestaltung: zero-media.net, München
Umschlagabbildung: Heinrich Steinfest
Satz: Eberl & Koesel Studio, Kempten
Gedruckt von ScandBook in Litauen
Printed in the EU

1

Oh!

Soeben trieb die erste Schneeflocke am Fenster vorbei.

Man hätte meinen können, aus ihr, so klein sie auch war, leuchte eine Werbeaufschrift heraus: *Es lebe der Winter!*

Obwohl ja eigentlich noch Herbst war. Spätherbst.

Aber es war nun mal eine Werbung für den Winter, den diese Schneeflocke an diesem Ort durch die Luft trug. Werbung für den Winter und den aus dem Winter schlüpfenden Wintersport. Wie auch Werbung für den Umstand, dass Weihnachten sich näherte. Und wenn Weihnachten in der Nähe war, keimte ja stets die Hoffnung auf, es könnte sich um *weiße* Weihnachten handeln.

Hier oben jedenfalls würden sie ganz sicher weiß sein.

Das Fenster, an dem diese vermeintlich erste Schneeflocke vorbeitrieb, gehörte zu einem Geschäftslokal in 1.765 Metern Höhe. Ein Fenster, über dessen dekorierte Auslage hinweg man hinaus auf den Weg sah, der hochführte zu jenem Berggipfel, an dessen Fuß sich eine mächtige Schutzhütte befand und daneben dieser kleine Laden.

Kein Souvenirladen, kein Sportartikelgeschäft in luftiger Höhe, sondern … ja, eine Buchhandlung. Nicht gerade die größte auf der Welt, aber eine der höchstgelegenen, wenn nicht die Schönste aller hoch gelegenen.

Die Besitzerin des Ladens hieß Katharina Kirchner. Hätte jemand sie Kathi oder Katrin oder Trine zu rufen versucht … Glückwunsch! Das hatte sie bereits als Kind verstanden, eine Abkürzung oder Koseform ihres Namens niemals zuzulassen und sich eine Sprachfaulheit bezüglich ihres Namens zu verbieten. Auch ihre Eltern hatten das einsehen müssen.

Kirchner war jetzt dreiundvierzig. Und um es mit den Worten eines der Skilehrer zu sagen, die regelmäßig mit Gruppen von Tourengehern an der Schutzhütte und dieser Buchhandlung vorbeikamen: Sie war eine Schönheit, von der man nicht sagen konnte, ob sie besser zu ihren Büchern passe oder besser zur Rauheit der diesen Laden umgebenden Natur. Es war etwas Wildes an Katharina, aber eine Wildheit, die von ihrer Bildung und Kultur gebändigt schien. Weniger von einer Erziehung. Und ganz sicher nicht von jemand Drittem.

Zweimal verheiratet, zweimal geschieden, oft geliebt, oft verliebt war sie letztlich zur Überzeugung gekommen, die zweite Hälfte ihres Lebens – sie wusste mit merkwürdiger Sicherheit, einundachtzig oder zweiundachtzig, aber ganz sicher niemals dreiundachtzig zu werden – frei von einer Partnerschaft zu verbringen. Ihr diesbezüglicher Hunger war gestillt.

Es gehörte zu ihren Markenzeichen, ihr dunkles, langes Haar stets mit bedruckten Seidentüchern gebunden zu haben. Doch weder trug sie in ihrem Laden ein Dirndl noch Outdoor-Kleidung, sondern Kostüme von verhaltener Eleganz. Und fast immer Blusen, Blusen von der gleichen Art wie ihre Haarbänder. Auch wenn es kälter wurde. Diese Blusen verliehen ihr etwas Schwebendes und Luftiges. Zudem war Katharina das Gegenteil einer erfrorenen Frau.

Sie war eine Blusen-Frau, die hart im Nehmen war.

Natürlich verstand sie es auch, Wander- und Bergschuhe zu tragen, aber eben nicht, wenn sie in ihrem Laden stand. In ihrem Laden mit all den Büchern, die dicht gedrängt Regale und Tische und die eine, sehr breite, panoramaartige Auslage füllten. Bücher, die sich ausschließlich mit Bergen und Bergwelten befassten und auch immer dort spielten. Es war wirklich fast alles dabei, was jemals von deutschsprachigen Zungen über die Berge gesagt worden war. Oder von anderen Zungen in deutscher Übersetzung. Bücher von fanatischen Alpinisten und Alpinistinnen, waghalsigen Abenteurern, kämpferischen Frauen, poesiebegabten Naturbeobachtern, wie auch von Leuten, die lieber über die Berge schrieben, als auf ihnen herumzuklettern. Zudem führte Frau

Kirchner natürlich Wanderkarten, aber ebenso kleine Buchkunstobjekte, die sich in Inhalt und Form mit der Anziehungskraft ausgerechnet jener hoch gelegenen Regionen beschäftigten, die so gänzlich ungeeignet für die menschliche Existenz erschienen. Weshalb ja das Wandern und das Bergsteigen und das Skifahren und überhaupt die alpine Naturbegeisterung erst erfunden worden waren. Um an einem fremden, zu Waghalsigkeiten animierenden Ort zu sein. Woraus wiederum etwas Sakrales entstanden war. Selbst noch in Momenten, da man sturzbetrunken in einer Skihütte hockte und die letzte Abfahrt in der Art einer Todesspirale bewältigte. Am Berg war man Gott nun mal etwas näher, selbst als noch so gottloser Konsument.

In ihrem ersten Beruf hatte Katharina Bühnenbildnerin gelernt und war von ihrem Geburtsort Salzburg nach Norddeutschland gezogen, wo sie für mehrere kleine Theater tätig wurde. Doch die Arbeit mit Schauspielern und Regisseuren war ihr zusehends auf die Nerven gegangen. Letztlich war ihr vor allem der Regisseur auf die Nerven gegangen, mit dem sie sich in erster Ehe verheiratet hatte.

Aus dieser enervierenden Ehe und aus dieser enervierenden Bühnenbildnerei flüchtete sie schließlich ... ja, man kann es so ausdrücken: Sie flüchtete vom Norden in den Süden Deutschlands und dort in die Automobilindustrie. Sie übernahm einen Job in der Designabteilung eines bekannten Sportwagenherstellers, wo man trotz aller Arbeit am Computer auch noch Leute benötigte, die wirklich zeichnen konnten. Und Katharina konnte zeichnen. Sie besaß den Strich einer Schwimmerin. Sie *schwamm* über das Zeichenpapier.

Und während sie über das Papier schwamm und dabei half, mehrere neue Sportwagenmodelle zu entwickeln, lernte sie einen der Topmanager des Unternehmens kennen. Mit ihm ging sie ihre zweite Ehe ein. Auch diese blieb kinderlos. Es stellte sich heraus, dass Katharina keine Kinder bekommen konnte. Das war nun absolut nichts, was sie erschütterte. Es war ihr zweiter Mann, den dies erschütterte. Er war jemand, der seinen Namen in Form eines

Nachwuchses sehen wollte. Das war zwar nicht der einzige Grund für die Trennung, aber doch der entscheidende: sein Kindergetue und Kindergejammere, die Angst um seinen Namen. Er entließ Katharina aus ihrer beider Ehe und sie ihn.

Nicht ohne Abfindung. Was für ein passendes Wort! Sich mit etwas abzufinden. Katharina fand sich mit dem Umstand einer weiteren gescheiteren Ehe ab und benutzte das aus diesem Umstand gewonnene Kapital, um in die Stadt ihrer Kindheit und Jugend zurückzukehren, also Salzburg, dieses wie zur Stadt umgebaute Klavier.

Und von dieser klavierenen Stadt aus begann sie damit, den Plan einer hoch gelegenen Buchhandlung umzusetzen. Einer Buchhandlung, die zuerst einmal als eine Skizze auf dem Papier schwamm.

Sie suchte und fand den richtigen Ort und das richtige Haus: eine gar nicht so kleine ehemalige Winterschutzhütte im Besitz des Österreichischen Alpenvereins. Ein Verein, der sich überzeugen ließ, den bloß noch als Abstellraum genutzten holzverkleideten Komplex an Katharina zu verpachten, so, wie ja auch das große steinerne Schutzhaus daneben von einem Wirtsehepaar gepachtet worden war.

Zur Schutzhütte also die Buchhütte.

Natürlich war das nicht gerade eine Fußgängerzone, in der Katharina ihren Buchladen eröffnete. Oder eigentlich doch. Wenn man sich den Fußgänger hier als eine forcierte, von diversen hoch entwickelten Kleiderhüllen umgebene Form des alpinen Ausflüglers vorstellte. Die Schutzhütte befand sich in zweistündiger Entfernung von der Bergstation einer Seilbahn, die von einer Ortschaft des Salzkammerguts sommers wie winters die Gäste nach oben gondelte. Wanderer und Skifahrer.

Von den Wanderern – und im Winter von den Tourengehern und denen, die sich mit Schneeschuhen ausgerüstet hatten – waren es dann nicht wenige, die zu jener Schutzhütte hinübermarschierten, natürlich zum Ausruhen, zum Essen und Trinken, bevor es zurückging oder auch hoch zum Gipfel des Berges, an dem die Schutzhütte lag. Aber man besuchte eben auch den

Buchladen der Katharina Kirchner, der einen durchaus logischen Namen trug: *Bücherberg*. Und viele nannten den Laden gerne: *Katharinas Bücherberg*.

Und dieser Bücherberg erwies sich wahrlich als ein Geschenk, ein Geschenk in den Bergen.

Dieses »Geschenk« war freilich keine Goldgrube. Aber darum ging es auch nicht. Die entscheidenden Dinge im Leben sind nie Goldgruben. Wer an das Glück der Goldgruben glaubt, hat keinen Verstand und wird auch mit einer Villa am See oder einem Flug ins Weltall nicht zufrieden werden.

Katharina war einfach ein großartiger Buchladen in großartiger Höhe gelungen. Wobei zu ihrer Kundschaft auch Leute zählten, die es üblicherweise vermieden, irgendwelche Berge hochzusteigen oder wilde Naturen seilbahnmäßig zu erobern. Und doch ... sie taten es allein, um diesen kleinen Laden aufzusuchen. Einmal auch ein Hundertdreißigkilo-Mann, Besitzer einer der größten Privatbibliotheken des Landes, der wegen seiner Herzprobleme auf diesem Berg fast umgekommen wäre. Aber Katharinas Credo lautete: »Niemand stirbt auf diesem Berg.«

Sie konnte nicht ahnen, welche Bedeutung dieser Satz in diesem Jahr haben würde, als eine erste Schneeflocke den kommenden Winter werbewirksam einläutete. Spät im Herbst zwar, aber den Winter wie eine fröhliche Katastrophe ankündigend.

Als es dann geschah, lag bereits ein halber Meter Schnee am Berg. Es war Ende November, und die Schutzhütte hatte geschlossen. Deren Betreiber machten von Oktober bis Dezember Urlaub, bevor sie kurz vor Neujahr ihre Herberge samt Gastwirtschaft wieder aufsperrten und die Wintersaison begann, die von Januar bis März andauerte. In der Zeit von Oktober bis Dezember hatte darum auch Katharina ihren kleinen Buchladen geschlossen, allerdings blieb sie als einzige Person auf dem Berg. Sie verspürte kein Bedürfnis nach Urlaub. Zudem war es ein solcher Urlaub gewesen – kurz nach ihrer erfolgreichen Scheidung –, der sie praktisch ins Unheil geführt hatte. Aus dem sie zwar lebend wieder herausgekommen war, jedoch nicht ohne seelische Blessuren, nicht ohne das Gefühl, es gar nicht zu verdienen, noch am Leben zu sein, sondern eher dorthin zu gehören, wo jetzt andere waren, nämlich irgendwo am Grund des Meeres.

Das war dann auch der letzte Urlaub ihres Lebens gewesen, und es würde ganz sicher keiner mehr dazukommen. Aber ebenso wenig sehnte sie sich nach Salzburg, der Stadt, in der immerhin noch ihre Eltern lebten, ein in der partnerschaftlichen Auseinandersetzung eng verbundenes Paar. Katharina hatte als Jugendliche immer wieder vom »Weltkrieg« ihrer Eltern gesprochen und damit das Umfassende von deren Auseinandersetzungen gemeint. Nein, sie mied die klavierene Stadt und blieb auch in diesen drei Monaten geschlossener Häuser oben am Berg. Sie nannte es ironisch ihr *Shining*, auf den Roman von Stephen King und die Verfilmung von Stanley Kubrick anspielend: die Wahnsinns-Geschichte eines Mannes, der mit seiner Familie ein im Winter geschlossenes Hotel betreut und dabei den Verstand verliert. Denn auch Katharina sah zu, dass eben nicht nur ihr Buchladen, sondern auch die Schutzhütte gut durch diese drei Monate kam, bevor dann wieder der Tourismus und auch der eine oder andere Buchkäufer in die Landschaft einfiel. Allerdings konnte man wirklich nicht sagen, dass Katharina in dieser Zeit irgendeinem Wahnsinn anheimfiel, irgendwelche mondänen Hotelbars halluzinierte oder gar begann, Stimmen zu hören. Sondern eben nur die kleine, bescheidene Schnapstheke im Schutzhaus besuchte und sich selbst einschenkte.

Sie kam stets gut durch diese Zeit. Lesend, ihre Buchhaltung erledigend, die beiden Häuser pflegend. Sowie in der Küche der Schutzhütte für sich kochend. Wobei sie aber keine große Köchin war. Man konnte sagen, ihre Kochkünste folgten jener Vernunft, die aus einem hungrigen Menschen einen satten macht, ohne darum zu den Sternen aufgebrochen zu sein.

Und sie wanderte. Sie wanderte täglich im Schnee, zumeist hoch zur Spitze des Berges, an dessen Fuß ihr Buchladen sich befand. Ein Berg, der den Begriff *Kogel* in seinem Namen trug. Zwischen dem Gipfel dieses Kogels und der Hütte lagen knapp hundert Höhenmeter. Eine Strecke, für die sie gut eine Dreiviertelstunde benötigte.

Tag für Tag also, ohne je einer Person zu begegnen, was sich dann im neuen Jahr und mit der Öffnung der Alpenvereinshütte beträchtlich änderte.

Jetzt aber war sie mit dem Berg allein, stand an den Nachmittagen oben am Gipfel, oft wild umweht, mitunter im Sonnenschein, mitunter im Schneesturm, bekleidet mit einem weißen Anorak und einer weißen Skihose. Man hätte meinen können, sie spiele in der Winterszene eines James-Bond-Films. Ihr schimmerndes seidenes Haarband freilich stach dann doch recht deutlich aus dem Weiß der Umgebung heraus. Würde man sie in diesem Gelände orten müssen, es würde dank ihres Haarbands gelingen.

Aber es war dann *sie*, die jemanden ortete.

Es kam der Tag, an dem sie den Mann fand.

Ein Dienstag eventuell, vielleicht auch ein Mittwoch, jedenfalls ein bitterkalter, aber wolkenloser Tag. Das Blau des Himmels war so kräftig und dunkel, als sei ein wenig vom Schwarz des Weltalls in dieses Blau hineingetröpfelt. Während der Schnee auf eine Weise glitzerte, dass ein ironiebegabter Mensch hätte denken können, der Kristallglas- und Kitschhersteller Swarovski zeichne dafür verantwortlich.

So kalt die Luft auch war und sosehr der Wind in regelmäßigen Böen das blitzende und funkelnde Weiß aufwirbelte und darum dem fliegenden Schnee eine abgerundete Gestalt verlieh, kam Katharina dank der kräftigen Sonne und der Mühe des Aufstiegs dennoch ins Schwitzen. Derart, dass sie ihren weißen Anorak öffnete. Die Kälte drang durch das Gewebe der Skiunterwäsche wie winzig kleine, trommelnde Hände, die gegen Katharinas Brust klatschten. Der Schweiß floh in Panik, als fürchte er, vom Applaus erschlagen zu werden.

So marschierte sie also, den Serpentinen folgend, auf dem ihr so vertrauten Weg.

Kurz bevor sie den abschließenden Grat erreichte, der zu einem schmiedeeisernen Gipfelkreuz führte, erkannte sie im steilen Schneefeld, halb verdeckt von einer Wechte, etwas Dunkles. Aber nicht etwa ein Stück Felsgestein oder die Spitze einer den Schnee durchdringenden Latsche, sondern … Als sie das Ding erreichte, begriff sie, dass es sich um einen Menschen handelte. Einen groß gewachsenen, stämmigen, aber völlig leblos wirkenden Mann, dessen Bart und Augenbrauen und unter der Wollmütze grau hervorstehendes Haar von kleinen Eiszapfen behängt waren. Er trug zwar Wandersachen, doch für diese Verhältnisse viel zu dünne und zu leichte. So, wie er angezogen war, hätte er in den Sommer gehört. Aber Sommer war halt nicht.

Er hatte eine seitliche Haltung eingenommen, die Knie gegen den Oberkörper hochgezogen. An seinem Rücken klebte ein kleiner Schneehügel. Die Spuren, die er verursacht haben musste, um hier hinaufzugelangen, waren längst verweht. Es sah aus, als sei er aus einem Flugzeug gefallen.

Indem Katharina ihn berührte, fest nach seiner Schulter griff und ihn solcherart auf den Rücken drehte, vernahm sie ein leises Stöhnen, das wie ein verloren geglaubter Fluch zwischen seinen blutig vereisten Lippen ins Freie drang. Und es war wohl wirklich ein Fluch, ein knittriges »Verdammt!«. Das war dann aber auch schon das einzige Lebenszeichen, das der Mann von sich zu geben verstand. Seine Augen waren hinter den Eiszapfen geschlossen, sein massiger Körper in Wanderhose, Sportschuhen und einem dünnen, hellbraunen, zerschlissenen Pullover vollkommen starr.

Katharina kniete sich neben ihn und gab ihm rechts und links eine Ohrfeige. Was aber keinerlei Wirkung zeigte. Also wiederholte sie die Übung, wobei sie diesmal etwas mehr Kraft und Schwung in die beiden Schläge fügte. Kleine Eiszapfen flogen zur Seite. Es sah aus, als schüttle sie einen Weihnachtsbaum, von dem die Dekoration herunterfiel. Aber es half. Der Mann kam zu sich.

»Was?«, fragte er, während er seinen Kopf hob und sein linker Arm aus der Schneegrube wie ein verspätetes Eisenbahnsignal hochkam.

»Stehen Sie auf!«, wies ihn Katharina an.

»Nein!«, antwortete er, als würde in jedem Buchstaben dieses Worts ein einzelner Knochenbruch stecken.

»Wollen Sie hier erfrieren?«, fragte Katharina.

»Genau das will ich.«

»Blödsinn! Hoch mit Ihnen«, befahl sie.

Er weigerte sich noch immer. Und tat so, als würde er sich durch ein Hin- und Herrutschen noch ein Stück tiefer in den Schnee graben wollen.

Katharina aber griff entschieden unter seine Schulter und drückte ihn hoch.

Natürlich war sie nicht imstande, diesen gut hundert Kilogramm schweren Mann in die Aufrechte zu befördern. Aber die Anstrengung und Vehemenz, mit der sie ihn gepackt hatte, zeigte Wirkung. Psychologische Wirkung. Er verstand wohl, dass es keinen Zweck hatte, sich zu wehren. Und dass diese Frau eher sich selbst in Gefahr bringen würde, als ihn einfach hier liegen zu lassen.

So richtete er sich zuerst mit seinem Oberkörper auf. In dieser Haltung wartete er eine Weile, bevor Katharina erneut sein Bemühen einforderte und er schließlich unter einigen Klagen ob der Schmerzen, die er empfand, zurück auf seine zwei Beine fand.

Er mochte um die einsneunzig groß sein. Bullig, massiv, wie man so sagt: ein Bär von einem Mann. Aber ein sichtlich verzweifelter und stark geschwächter Bär. In einem Kinderstück hätte man dazu gesagt: ein vom Unglück verzauberter Bär.

Er stand nur kurz, dann fiel er wieder auf sein Hinterteil.

»Jetzt hören Sie auf, sich leidzutun, und strengen sich an«, sagte Katharina.

»Ich will sterben«, erklärte der Mann in der Tat recht wehleidig.

»Hier oben stirbt keiner«, erwiderte Katharina, so, wie sie es schon einmal gesagt hatte. Doch sie spürte bereits, dass es diesmal eine sehr viel weitreichendere Bedeutung haben würde.

Man kann sagen, sie witterte die Zukunft, die aus dieser Begegnung entstand. Sie ahnte, dass dabei – sowenig ihr das recht sein mochte – mehr herauskommen würde als damals, als ein hundertdreißig Kilo schwerer Buchkäufer Herzprobleme bekam und in der Folge mit einem Hubschrauber hinunter ins Tal gebracht wurde (und zwar nicht ohne das Buch, das er gekauft hatte, einen illustrierten Glocknerführer aus dem Jahre 1915, der angeblich Franz Kafka gehört hatte, zumindest gab es in diesem Buch eine Randzeichnung, die verblüffend genau Kafkas Kritzeleien ähnelte).

»Also los!«, sagte Katharina, reichte dem Mann einen ihrer weißen Skistecken und griff ihm seitlich unter den Arm, sodass sie mit ihrer rechten Schulter unter seine Achsel geriet, ihn von unten her stützte. Und auch von hinten, indem sie ihre Hand gegen seinen Rückenmuskel drückte. So begannen die beiden loszugehen, sie mit ihren Schneeschuhen, er mit seinen sommerlichen Turnschuhen, was natürlich dazu führte, dass er, der so viel Schwerere, mit jedem Schritt tief in den Schnee einsank, während Katharina eher über die weiche Fläche glitt.

»Nehmen Sie meine Schneeschuhe«, sagte sie, »dann kommen wir rascher vorwärts.«

Er nickte und fiel nach hinten. So saß er erneut auf seinem Hinterteil, während sie ihm ihre Schneeschuhe anschnallte.

»Üblicherweise«, erklärte Katharina, »binde ich einem erwachsenen Mann nicht die Schuhe, auch nicht die Schneeschuhe.«

»Dann hätten Sie mich nicht retten dürfen«, antwortete er leise.

»Oha«, meinte Katharina, »Sie können ja richtig sprechen.«

Er nickte, aber es war ein trostloses Nicken. Als wollte er die Bedeutung der Sprache gleich wieder herunterspielen.

»Na, kommen Sie, gehen wir weiter«, gab Katharina das Tempo vor.

Der Mann erhob sich nun ohne ihre Hilfe, schwerfällig, aber doch bereits in einer Weise, die eine gewisse körperliche Kraft vermuten ließ. Die verriet, dass dieser Mann, in Momenten, da er nicht gerade bewusstlos auf einem Berg herumlag, durchaus den einen oder anderen Gegenstand zu heben verstand. Und dass etwa eine Ohrfeige oder ein Kinnhaken aus seinen Armen beträchtliche Wirkung besaß. Es sah nicht so aus, als habe er die vergangenen Jahrzehnte fast nur auf einem Schreibtischsessel zugebracht.

Wie alt mochte er überhaupt sein? So um die fünfzig etwa. Oder besser gesagt, *gut* fünfzig.

»Wie heißen Sie denn?«, fragte Katharina.

»Und Sie?«, fragte er zurück.

Sie nannte ihren Namen.

Er aber erklärte, er wisse nicht, wie er heiße. Er könne sich an seinen Namen einfach nicht erinnern.

»Hören Sie auf, mir eine Amnesie vorzuspielen.«

»Es ist aber so«, sagte er, »ich weiß es wirklich nicht.«

»Und auch nicht, wie Sie hier hochgekommen sind?«

»Zu Fuß, nehme ich an.«

»Ach nein«, meinte Katharina. Es war ein hübscher Spott in ihrem Gesicht. Als würde ihr Mund näher an ihre Augen heranrücken und Mund und Augen sich gegenseitig ihren Zweifel bestätigen. Ein Ausdruck, an den sich *der Mann aus dem Schnee* noch würde gewöhnen müssen.

»Mehr weiß ich auch nicht«, sagte er.

»Aber schon, dass Sie hier sterben wollten.«

»Ja, das stimmt. Könnte aber nicht sagen, warum und wieso. Doch einen guten Grund wird es wohl geben.«

»Ja, man stelle sich einen schlechten Grund für so was vor«, sagte Katharina, meinte dann aber, dass man das Philosophieren auf später verschieben solle. Denn in der Tat kündigte sich ein Wetterwechsel an. In der Ferne drohte eine graue Wand, die sich beeilte, das Blau des Himmels auch über jenem Hang abzudecken, an dem Katharina und der Mann standen.

Die beiden nahmen ihren Weg wieder auf, der Mann nun mit Schneeschuhen nicht mehr ganz so tief einsinkend, Katharina jetzt mit bloßen Bergschuhen geschickt einen Weg vorgebend, den sie, wie man so sagt, auswendig kannte. Was auch gut war, da sich die Lichtverhältnisse tatsächlich rasch zur Dunkelheit hin verkehrten. Dazu wehte es jede Menge Schnee heran, nicht mehr in der kreisrunden Art vom Boden gewehter Flocken, sondern mit großer Heftigkeit aus dem Himmel herbeigetragen. Sodass Katharina sich die Mütze ihres Anoraks überziehen musste, etwas, was sie sehr ungerne tat: ihren Kopf einsperren. Ein Gefühl, das freilich nicht für ihr omnipräsentes Haarband galt, das sie als einen Teil ihres Kopfes begriff.

Jetzt aber war der Sturm einfach zu heftig, um sich alleine mittels eines Haarbandes zu schützen. Der Mann an ihrer Seite hingegen war noch immer viel zu leicht angezogen. Bär hin oder her, ihm war schließlich kein Fell gewachsen.

»Beeilen wir uns!«, sagte sie und erhöhte die Geschwindigkeit des Marsches durch den Nacht gewordenen, schneegepeitschten Nachmittag.

Sie schafften es. Es mochten noch einige Eiszapfen am Bart des Mannes dazugekommen sein, doch von Katharina geführt und angetrieben, fiel er – der sich weder an seinen Namen noch an den Grund für sein Sterbenwollen auf diesem Berg erinnern konnte – in das rettende Innere des *Bücherbergs*. In einen Raum, in dem die Wärme nicht nur vom Anblick der dicht gedrängten Bücher in den Regalen stammte, sondern auch von einer funktionierenden Heizung. Alsbald noch verstärkt durch einen verglasten Kamin, dessen aufgeschichtete Holzscheite Katharina sogleich in Brand setzte. Mit einer Bewegung, die etwas von einem Fingerschnippen besaß.

Nein, sie war keine Magierin, natürlich nicht, aber manche ihrer Bewegungen besaßen nun mal die Aura verhexter Handlungen.

Und das galt auch für die Art und Weise, wie sie jetzt den Mann ganz leicht berührte – irgendwo an der Schulter, als würde sie eine Akupunkturnadel ansetzen: kleiner Punkt, große Wirkung – und der Mann dadurch nach hinten kippte, hinein in einen tiefen Ledersessel, der von einem Halbkreis aufgereihter Bücherstapel umgeben war. Und so landete er wie ein glücklich erlegtes Wild in diesem alten, geäderten roten Sessel (so ein Rot wie auf den Lippen einer hundertjährigen Baronin, die es in ihrem Leben auf ein paar Zigaretten zu viel gebracht hatte, aber halt nicht umzubringen war).

Katharina kniete sich vor den Mann hin und zog ihm die leichten Sportschuhe herunter, dann die viel zu dünnen Socken. Darunter waren seine Füße. Mächtige Füße, wie ja der ganze Mann etwas Mächtiges und Schrankartiges an sich hatte. Aber bei aller Macht wiesen diese Füße Erfrierungen ersten Grades auf. Katharina konnte es sehen, die graugelbe Verfärbung, wie altes Papier, zudem kleine Bläschen an den Zehen. Und sie konnte es spüren, als sie jetzt die Haut berührte, so hart und kalt, als streiche sie über eine Oberfläche aus Metall. Als wär's eine Prothese.

»Okay«, sagte sie, »raus aus den Klamotten. Ich bringe Ihnen Decken und mache Ihnen ein Wasserbad für die Füße. Und ich rufe die Bergrettung.«

»Nein!« Er schrie es richtiggehend.

»Was denn, kein Wasserbad?«

»Keine Bergrettung. Bitte!«

»Na gut, darüber reden wir nachher. Jetzt ziehen Sie mal das kalte, nasse Zeug aus. Ganz!«

Sie ließ ihn alleine und bewegte sich in einen Raum, der hinter dem Buchladen lag. Ihr Privatbereich, in welchem alles sich in einem einzigen Zimmer zusammendrängte: eine kleine Küche, der Wohnzimmerbereich, ein Bett für eine Frau, ein Kasten für eine Frau, ein Schreibtisch für eine Frau, seitlich ein kleines Lager für Bücher, die vorne im Laden keinen Platz gefunden hatten. Zudem eine sehr schmale Nasszelle. Nur die Toilette lag außerhalb, ein Wasser sparendes Trennklo auf der Rückseite des *Bücherbergs*.

Katharina zog eine Rettungsdecke aus dem Notfallkoffer – ein goldenes Ding, das aussah wie eine zu einer ultradünnen Fläche gepresste Barockkirche – und holte eine kleine Plastikwanne aus dem Schrank, die sie mit warmem, aber nicht heißem Wasser füllte.

Damit kehrte sie zu dem Mann zurück, der nun tatsächlich völlig nackt vor dem alten, roten Ledersessel stand. Ein frierender, blasser Bär, dem das Schmelzwasser aus seinem Bart und dem dunklen, von grauen Strähnen durchzogenen, vollen Haar heruntertropfte.

Sie betrachtete ihn ganz kurz, weder interessiert noch abschätzig, sondern den gut fünfzigjährigen Körper einfach zur Kenntnis nehmend: die athletische Brust, wie sie da in einen nicht ganz so athletischen, viel gutes Essen und viel guten Alkohol verratenden Bauch überging. Keine Kugel, wie bei dünnen Menschen, sondern ein von unterhalb des Brustkorbs bis tief in den Bereich des Beckens führender massiver Vorbau. In dessen Schatten ein mittelgroßes Geschlecht hing. Dazu breite Oberschenkel, Oberschenkel eines Gewichthebers. Auch sehr breite Schultern, auf die gut und gern ein Medizinball gepasst hätte. Allerdings insgesamt sehr viel weniger Behaarung, als man bei einem Mann mit einem solchen Bart und einem solchen Haupthaar hätte vermuten dürfen. Man sah diesem Körper auch seine Wendigkeit an, dieses Vermögen, sich selbst mit hundert Kilo etwa aus einem Startblock zu katapultieren.

Katharina faltete die Decke auseinander und legte sie mit Schwung um die Schulter des Mannes, überlappte die Enden auf der Vorderseite und ließ den Geretteten – erneut jenen vitalen Punkt berührend – zurück in den Sessel fallen. Sodann breitete sie über die Golddecke auch noch eine dicke Wolldecke. Und wies ihr Gegenüber an: »Jetzt stecken Sie Ihre Hände in die eigenen Achselhöhlen, das ist die beste Art sich zu wärmen.«

Was natürlich mit den Füßen nicht ging, weshalb Katharina die Wanne mit dem warmen Wasser herbeischob und die Füße – als hebe sie zwei Brocken von Marmor an – ins Wasser tauchte.

»Ich spüre nichts«, sagte der Mann nicht ohne Schrecken.

»Das wird sich bald ändern.«

Klar, eine wichtige Regel bei Unterkühlung ist, im Freien frierend keinen Schnaps zu sich zu nehmen. Schnaps, der einem zuerst zwar etwas einheizt, dann im Zuge weit gestellter Gefäße aber noch stärkere Einbußen an Wärme bewirkt und den Betreffenden zusätzlich vergessen lässt, in welch prekärer Situation er sich befindet. Aber im Freien war man ja nicht mehr, glücklicherweise, weshalb Katharina nun nach einer Flasche Cognac griff und diesen in zwei Gläser einschenkte. Ein Glas reichte sie dem Mann, eins war für sie selbst.

So tranken sie, Retterin und Geretteter.

»Scheiße, das tut weh«, sagte der Mann.

»Der Cognac?«, fragte Katharina. Dabei machte sie wieder dieses typische Gesicht, bei dem sich ihre Augen und ihr Mund einander näherten und zusammen einen Zweifel zum Ausdruck brachten.

»Nein, die Füße«, erklärte der Mann. »Sie brennen.«

»Ich sagte es doch. Natürlich brennen sie«, meinte Katharina kalt, »weil dank des warmen Wassers wieder das Leben in ihre Füße zurückkehrt. Und das Leben tut halt weh.«

»Ist das Ihre Philosophie?«

»Absolut«, gab die Buchhändlerin in den Bergen zur Antwort. Dabei lächelte sie jedoch in einer Weise, die wohl meinte – nun standen ihr Mund und ihre Augen etwas weiter auseinander als üblich, das Gesicht zog sich also ein Stück in die Länge –, dass nicht alles, was sie sagte, auch ernst zu nehmen sei. Dass manches einfach Spott war. Dass die Welt aber diesen Spott verdiente.

Dann jedoch kehrte Katharina zu der Frage zurück, wieso sie nicht die Bergrettung rufen, zumindest informieren solle, damit die am nächsten Tag kommen und ihn hinunter ins Tal befördern könnte.

»In dem Zustand, in dem Sie sind«, sagte sie, »werde ich es nicht riskieren, Sie alleine hinüber zur Bergstation der Seilbahn zu bringen.«

»Ich will weder zur Bergstation noch ins Tal«, antwortete er mit Schmerzen in der Stimme. Das Leben in seinen Füßen war jetzt mächtig angeregt. Allein gelindert von dem Cognac, den er hinunterschluckte, wozu es nötig gewesen war, eine seiner Hände aus der Wärme der Achselhöhle zu ziehen.

Er erklärte, bleiben zu wollen.

»Ich bin kein Hotel«, sagte Katharina.

»Was sind Sie eigentlich?«, fragte er und sah sich um. »Eine Buchhandlung? Oder träume ich das nur? Auf wie viel Metern sind wir?«

»Auf über eintausendsiebenhundert. Und ja, es ist eine Buchhandlung.«

»Also träume ich.«

»Na, dann hätten wir den gleichen Traum«, meinte Katharina. »Und das ist eher unwahrscheinlich. Außer, einer von uns ist bloß eine Figur im Traum des anderen. Aber das wollen wir doch nicht annehmen, oder? – Also noch einmal, was stellen Sie sich vor? Hierzubleiben?«

»War da draußen nicht eine große Berghütte?«, erinnerte sich der Mann.

»Ja, aber die hat geschlossen, die öffnet erst wieder zu Neujahr.« Sie erklärte ihm die Umstände an diesem Ort und dass eben *Bücherberg* und Schutzhütte pausieren würden.

»In der Zwischenzeit halte ich die Stellung«, sagte sie.

»Welchen Tag haben wir eigentlich?«, fragte er.

»Den 28. November.«

»Das wäre somit ein Monat, bis die Schutzhütte wieder in Betrieb geht.«

»Richtig.«

»Lassen Sie mich hierbleiben. Diesen einen Monat.«

»Wieso denn, um Himmels willen? Abgesehen davon, Sie könnten ein Mörder oder Schlimmeres sein.«

Er fragte sie nicht, was denn schlimmer als ein Mörder sei, sondern meinte erneut: »Dann hätten Sie mich nicht retten dürfen.«

»Und das wollen Sie also bestimmen.«

»Ich bitte Sie nur.«

»Ich habe doch gar nicht den nötigen Platz. Das ist ein kleiner Laden mit einer wirklich kleinen Wohnung. Und hinüber in die Schutzhütte kann ich Sie nicht lassen. Wenn das rauskommt … ich würde meine Schwierigkeiten kriegen.«

»Lassen Sie mich doch einfach in diesem Ledersessel bleiben.«

»Das ist ein Sessel, um darin zu lesen.«

»Gut. Ich kann darin auch gerne lesen. Lesen und schlafen.«

»Ach ja! Einen ganzen Monat lang?«

»Wieso nicht? Lesen, schlafen und mich erinnern. Erinnern, warum ich hier hochkam und sterben wollte. – Ich meine, Sie haben mich nicht sterben lassen. Also dann lassen Sie es zumindest zu, dass mir wieder einfällt, was geschehen ist. Sterben oder sich erinnern.«

»Erinnern können Sie sich auch unten im Tal.«

»Nein«, sagte er. »Sonst wäre ich ja nicht hier hochgeklettert.«

»Mit solchen Schuhen sind Sie kaum geklettert«, sagte Katharina, schüttelte den Kopf und meinte: »Gütiger, was mache ich bloß mit Ihnen?«

»Einen Monat«, bat er erneut.

Sie überlegte, dann fragte sie: »Sie sehen mir immerhin aus, als könnten Sie einen Nagel in die Wand schlagen.«

»Wieso sagen Sie das?«

»Es ist einiges im Laden zu tun, bevor im Januar die Saison beginnt. Diverse Umbauarbeiten.«

»Und was, wenn ich zwei linke Hände habe?«, fragte er. »Ich weiß nicht, ob ich ein guter Handwerker bin. Wo ich mich doch nicht einmal an meinen Namen erinnern kann und wieso ich unbedingt sterben wollte.«

»Das sind Automatismen«, erklärte Katharina, »die vergisst man nicht, wie man einen Namen vergisst. Das ist wie Klavierspielen, Französisch sprechen oder wissen, dass mit Kafka ein Schriftsteller gemeint ist und nicht etwa der Name einer Schokoladentorte.«

»Dann sagen wir also, ich bin ein passabler Handwerker, und Sie behalten mich darum hier, damit ich Ihnen einen Nagel in die Wand schlage.«

»Gut«, meinte Katharina, »so kann ich mir einreden, es hätte einen Sinn, Sie aufzunehmen. Sie also weder zum Teufel zu schicken noch die Bergrettung zu verständigen. Oder mich bei der Polizei zu erkundigen, ob man auf der Suche nach einem Mann ist, der so aussieht, wie Sie aussehen.«

»Wie sehe ich denn aus?«, fragte er.

»Seien Sie nicht unverschämt.«

»Okay, verzeihen Sie«, sagte er und betonte noch einmal, sich jetzt ziemlich sicher zu sein, handwerkliche Fähigkeiten zu besitzen. Wie er ja auch wisse, dass Kafka keine Schokoladentorte sei.

Katharina jedoch erklärte: »Schon, aber ohne Namen geht es einfach nicht.«

»Wie meinen Sie das?«

»Mein Gott«, sagte Katharina, »ich muss Sie doch irgendwie ansprechen können. Zumindest mit einem Vornamen.«

»Nun ja, ich …«

»Robert«, sagte Katharina direkt heraus.

»Robert? Wieso ausgerechnet?«

»Ich finde, dass Sie etwas Roberthaftes an sich haben.«

»Und das wäre?«

Sie sagte, das Merkwürdige sei, dass, wenn man den Namen Französisch ausspreche, er eher weich und fragil klinge, auf Deutsch aber etwas ungemein Robustes besitze.

»Sie halten mich für robust?«

»Na ja, ich habe Sie gerade aus dem Eis gezogen, und dafür schauen Sie eigentlich ganz gut aus. – Also, wir bleiben bei Robert.«

Der Mann, der soeben Robert getauft worden war, nickte.

»Was aber nicht bedeutet, dass wir uns duzen werden«, bestimmte Katharina. »Wir bleiben beim Sie. Wir wollen schließlich keine Freunde werden, nicht wahr? Ach, was rede ich. Ich hole Ihnen noch etwas warmes Wasser.«

Und das tat sie dann.

Als sie zurückkam, hatte er die Augen geschlossen. Er schlief. Sie legte ihm die Hand auf die Stirn. Klar, er fieberte. Aus seinem Mund drang ein Geräusch, wie wenn ein Berg atmet. Ein schwer atmender, vom vielen Bergsein erschöpfter großer Stein.

Sie füllte warmes Wasser nach und ließ die Füße noch einige Zeit darin. Währenddessen holte sie – magisch angezogen – ein Buch aus einem der vielen Regale, die die Wände ihres Ladens bedeckten. Ein Buch, das schon sehr lange an dieser Stelle stand und das zu lesen sie sich auf eine rätselhafte Weise gescheut hatte. Ein Buch, das immerhin dem Berg gewidmet war, auf dem man sich befand. Allerdings kein Reisebericht, sondern die autobiografische Erzählung jenes Mannes, dem die touristische Erstbesteigung zu verdanken war.

Das Buch war 1905, wenige Jahre nach dem Tod des Autors, in einer kleinen Auflage in einem Wiener Verlag erschienen und erlitt das Schicksal, gar nicht erst in Vergessenheit geraten zu können, weil es gar nicht erst Bekanntheit erlangte. Dennoch wurde es in den späten 1990er-Jahren von einem Tiroler Literaturwissenschaftler wiederentdeckt und erneut verlegt. In einer wirklich schönen Ausgabe. Mit einem ausführlichen Nachwort des Herausgebers.

Was hatte Katharina so lange davon abgehalten, es zu lesen? Weil sie darin etwas zu erfahren glaubte, was ihr die Freude an diesem Berg, an dieser Gegend nahm? Unsinn! Dann schon eher der Umstand, dass es von einem katholischen Priester geschrieben worden war, einem Mann namens Simon Schindler, der aus Axams bei Innsbruck stammte, zuletzt in der Verwaltung der Erzdiözese Wien tätig gewesen war und 1902 achtunddreißigjährig bei einem Besuch in Mailand starb. Eine gewisse Zeit aber als Seelsorger ebenjene Gemeinde unten im Tal betreut hatte, zu der Katharinas Berg gehörte.

Das Erregendste daran war … nun, sie konnte es nicht ändern, auch wenn es schlimm klang, das Erregendste war der Umstand, dass Simon Schindler recht jung verstorben war. Noch dazu in Mailand. Was hatte ein österreichischer Priester in Mailand zu suchen gehabt? Urlaub wohl kaum.

Sie hatte also weder die Erzählung noch das Nachwort gelesen. Doch nun schien es ihr an der Zeit. Jetzt, wo sie diesen Fremden knapp unterhalb des Gipfels gefunden hatte.

Der Einband des Buches war in einem durchgehenden Rostrot gehalten, während der Titel wie der Name des Autors gleich der Struktur eines Gebirgsmassivs aus der Oberfläche hervorstachen.

Selbstporträt eines lächelnden Mannes auf der Spitze des Berges.

So einen Titel musste man erst einmal auf der Vorderseite eines Schutzumschlags unterbringen, ohne den Eindruck einer überfüllten Seilbahngondel zu vermitteln.

Katharina hatte das schon lange nicht mehr getan … Nein, das hatte sie noch nie getan, sich zusammen mit einer zweiten Person ein Buch gegenseitig vorzulesen. Etwas, was durchaus wieder in Mode gekommen war, jetzt, da so viele Methoden der Liebesbekundung an ihr ästhetisches Ende gelangt waren und manche Paare sich wieder an alten Formen orientierten.

Natürlich hatte Katharina nicht vor, sich in Liebesbekundungen zu diesem aus dem Himmel gefallenen Mann zu ergehen, aber irgendwie würde man die gemeinsame Zeit überstehen müssen. Und den Kerl immer nur einen Nagel in die Wand schlagen und Regale montieren zu lassen, wäre dann doch zu wenig gewesen.

Mal sehen, sagte sie sich, wie der Mann, dem sie den Namen Robert gegeben hatte, sich als Vorleser und vor allem als Zuhörer eignete. Mal sehen.

Katharina legte das Buch auf die Mitte ihrer kleinen Verkaufstheke, schenkte sich ein weiteres Glas Cognac ein und nahm einen gediegenen Schluck. Sodann holte sie die Füße des schlafenden und fiebernden Mannes aus dem warmen Wasser, trocknete sie vorsichtig ab und legte Bandagen um die betroffenen Hautpartien. Robert rührte sich nicht.

Katharina trank ihr Glas aus und begab sich nach hinten in ihren Wohnbereich.

Robert blieb zurück wie ein leibhaftig gewordenes dickes Buch unter anderen dicken und nicht ganz so dicken Büchern.

Und alle waren sie auf irgendeine Art fiebrig.

2

Katharina hatte sich nur kurz hinlegen wollen, war dann aber vom Schlaf überwältigt worden und erst zeitig in der Früh erwacht. Sie war eine gute Schläferin, und sie war eine gute Frühaufsteherin. Draußen war es noch finster, auch wenn die Nacht an ihr Ende kam, so, wie auch dem nächtlichen Sturm langsam die Kraft ausging und er in einen eisig kalten, aber ruhigen und wolkenlosen Tag übergehen würde.

Sie griff nach ihrem Smartphone und sah nach, was in der Welt unten so vor sich ging. In einer Welt, die aus der Höhe betrachtet immer gleich weit entfernt schien, egal, welcher Flecken der Erde damit gemeint war, egal, ob es sich um die innenpolitische Komödie handelte, ein hysterisch bejubeltes Fußballspiel oder das große Welttheater, welches letztlich immer ein zu globaler Größe aufgeblasenes Provinztheater war, wo sich alle gegenseitig beschuldigten, Bananenrepubliken und Schurkenstaaten zu sein.

(Richtig, im *Bücherberg* gab es WLAN, eine Anschaffung nicht des Alpenvereins, sondern Katharina selbst hatte veranlasst, dass eine Außenantenne fix an ihrem Laden angebracht wurde. Eine Antenne, die die Signale der Mobilfunkstationen der Umgebung verstärkte und dank eines speziellen Modems das Breitband-Internet in die Hütte trug. Katharina nannte es den »langen Schatten der Welt«, der es sogar bis in solche Regionen schaffte. Wobei sie das Funknetzwerk auch als Buchhändlerin benötigte, um in Kontakt zu ihrer Kundschaft und ihren Lieferanten zu bleiben. Und nicht zuletzt darüber informiert zu sein, welches Glück und Unglück dem Büchermarkt soeben beschert wurde.

Keine Frage, drüben in der Schutzhütte gab es auch ein Satellitentelefon und eine Funkstation. Für die wirklichen Notfälle.)

Nach erfolgter Weltschau legte Katharina ihr Smartphone zur Seite, erhob sich aus ihrem Bett und bewegte sich zu der kleinen Küchenzeile. Dort griff sie nach ihrer mechanischen Kaffeemühle, füllte sie mit einer Handvoll Bohnen, und indem sie in ihrem kleinen Zimmer auf und ab ging, zerkleinerte sie die Bohnen zu einer frischen Menge feinen Pulvers. Dieses tat sie in das Sieb ihrer Espressomaschine und erhielt nun eine belebende Flüssigkeit »hoch konzentrierten Kaffees«, dessen goldbrauner Schaum eine ungesüßte Dunkelheit bedeckte. Geradezu eine Verbeugung vor der soeben zu Ende gehenden Nacht.

Katharina nahm einen kleinen Schluck, verblieb einen Moment ihrerseits hoch konzentriert im Erlebnis der Wirkung und wechselte sodann, noch immer mit ihrem maulbeerfarbenen Seidenpyjama bekleidet – praktisch die Bluse ihres Nachtschlafs –, nach vorne in den Bücherladen.

Robert schlief noch. Er schlief und schnarchte. Es war ein Schnarchen wie aus größter Not. Unter der Decke ragten seine bandagierten Füße hervor. Die auch in solcher Kleidung noch immer den Eindruck von Marmor besaßen.

Katharina legte ihren Handrücken auf seine Stirn, wobei sie unter das wild ins Gesicht stehende Haar greifen musste. Es war nicht mehr die Hitze vom Vorabend zu spüren, aber doch eine gewisse Wärme, 38,0 etwa. Das konnte sie gut schätzen, so, wie sie auch die Außentemperaturen schätzte, dazu brauchte sie kein Thermometer. Wer in den Bergen lebte, der entwickelte ein Gespür für Wärme- und Kältegrade, innen wie außen, wie auch auf den Stirnen verletzter Männer.

Roberts Haar war klatschnass, vom Schweiß, nicht von den längst geschmolzenen Eiszapfen. Katharina legte ihm ein Handtuch über den Kopf, dann tat sie Holzscheite in den Kamin, in dem noch immer eine schwache Glut einen kleinen Nachhall bildete. Neues Feuer kam, frisch wie der Kaffee, den sie nun austrank.

»Was ist? Wo …?«, stammelte der erwachende Robert.

»Ich hoffe«, meinte Katharina, »Sie erinnern sich wenigstens daran, mir versprochen zu haben, dass Sie ein guter Handwerker sind.«

»Handwerker?«

»Nun, ich könnte doch noch die Bergrettung benachrichtigen.«

Offensichtlich war das Wort »Bergrettung« ein geeigneter Wachmacher und eine noch bessere Erinnerungshilfe. Denn Robert richtete seinen Körper mit plötzlicher Vehemenz auf und erklärte: »Natürlich. Ein ausgezeichneter Handwerker.«

»Jetzt übertreiben Sie nicht«, sagte Katharina, »und gehen mal unter die warme Dusche. Dann bringe ich Ihnen frische Wäsche von der Schutzhütte drüben, und Sie setzen sich wieder in Ihren Sessel. Sie fiebern noch etwas. Nicht mehr schlimm, aber Sie müssen sich auskurieren, bevor Sie hier zu arbeiten beginnen.«

Und so geschah es. Katharina führte Robert hinüber in ihren Privatbereich, wo er sich von seinen Decken aus Beige und Gold befreite und in eine hochmoderne, aber superschmale Duschkabine trat, in die er gerade noch so hineinpasste, sich aber kaum rühren konnte. Doch dem Wasser war's egal, das nun an seinem massigen Körper herunterrann wie an einem im Regenwald gefangenen Soldaten.

Währenddessen schlüpfte Katharina aus ihrem Pyjama, zog sich an und trat hinaus ins Freie, wo erstes Tageslicht durch das Dunkel sickerte. Sie atmete tief ein, schmeckte die vom Eis prickelnde Luft und begab sich hinüber zur Schutzhütte, wo sie die Eingangstüre aufsperrte und in einen der Lagerräume trat, in dem sich Ersatzwäsche befand. Sie kramte ein paar Sachen zusammen und brachte sie hinüber zum *Bücherberg*. Darunter einen vielfarbigen Norwegerpullover, der so aussah, als hätte ganz Skandinavien an ihm gestrickt.

Als Robert ihn dann anzog, meinte Katharina: »Also, das muss ich zugeben, der steht Ihnen wirklich.«

Er lächelte. Erstmals lächelte er, auch wenn Katharina es in einem absolut sachlichen Ton gesagt hatte, in der gleichen Art etwas Passendes feststellend, wie sie etwas Unpassendes feststellte. Faktum war, dass Robert in der gesamten Zeit, die er auf diesem Berg und in diesem *Bücherberg* zubringen sollte, immer nur diesen Pullover tragen würde. Also nicht diesen Pullover allein, aber eben nie *ohne* ihn sein würde. Als seien sie beide füreinander geschaffen worden.

Solcherart bekleidet, auch mit einer Hose, die allerdings etwas zu kurz war, an den Füßen frische Bandagen, kehrte er zurück in jenen Sessel von der Lippenfarbe einer uralten, aber unverwüstlichen Baronin.

Katharina brachte ihm nun ebenfalls einen Espresso, setzte aber zudem Wasser für einen Tee auf. Man könnte sagen, es war ein Geheimtee, irgendeine verhexte Kräutermischung, die Katharina von einer Bäuerin unten aus dem Tal hatte. Eine ältere Frau, die einmal im Jahr im *Bücherberg* vorbeisah, nicht aber, um ein Bergbuch zu erstehen, sondern irgendeinen Roman bei Katharina zu bestellen. Was etwas absurd war, weil Katharina dann dieses Buch orderte und direkt an die Kundin unten im Tal versenden ließ. Doch aus unerfindlichen Gründen wollte es die Bäuerin so und brachte eben immer eine Dose mit dieser Kräuterteemischung vorbei, ohne sich jemals über die Zusammensetzung auszulassen. Dabei war sie eine unwirsche Person und ihr Auftauchen völlig rätselhaft. Faktum aber auch, dass dieser Tee ein wundersames Allheilmittel darzustellen schien. Was höchstwahrscheinlich keinerlei Hokuspokus zu verdanken war, sondern naturwissenschaftlich begründbar. Wozu man freilich die detaillierte Zusammensetzung dieser Mixtur hätte kennen müssen. Doch die war fest vergraben im Kopf einer mürrischen Bäuerin.

Und auch Robert wollte wissen, was das für ein Tee sei, den ihm Katharina im Anschluss an den Kaffee servierte. Verständlich, denn der Tee besaß die gleiche Farbe wie der sogenannte Violette Bläuling, ein Pilz, der im feuchten Zustand ein knalliges Violett aufweist, sich aber entgegen seiner bedrohlichen Farbe als ein mild schmeckender Speisepilz erweist.

»Sie müssen nicht alles wissen«, wich Katharina aus. »Der Tee wirkt, das ist die Hauptsache.«

»Er ist aber sehr violett«, meinte Robert.

»Das ganze Leben ist sehr violett«, erklärte Katharina kryptisch, »zumindest, wenn man genau hinsieht.«

»Ach ja«, sagte Robert. Was sollte er dazu auch sagen?

Nun, der erste Effekt des Tees bestand darin, dass Robert trotz starkem Espresso im Vorfeld bald wieder einschlief, nun eben nicht mehr goldbekleidet, sondern mit einem Pullover, auf dem sich unter einer Vielzahl von Musterungen auch zwei mit der norwegischen Flagge *bestrickte* Rentiere befanden. Die Maskottchen rechts und links auf der Brust des Trägers.

Das Fieber stieg wieder, Robert fröstelte sichtlich, weshalb Katharina ihn abermals in eine leichte Decke einpackte, allerdings den unteren Teil der Beine ausließ, sie hochlegte und Wickel um die Unterschenkel band. Robert selbst hatte den Kopf in den Nacken gelegt und atmete dramatisch durch den offenen Mund. Irgendwann kam der Schweiß, sturzbachartig. Der ganze Mann schien überzuquellen, als hätte sich auch in seinem Inneren ein gewaltiger Eiszapfen gebildet, der nun mit der Rasanz einer plötzlich eingetretenen Schmelze nach außen floss, aus dem Mann heraus.

Es war wie ein gewaltiger Naturakt. Zwei Stunden. Danach war Friede.

Wirkung des Tees oder Wirkung der zwei Ibuprofen-Tabletten, die Katharina Robert zusätzlich verabreicht hatte, jedenfalls folgte auf das Gewitter im Körper des Mannes und den heftigen Niederschlag eine große Beruhigung. Freilich musste Robert danach seine Kleidung wechseln und nochmals unter die Dusche. Wobei er darauf bestand, in der Folge wieder seinen Norwegerpullover anzuziehen, den Katharina über den Kamin gehängt hatte. In diesem Pullover würde sich nach und nach der Geruch von tausend Jahren eines Büffellebens bilden.

Und als nun der Abend hereinbrach und kurz nach vier die Sonne der Erde mit alltäglicher Herablassung entkam, kehrte das Fieber nicht wieder zurück. Katharina befreite die Füße von den Verbänden und behandelte die Stellen, an denen sich leichte Bläschen gebildet hatten, mit einer Calendula-Salbe.

»Sie sind wirklich eine Heilige«, kommentierte Robert.

»Hören Sie auf, Unsinn zu reden«, bat sie. Dann fragte sie, ob er sich bereits an sein Leben erinnern könne. Vor allem an den Grund, sich in gewollt leichter Bekleidung auf einen verschneiten Berg gelegt zu haben. Um sich praktisch zu Tode zu schlafen.

Robert verneinte. Zuerst. Dann aber meinte er, dass doch einige Bilder aus seiner Kindheit aufgetaucht seien. Seiner Kindheit in Wien.

Katharina erklärte, sie habe sich schon gedacht, etwas Wienerisches herausgehört zu haben. Bloß als fernen Klang. Als Hintergrundmusik. Etwas leicht Verbogenes.

»Verbogenes?«

»Ja, wie wenn zu viel Schnee auf einem Ast liegt und sich der Ast zur Erde hinbiegt.«

»Dabei liegt doch in der Regel ziemlich wenig Schnee in Wien«, erwiderte Robert.

»Ja, ich meinte ja auch den Schnee, der auf dem Wiener Dialekt liegt und die deutsche Sprache verbiegt.«

Katharina selbst hatte nie einen Dialekt gesprochen, nicht einmal als Hintergrundmusik.

Allerdings, sagte Robert weiter, sei ihm auch eingefallen, im Jugendalter mit seinen Eltern nach Graz gezogen zu sein. »Ich erinnere mich daran, aber so, wie man sich an einen Traum erinnert, der einem doch recht unglaubwürdig vorkommt.«

»Ein Albtraum?«

»Nein, ich war dort sehr zufrieden, weil …«

»Dann verstehe ich Sie, wenn Sie meinen, zufrieden gewesen zu sein, besitze etwas Unglaubwürdiges.«

»Es hatte etwas mit Sport zu tun«, ignorierte Robert den Zynismus seiner Gastgeberin, »mir ist in Graz irgendeine Art von Sport zugelaufen … Ich weiß, das klingt jetzt nach einem Hund. Aber so war es wohl, mir ist der Sport zugelaufen und für eine ganze Weile nicht mehr von mir weggegangen. Und in dieser Zeit war das mein großes Glück. Für meine Eltern aber, glaube ich, ihr großes Unglück. Die zwei hatten es nicht so mit dem Körperlichen. Keine Ahnung, was für ein Professor mein Vater war, eher so ein Professor an sich, meine Mutter jedenfalls … ich sehe sie immer mit einer Geige in der Hand und wie sie alles, was außerhalb der klassischen Musik ist, als hässlich, unnötig und degoutant abtut. Degoutant war eines ihrer Lieblingswörter.«

Allerdings könne er sich beim besten Willen nicht daran erinnern, welche Art von Sport es gewesen sei. Er empfinde bloß den Eindruck einer heftigen Bewegung, das Gefühl von unglaublich viel Schweiß.

»Na, Sie haben heute einiges herausgeschwitzt.«

»Ja, schon. Aber damals eben auch. Darum kann es auch nicht etwas wie Bogenschießen gewesen sein, aber ebenso wenig Fußball oder Handball. Nein, etwas Einsames, beziehungsweise Zweisames. Ich meine nicht Rudern oder in einem Bob zusammen zu sitzen. Sondern die Zweisamkeit, wenn man einen Gegner vor sich hat. Aber keins von den Spielen, wo man weit auseinander steht und ein Netz einen trennt … intimer.«

»Ringen, Karate, Boxen«, schlug Katharina vor.

»Kein Karate, sondern wirklich schweißnasse Körper, die heftig ineinander eindringen.«

»Reden Sie jetzt von Sex?«

»Was wäre Sport auch anderes als … ja, Ringen oder Boxen. In Innenräumen. Dieser Eindruck, sich in den Tropen zu befinden, einem überdachten Dschungel. Diese Gerüche! Diese Angst- und Kampfgerüche. Und wie viel mir das bedeutet hat, als ich jung war. Diese Freude am Kampf!«

»Ich schätze«, sagte Katharina, »Sie waren Schwergewichtler.«

»Nicht mit sechzehn, später aber … wahrscheinlich schon. Wobei ich deutlich spüre, dass irgendwann etwas schiefging. Bedeutend schiefging. Danach war die Lust vorbei, die Lust, sich mit anderen zu schlagen.«

Er hob seine Hände in einer Weise an, wie man es tut, wenn man seinen Kopf schützend abdeckt, die Hände zu Fäusten geballt – allerdings nur ganz leicht gefaustet, als sitze in den Fäusten jeweils ein kleiner Singvogel ein –, die linke Faust etwas weiter vorne. Somit die typische Ausgangshaltung eines Linksauslegers einnehmend, also eines Rechtshänders, dessen etwas weiter zurückliegende Faust die Schlaghand bildet.

Boxen! Ja, Boxen.

Und das sagte Robert jetzt auch, sich der eigenen Haltung bewusst werdend, die er spontan eingenommen hatte: »Ich war Boxer damals als junger Mann.«

Und doch, erklärte er, ändere diese Erkenntnis nichts daran, dass seine Erinnerung an diesen Sport in einem unheimlichen Nebel liege.

»Mit dem Nebel werden Sie sich hier oben sowieso anfreunden müssen«, prophezeite Katharina, »und trotzdem ist der genauso zu durchdringen wie der Nebel der Vergangenheit.«

»Wenn einen nicht vorher eine Lawine erschlägt«, meinte Robert.

»Ja, Lawinen gibt's bei uns ebenfalls«, sagte Katharina, die beträchtliche Steilheit einiger Hänge erwähnend, »aber ich werde Ihnen den sicheren Weg weisen. Sobald Sie fit genug sind, wollen wir hoch zum Gipfel marschieren.«

»Wieso denn?«

»Weil ich das regelmäßig tue, ich hätte Sie sonst kaum finden können. – Und sagen Sie jetzt nicht wieder, das wäre besser gewesen.«

Er sagte es nicht wieder.

Dann meinte Katharina, auch wenn es für eine solche Wanderung noch zu früh sei, beziehungsweise angesichts der fortgeschrittenen Tageszeit zu spät, sie hoffe doch, Robert fühle sich kräftig genug, drüben in der Küche der Schutzhütte ein Abendessen zuzubereiten.

»Im Ernst?«

»Wieso nicht?«

»Ich weiß nicht, ob ich ein guter Koch bin.«

»Also, ich weiß zumindest, dass ich eine schlechte Köchin bin. Eine gute Esserin aber schon. Und vielleicht hat mir das Schicksal Sie ja nur darum geschickt, damit das Essen hier besser wird.«

»Und was hätten Sie gerne?«, fragte Robert, der sich immerhin bewusst geworden war, in seiner Jugend ein leidenschaftlicher Boxer gewesen zu sein.

»Überraschen Sie mich, Robert«, sagte Katharina. Und fügte an, dass man nach dem Essen beginnen werde, sich gegenseitig aus einem Buch vorzulesen. Der autobiografischen Erzählung eines Priesters aus der zweiten Hälfte des 19. Jahrhunderts.

»Im Ernst?«, fragte Robert erneut.

»Ein gewisser Ernst«, erklärte Katharina, »bietet sich an, wenn man in einen literarischen Text einsteigen möchte.«

Robert entgegnete, er könne nicht einmal sagen, ob er nicht etwa Analphabet sei.

»Das sagen Sie aber nicht, weil Sie einmal geboxt haben.«

»Ja, das wäre ein dummes Klischee«, gab Robert zu und meinte schließlich, dass er annehme, so, wie er ein passabler Handwerker sei, könne er sicher auch kochen und sei ebenso des Lesens mächtig. Allerdings stelle sich die Frage nach dem Sinn, sich gegenseitig etwas vorzulesen.

»Meine Güte«, sagte Katharina, »merken Sie denn nicht, dass Sie in einer Buchhandlung sitzen?«

»Das schon …«

»Was wollen Sie hören?«, fragte Katharina. »Dass ich Sie fürs Vorlesen bezahle. Na, dann doch lieber fürs Kochen.«

Er winkte lachend ab. »Und welches Buch haben Sie im Sinn?«

Sie zeigte hinüber zur Verkaufstheke, dorthin, wo eine durchsichtige Buchstütze einen rostroten Einband deutlich hervorstellte.

Robert näherte sich der Stelle und las laut den Titel: »*Selbstporträt eines lächelnden Mannes auf der Spitze des Berges.* – Aha! Und warum dieses Buch?«

»Weil ich es immer schon einmal lesen wollte.«

»Ach, Sie kennen es gar nicht.«

»Der Autor«, erklärte Katharina, »hat Ende des 19. Jahrhunderts den Berg erstbestiegen, auf dem ich Sie gestern gefunden habe. Meinen Sie nicht auch, dass das ein guter Grund ist, *dieses* Buch ausgewählt zu haben?«

»Das hat etwas für sich«, gestand Robert. »Und Sie sagten, der Mann war Priester?«

»Ja, das werden wir alles erfahren, wenn wir es lesen. Vorher aber zeige ich Ihnen die Schutzhütte und die Küche drüben«, sagte Katharina und bat Robert, mit ihr nach hinten in den Wohnraum zu kommen. Dort habe sie Winterschuhe und eine Skijacke vorbereitet, die ihm hoffentlich passen würden.

Sie passten. Nicht perfekt. Aber perfekt hätte wiederum nicht wirklich gepasst. Perfekt passte der Norwegerpullover. Was zwar nicht so wichtig war wie perfekt passende Schuhe, aber in einem ästhetischen Sinn eben doch. Letztlich war die Frage der Schönheit so viel entscheidender als die der Funktion, wenn man sich schon zwischen dem einen und dem anderen entscheiden musste. Wer wollte nicht lieber in Schönheit als in bloßer Funktionalität sterben?

So wanderten die beiden im Dunkel des Abends den kurzen Weg hinüber zur Schutzhütte. Eine Schutzhütte, wie man Schutzhütten des Alpenvereins eben kannte. Rustikal und bergmännisch. Ein Zyniker hätte vielleicht gesagt, dass Schutzhütten des Alpenvereins immer so aussahen, als sei soeben eine Gruppe fideler Nationalsozialisten durch die Räumlichkeiten marschiert oder als hätte ein dampfender Haufen völkischer Zwerge in den rot und weiß gemusterten Bettchen gelegen.

Aber nein, es war gemütlich und warm, und es war viel altes Holz, das hier die Räume verkleidete. Die Küche hingegen besaß den Charme der Siebzigerjahre, ein Raum mit türkisfarbenen Einbauschränken und quadratischen Wandkacheln, auf denen die Farben Braun und Orange sich zu einem spiraligen Muster vereinten. Der Herd allerdings war erst in jüngster Zeit angeschafft worden, ein Monstrum aus Edelstahl mit einem gewaltigen Gaskochfeld aus sechs Brennern, einem Fischbrenner und einer Grillplatte aus Edelstahl sowie zwei Backöfen, einer davon – Katharina erklärte es, sie, die schlechte Köchin – ein digitaler Multifunktions-Elektrobackofen, den man zur Not bis dreihundertzwanzig Grad hochschrauben konnte. Und der über gut fünfzehn Funktionen verfügte, darunter einige, die schon ziemlich nahe an Magie heranreichten und auch denen halfen, die eigentlich zu blöd waren für ein solch elaboriertes Gerät. Man könnte sagen, Funktionen, die sich selbst kontrollierten.

»Gott sei Dank keine verdammte Induktion«, kommentierte Robert.

»Oha«, sagte Katharina, »so viel steht fest, Sie sind ein Gasherd-Fan.«

»Ich weiß nicht«, antwortete Robert, »offensichtlich.« Dabei stand er recht unsicher in dieser Küche, Falten auf der Stirn, als müsse er sich erst vergegenwärtigen, was eine Küche überhaupt ist. Weshalb ihm zu helfen schien, zumindest mal das zeitgenössische Wesen von Induktionskochfeldern verdammt zu haben.

Katharina verwies noch auf die beiden Räume am anderen Ende der Siebzigerjahre-Küche, ein Lagerraum voll mit haltbaren Lebensmitteln und eine kleine, begehbare Kühlkammer mit einer Menge eingefrorenen Fleisches und eingefrorenen Gemüses. Eine Kammer, die immerhin so groß war, dass hier einmal für kurze Zeit der Leichnam eines abgestürzten Bergsteigers gelegen hatte. Welcher erst Tage später, nach dem Ende heftiger Schneefälle, von einem Helikopter ins Tal gebracht werden konnte. Das war aber vor Katharinas *Bücherberg*-Zeit gewesen, vor ihrer orakelnden Aussage, auf diesem Berg werde niemand sterben, was mit ihrem Eintreffen sich bislang auch bewahrheitet hatte.

»Gehen Sie an die Arbeit und überraschen mich«, sagte Katharina zu Robert, der noch immer den Eindruck eines Gestrandeten machte, welcher sich erst überlegen musste, was er auf dem Eiland, auf das er geraten war, als Erstes unternehmen sollte.

Nun, als Erstes war es sicher vernünftig, nachzusehen, was es auf dieser Insel so an Essbarem gab.

Also betrat er die Kühlkammer, während Katharina die Küche verließ und hinunter in den Keller stieg, um die Heizkessel zu überprüfen. Eine Pelletofenheizung, bei der die Presslinge aus naturbelassenem Restholz auf einer automatischen Förderschnecke in den Brennertopf gelangten. Zusätzlich gab es noch ein pflanzenölbetriebenes Blockheizkraftwerk, welches neben Wärme auch Strom lieferte. Während natürlich der Gasherd in der Küche mittels Propangasflaschen betrieben wurde.

Danach begab sich Katharina hinüber in den Weinkeller, wo sie eine Flasche Blauen Zweigelt aussuchte sowie eine Flasche Zirbenschnaps aus dem Regal zog, beides ordnungsgemäß verzeichnete und dann in die Gaststube hochging, in der sich an guten Tagen an die sechzig Personen drängten.

Sie selbst saß jetzt freilich alleine in dem schütter beleuchteten Raum. Draußen pfiff der Wind, drüben in der Küche pfiff der

Gasherd, Katharina pfiff nicht, sondern hatte sich einen Zirbenschnaps eingeschenkt, den sie in kleinen, langsamen Schlucken zu sich nahm. Sie liebte diesen Schnaps. Dabei empfand sie ihn weniger als ein alkoholisches Getränk, aber auch nicht als Medizin, wie viele der älteren Leute sagten, sondern was sie spürte, war wirklich der Geist, der Zirbengeist. Ein Geist, der in der Lage war – wenn er halt grad lustig war –, ihr etwas einzuflüstern.

Etwas Tröstliches. Etwas geistlich Tröstliches.

Und dann kam das Essen.

»Okaaay!«, meinte Katharina gedehnt.

Was hatte sie erwartet? Eine kleine Katastrophe? Irgendeinen unansehnlichen Gemüsebrei? Oder aber die auf große, warme Teller verteilten Miniaturen einer Sterneküche. Teller, deren beträchtliche Leere dank der geschwungenen Linien von Soßen ein wenig von ihrer Abgrundtiefe einbüßten?

Doch was sie hier zu sehen bekam, war schlichtweg im besten Sinne bodenständig zu nennen: ein saftiges Naturschnitzel auf dem Teller, daneben zwei Halbkugeln von Reis, die südliche wie nördliche Hemisphäre, beide Pole mit Petersilie bestreut. Und dazu ein Salat von Fisolen.

Es sollte ausgerechnet dieser Salat sein – die Brechbohnen stammten freilich aus dem Glas –, der Katharina vollends davon überzeugte, dass Robert sich nicht getäuscht hatte, als er – unter Druck aussagend – seine Fähigkeit zur Kochkunst behauptet hatte.

Ein Fisolensalat nach steirischer Art, eigentlich eine kochtechnische Banalität, in diesem Fall nicht mal mit frischen Fisolen, auch nicht die geforderte eine Stunde vor dem Servieren zubereitet. Dünne Zwiebelringe, Kernöl, Apfelessig, etwas Zucker, Salz und Pfeffer, das war's.

»Meine Güte, Robert, wie haben Sie den so gut hinbekommen?«, fragte Katharina, während sie noch an den getränkten Fisolen kaute.

Robert verzog sein Gesicht zu einer Miene der Unschuld, als gälte es, ein Verbrechen zu leugnen. Zumindest, dass irgendeine

Absicht dahinterstehe. In seiner Unwissenheit schob er das formidable Ergebnis auf den Umstand naturtrüben Apfelessigs.

»Mit dem hätte das jeder hinbekommen«, erklärte er.

»Unsinn!«, meinte Katharina. »Jedenfalls ist es jetzt beschlossen. Sie können bleiben. Und ich werde zusehen, dass wir frischen Salat hier heraufbekommen. Das scheint ja wirklich Ihre Spezialität zu sein.«

»Ich weiß nicht …«

»Ich schon«, sagte Katharina.

Und so nahmen die beiden also das Abendessen zu sich, wechselten hernach in die Küche, um gemeinsam den Abwasch zu erledigen (Robert mochte ein guter Koch sein, aber er war doch einer, der einen Saustall hinterließ, eine eigentümlich männliche Eigenschaft innerhalb des Hobbykochens – auch dann männlich, wenn es Frauen waren, die den Saustall verursachten), und gingen nach getaner Arbeit wieder hinüber zum *Bücherberg*.

Blieben jedoch auf halber Strecke stehen und sahen hoch zum Berggipfel, der vom Mondlicht beschienen den Eindruck machte, von innen zu leuchten. Darüber Sterne wie aufgewirbelte, in der Luft erstarrte Flocken. Und auch irgendein Satellit, der vorbeizog wie eine schwer zu entziffernde Werbeaufschrift: *The world's thinnest laptop*. So was in der Art.

»Mich friert«, erklärte Robert, während sein Blick Richtung Osten ging, »so schön der Anblick ist. Und ich glaube … kann das sein, dass ich sogar die Andromeda-Galaxie erkenne?«

»Ja, die kleine Waschmaschine mit der ovalen Trommel zwischen der oberen linken Ecke des Pegasus-Sternbilds und der Spitze von Kassiopeia.«

»Sie kennen sich aus«, stellte Robert fest.

»Letztlich ist man hier oben näher am Weltall als an Orten wie Salzburg, Linz oder Wien.«

So kehrten sie zurück in den Buchladen, wo Katharina ihren Gast darin unterwies, den Kamin anzufeuern.

Nachdem dies geschehen war und das Geräusch lodernder Scheite daran erinnerte, wie gut dazu Cognac passte – der dann auch wirklich in zwei bauchige Gläser gefüllt wurde –, holte

Katharina das Buch mit dem Titel *Selbstporträt eines lächelnden Mannes auf der Spitze des Berges* von ihrer Verkaufstheke und drückte es Robert, der wieder Platz in seinem Ledersessel gefunden hatte, in die Hand.

»Wieso muss *ich* damit anfangen?«, fragte er. »Sie haben eindeutig die bessere Stimme.«

»Blödsinn. Meine Stimme ist so gut oder schlecht wie die Ihre. Und natürlich fängt immer der Gerettete an, nicht die Retterin.«

»Was ist denn das für eine Regel?«

»Meine Regel«, sagte Katharina.

»Na gut, mal sehen, wie es mit meiner Lesefähigkeit steht.«

»Ja, schauen wir«, sagte Katharina, »ob Sie das so gut können wie einen Fisolensalat zuzubereiten.«

Robert verzog sein Gesicht zu einer Grimasse, in der seine Augen ihrerseits einen kleinen Andromeda-Nebel zu bilden schienen, bevor er nun seinen Cognacschwenker auf der breiten, ebenen Fläche der Armlehne abstellte, das Buch auch in die zweite Hand nahm und den eher schmalen Band öffnete.

Mit seiner Stimme, tief, von leichter Rauheit, dieser Eindruck von Tabak, schwarzem Tee und einer Spur zu wenig Schlaf, jedenfalls eine Stimme, die nicht nur einfach so gut oder schlecht war wie jede andere, sondern mit der Robert ruhig zum Radio hätte gehen können, mit einer solchen Stimme begann er zu lesen.

Und so erfuhren sie also – er, der Vorleser, sie, die Zuhörende – von der Geschichte jenes Mannes, der den Namen Simon Schindler trug. Erfuhren von dessen Jugend und Kindheit, wobei es sich entgegen Katharinas fälschlicher Annahme nicht um eine Icherzählung handelte, sondern eine aus der Erzählerperspektive vorgetragene Darstellung der Ereignisse. Und doch waren der Name des Autors und der Name der Hauptfigur identisch, und es schien kein Zweifel zu bestehen, dass trotz aller literarischer Freiheiten hier eine wahre Geschichte erzählt wurde. Soweit man Wahrheit als einen greifbaren Stoff ansehen konnte.

Simon war als zweitältester Sohn einer Bauernfamilie 1864 auf einem Hof nahe Axams bei Innsbruck auf die Welt gekommen. Eine Familie, die es letztlich auf acht Kinder brachte, die Jahr für

Jahr mit gottgefälliger Gleichmäßigkeit in ein Leben gerieten, das von den Notwendigkeiten bäuerlicher Arbeit und Strenge bestimmt war. In die Schule zu gehen war dabei zwar kein Spaß gewesen, aber doch eine Pause von der Last der Arbeit, die so unmittelbar von der Natur bestimmt schien, die es zu bändigen galt. Vom angebauten Gemüse angefangen bis zu den Tieren im Stall. Und wie sehr das Wetter alles bestimmte. Eine von Gott auferlegte Mühsal. Eine gute Mühsal, wie es Simons Vater verstand, ein tiefgläubiger Mann, während die Mutter – eine Frau aus Innsbruck, die sich selbst damit überrascht hatte, sich in einen Mann vom Lande zu verlieben – eher von religiösen Zweifeln bestimmt war. Nicht im Sinne eines Atheismus, sondern so, wie man sich fragt, ob Gott überhaupt anwesend ist und es ihn kümmert, was der Mensch treibt oder bleiben lässt. Und ob man ernsthaft annehmen könne, der Allmächtige würde sich in einer mit Bildern, Goldschmuck und Holzbänken gefüllten, zum Himmel gereckten Architektur wiederfinden.

Aber ihr Zweifel war ein stummer geblieben, und wenn jemand ihn erkannte und verstand, dann war es Simon, der ihn von klein auf teilte. Man kann sagen, und Simon sagte es später selbst, dass die Mutter ganz und gar in ihm steckte und rein gar nichts vom Vater, auch nichts Äußerliches. Der Vater, ein eher kleiner, untersetzter Mann mit einem Gesicht, das aussah, als stamme es aus der gleichen Erde, die er, der Vater, bewirtschaftete. Was nicht hieß, dass er hässlich war, nein, die Mutter war ja keinem hässlichen Mann verfallen, aber die Wildheit dieses Gesichts fand sich im erstgeborenen Sohn wieder, nicht in Simon. Simon, den man sehr früh als einen ausgesprochen hübschen Jungen wahrgenommen hatte. Dabei war er aber nicht das Gegenteil von wild und erdig gewesen, weder weich noch verzärtelt und mitnichten ohne Markanz, aber doch sehr erhaben. Und schon gar nicht war Simon zerbrechlich, sondern groß gewachsen und bei aller Schlankheit kräftig. Aber er war eben mehr ein Athlet als ein Bauer.

Für den Vater war dieser Junge eine Provokation. Natürlich auch, weil er so gar nichts von ihm, dem Vater, hatte. Und sehr bald war dem Vater klar geworden, wen er von seinen Kindern an die Kirche abgeben würde. Denn bei acht Kindern war es selbstverständlich, dass mindestens eines davon später in irgendeinen kirchlichen Dienst eintreten sollte. Vielleicht eine von den fünf Töchtern, die man ohnehin nicht alle unter eine Haube und erst recht eine gute Haube würde bringen können. Aber vor allem sollte es Simon sein. Und am besten, wenn dieser einst das Amt eines Priesters bekleiden würde. Das stand für den Vater von Beginn an fest, dass er der Provokation, die Simon für ihn bedeutete – diese lächerliche Hübschheit des Knaben –, damit begegnen würde, seinen Zweitältesten in den Dienst der katholischen Kirche zu stellen. Wofür er eben nicht jenes Kind auswählte, das am »verzichtbarsten« erschien oder von dem anzunehmen war, dass es ohnehin für eine Ehe nicht infrage kam. Er entschied sich für Simon, wie um sich an der Natur zu rächen. Simon sollte es sein, der sich später einmal an den Ungehörigkeiten und Trägheiten der Menschen abzuarbeiten hatte. Der verpflichtet war, nicht nur dem Schöpfer zu dienen, sondern auch und vor allem für ihn zu werben.

Darum nicht der Weg ins Kloster, sondern der ins Priesteramt.

Davon ging der Vater auch nicht ab, als sein ältester Sohn, der den Hof einmal übernehmen sollte, siebzehnjährig bei Waldarbeiten ums Leben kam. Simon besuchte zu dieser Zeit das Gymnasium in Innsbruck, wo er drei Jahre später seine Matura ablegte. Es sollte in der Folge der jüngste Sohn der Schindlers sein, der den Hof übernehmen musste. Wobei auch er nicht gerade das wurde, was man einen glücklichen Bauern nannte.

Sosehr sich Simon der Idee seines Vaters bewusst war, eine Form von Rache zu üben, und sosehr Simon die religiösen Zweifel der Mutter in sich trug, hielt er sich dennoch an den Plan des Vaters. Nach der Matura zog er nach Wien, wo er bei einem Bruder seiner Mutter unterkam und an der Universität Katholische Theologie studierte.

Er war in der Tat das geworden, was man in diesen Zeiten einen stattlichen, schönen Mann nannte, von dem viele meinten, er erinnere an den zwanzig Jahre älteren Karl Lueger, als dieser jung gewesen war. Wobei Lueger zu dieser Zeit gerade in den

Reichsrat gewählt wurde. Der spätere Bürgermeister von Wien, den Simon allerdings als einen verfluchten Antisemiten bezeichnete. So, wie ihn das ganze antijüdische Klima in Wien abstieß. Es erschien ihm schlichtweg dumm und unlogisch, sich derart aus Ressentiments ein Weltbild zusammenzuschneidern. Aber die Stadt selbst liebte er. Innsbruck war dagegen ein Dorf gewesen und Axams eine Mistgrube. Und das Haus seines Onkels, eines Musikprofessors, ein Ort, an dem sich die Zukunft vorbereitete, zumindest die Zukunft der Kunst. Dort begegnete er auch erstmals dem Komponisten Anton Bruckner, dessen siebter Sinfonie er bei ihrer Wiener Erstaufführung unter Hans Richter beigewohnt hatte. Dem Spruch von Bruckners Feinden, dieser komponiere »wie ein Betrunkener«, konterte Simon mit »ja, aber wie ein von Gott entsandter Betrunkener«. Für ihn war Bruckners Musik schlichtweg das Beste, was dieses Dasein hervorzubringen vermochte. Und die Begegnung mit dem damals schon recht kranken Komponisten wie ein »Stoß ins Herz, ein Stoß gleich einer ewigen, selig machenden Wunde«. Während er Brahms, den großen Gegenspieler Bruckners, als einen »armen Mann« bezeichnete, den in fünfzig Jahren keiner mehr kennen werde, »vielleicht den Namen, aber nicht die Musik«.

Aber wegen der Musik war er eigentlich nicht nach Wien gekommen, so schön es gewesen wäre, sich dieser komplett hinzugeben – er lernte immerhin Klavier und Geige und nahm auch Unterricht im Komponieren, weigerte sich jedoch, das Orgelspiel zu erlernen. Dafür beendete er sein Studium der Theologie wie man eine Krankheit überwindet, sich nachher aber auch nicht ganz gesund fühlt, und empfing 1888 im Alter von vierundzwanzig Jahren die Priesterweihe. Anschließend trat er als Kaplan seinen Dienst in einer niederösterreichischen Stadt des Mostviertels an, bevor er – entgegen seinem Wunsch, man möge ihn nach Linz schicken, auch weil Bruckner dort entscheidende Jahre als Domorganist tätig gewesen war und weil Linz eine kunstsinnige Stadt war – 1894 in eine kleine Gemeinde des oberösterreichischen Salzkammerguts entsandt wurde. In ein Tal, das im Schatten jenes Berges lag, der zu dieser Zeit noch von niemandem bestiegen worden war. Zumindest nicht offiziell und dokumentiert, denn eine Legende wollte es, dass bereits hundert Jahre zuvor ein junges Mädchen zum Gipfel hochgeklettert war. Nur, dass niemand sagen konnte, wer dieses Mädchen eigentlich gewesen war. Keine aus dem Dorf jedenfalls. Eine Fremde, der man nachträglich irgendeine Art von Heiligkeit angedichtet hatte.

Natürlich brauchte es für eine offizielle Erstbesteigung einen Beweis. Was Ende des 19. Jahrhunderts bedeutete, ein Gipfelfoto vorweisen zu können. Und die Fotografie war nun neben der Musik die zweite Leidenschaft, die Simon in Wien für sich entdeckt hatte. Gar nicht so sehr die Herstellung von Fotos, sondern deren Betrachtung. Er sah darin die Möglichkeit, »der Welt auf die Schliche zu kommen«. Wozu letztlich auch sogenannte Geisterfotografien gehörten, denn er war im Haus seines Onkels mit spiritistischen Veranstaltungen konfrontiert worden und hatte – er, der Theologiestudent und angehende Priester – an einigen Séancen teilgenommen, deren größten Reiz er darin beschrieb, »wie sehr jeder Glaube eines Theaters bedarf«. Und dass die eigentliche Frage sei, ob irgendetwas in der Welt überhaupt wahrgenommen würde, würde es ohne »Theater« stattfinden.

1894 also, das Jahr, in dem er als Geistlicher die kleine Pfarrei übernahm, dreißigjährig, ein geborener Tiroler, geprägt von den Errungenschaften eines modernen, großstädtischen Lebens, etwas erschöpft von den vergangenen Jahren als Kaplan. Er war gewissermaßen dorthin zurückgekehrt, woher er kam. Aufs Land. Und in die Nähe der Berge. Und er war so gut aussehend, so attraktiv wie eh und je – und erkannte sehr wohl, wie sehr ein gewisser Hauch von Erschöpfung und Trauer diese Attraktivität noch steigerte. Zudem war er ein moderner Mensch, ein Intellektueller, den die Frage, wie groß das Universum sei, genauso beschäftigte wie die Frage, wie tief man in die Seele des Menschen eindringen könne, oder ob Ernst Klimt oder doch eher sein Bruder Gustav Klimt der bedeutendere Maler war. Und ob die Fotografie imstande sein würde, die Malerei dort zu ersetzen, wo sich diese von der Realität entfernt hatte.

Dass man Simon in dieses Kaff entsendet hatte … denn eigentlich war ihm eine Professur am Wiener Theresianum in Aussicht gestellt worden. Aber offensichtlich hatte er sich in seiner Kaplanszeit erneut an einigen Séancen beteiligt, und dies war der Erzdiözese zu Ohren gekommen, die dann wohl meinte, dass Simon Schindler sich wenig eignete, an einer Bildungseinrichtung für die zukünftige Elite des Landes zu unterrichten. Weshalb man ihn also lieber an einen weltvergessenen Ort schickte, wo er nicht viel Schaden anrichten konnte. Oder der Schaden niemanden zu kümmern brauchte.

In diesem *Dorf* – denn in diesem Roman wird die Ortschaft immer nur als »das Dorf« bezeichnet und der Berg als »der Berg« – war der bisherige Pfarrer der kleinen Ortskirche über achtzigjährig verstorben. Ein Geistlicher, den kaum jemand noch akustisch verstanden hatte, wenn er von der Kanzel heruntergepredigt hatte, und dem man insgeheim ein kleines Alkoholproblem nachgesagt hatte. Wobei eben nie klar wurde, ob seine Unverständlichkeit eher dem Alter oder dem Alkohol geschuldet war.

Und da stand nun der neue Pfarrer der kleinen Pfarrgemeinde. Ein Verkünder des Wort Gottes als gesellschaftliche Sensation, der augenblicklich die Herzen der Frauen an sich band und den Zorn der Männer entfachte.

Eine Ortschaft, von der Simon meinte, man wisse nicht, ob man sie als dunkel oder hell bezeichnen könne, weil hier ständig das Wetter wechsle und den ganzen Ort in zwei unterschiedliche Farbtöpfe tauche. Und dass dieser Eindruck eigentlich auch für die Menschen gelte, die ihm als ein leibhaftiger Wetterwechsel erscheinen würden.

Mit einem leichten Schnaufen, als dringe Wüstenwind aus seiner Nase, schloss Robert das Buch und meinte: »Na, die Frage hat sich ja wohl beantwortet, wer von den Brüdern Klimt der berühmtere wurde.«

»Also, ich wusste gar nicht, dass es da mehr als einen malenden Klimt gab. *Sie* scheinbar schon.«

»Ja, irgendwie …«

»Vielleicht gehört das zur Allgemeinbildung eines Boxers«,

sagte Katharina und verdrehte nicht mal die Augen. Meinte dann aber: »Sie können wirklich gut vortragen. Das machen Sie auch nicht zum ersten Mal. Vermutlich haben Sie Kinder, denen sie regelmäßig vorgelesen haben.«

Er seufzte unsicher und sagte, es sei schon schlimm, wenn man sich nicht mal an die eigenen Kinder erinnern könne. Wenn es denn welche gäbe.

»Was mir jetzt aber einfällt«, fügte er hinzu, »Gott weiß, warum, ist, dass ich als Kind einen Hund hatte. So einen kleinen, weißen, wie auf dem Etikett von diesem Whisky, *Black & White*, einen Terrier. Ein Hund mit dunklen Knopfaugen. Mehr ein Teddybär. Aber er wurde krank und starb, und nachher hieß es, ich würde keinen mehr bekommen, weil der Schmerz über den Verlust zu groß sei. Dabei fand ich das mit dem Tod gar nicht so schlimm. Ich war sowieso überzeugt, dass der Sinn des Lebens in einem Kommen und Gehen besteht und ein früher Tod gar nicht so schrecklich ist, wie alle meinen.«

»Sehen Sie das immer noch so?«

»Ich müsste wissen, ob ich Kinder habe. Weiß ich aber nicht. Weil, wenn man Kinder hat, denke ich, findet man einen frühen Tod doch nicht so normal. Anders halt, wenn man selbst Kind ist und überall den Tod erlebt, weil die Alten sterben und die Hamster und die Rennmäuse und der Goldfisch im Glas und die kleinen Käfer, und dann dieser Vogel, ein Spatz, den wir am Kirchplatz gefunden und mit nach Hause genommen haben und in ein Wattebett gelegt und gefüttert haben und der dann trotzdem gestorben ist. Und es wieder Ärger mit meiner Mutter gab, weil die keine sterbenden Vögel in ihrer Wohnung haben wollte.« Er machte eine Pause und wollte dann wissen: »Haben Sie Kinder?«

»Sehen Sie hier oben Kinder?«, fragte Katharina.

»Nun, Sie könnten auch Kinder unten im Tal haben oder einfach erwachsene Kinder. Auch wenn ich nicht sagen will, dass Sie so alt aussehen, dass …«

»Schon gut«, sagte die Dreiundvierzigjährige, »ich habe keine Kinder. Konnte nie welche bekommen. Was aber trotzdem nicht das größte Unglück in meinem Leben war.«

»Und was war das größte Unglück in Ihrem Leben?«

»Das wollen Sie wissen?«

»Eigentlich schon.«

Sie schien zu überlegen und meinte: »Nur, weil Sie die Prüfung im Kochen … und, na ja, auch die Prüfung im Vorlesen bestanden haben …«

»Ihre Entscheidung«, sagte Robert, während er das *Selbstporträt eines lächelnden Mannes* auf der freien Armlehne ablegte und nach dem Cognacschwenker auf der anderen Seite griff.

Und dann tat sie es. Katharina erzählte von ihrem Unglück. Eigentlich die Geschichte einer Rettung, ihrer Rettung, und doch auch die Geschichte des Mannes, von dem sie meinte, ihn auf eine gewisse Weise »umgebracht« zu haben. Nicht ermordet, aber doch ums Leben gebracht.

»Das war auf der Fähre von Venedig nach Patras«, sagte Katharina, »wobei ich diese Fahrt gar nicht geplant hatte. Sondern nur die Reise nach Venedig, wo ich mit einer Freundin war, um mir eine Ausstellung im Peggy-Guggenheim-Museum anzusehen.«

Katharina Kirchner, die noch nicht ahnen konnte, demnächst eine Buchhändlerin in den Bergen zu werden, hatte einige Romane von Patricia Highsmith im Gepäck gehabt, die sie immer schon mal hatte lesen wollen, natürlich auch *Venedig kann sehr kalt sein*. Aber dieses Buch hatte sie bereits beendet, als man Venedig erreichte, weshalb sie, dort angekommen, das nächste zu lesen begann, *Die zwei Gesichter des Januars*, ein Roman, der ja in Griechenland spielt und Katharina das Gefühl gab, sich in Venedig am völlig falschen Ort zu befinden. Weshalb sie nach einigen Tagen ihre Freundin dazu überredete, nach Erledigung all der venezianischen Kunstpflichten die Lagunenstadt zu verlassen und mit einer Nachtfähre nach Patras überzusetzen.

Die Freundin aber bekam irgendeinen Anruf, der sie dazu brachte, die Heimreise anzutreten. So war Katharina allein, als sie an einem feuchtheißen Nachmittag das im Dunst kränklich anmutende Venedig verließ – Venedig war ein einziger gelber Stich – und an Bord der griechischen Fähre ging, wo sie eine komfortable Zwei-Personen-Außenkabine bezog. Absolut erleichtert, von

Venedig loszukommen, hinaus aufs Meer, windumweht, Luft unter den Achseln, kühle Streifen im Gesicht, später Cocktails in der Lounge und Griechenland im Herzen. Um nach einem gediegenen Abendessen am Kapitänstisch – den gab es wirklich, den Tisch und den Kapitän, zudem Teller mit Goldrand – sowie anschließend einem absolut überflüssigen Gespräch mit einem italienischen Geschäftsmann an der Bar in ihre Kabine und dort in ihr Bett zu finden. Ohne den Geschäftsmann.

In ihr Bett und in ihren von all den Cocktails begünstigten Schlaf.

Um zwei Stunden später aus diesem Schlaf hochzuschrecken und aus ihrem Bett zu fallen.

Mit großer Plötzlichkeit war die Fähre gegen drei Uhr früh in eine bedeutende Schieflage geraten, wobei unglücklicherweise die Seite, an der Katharinas Kabine lag, ungemein rasch unter die Wasserlinie geriet. Zwar hielt die Verglasung, aber dennoch strömte Wasser herein, das von den Gängen her in den Passagierbereich eindrang.

Wie spätere Untersuchungen zeigten, schien das ganze Unglück auf eine gänzlich rätselhafte und völlig abrupte Kursänderung durch den Zweiten Offizier erfolgt zu sein. Wobei es einem defekten Rudersystem zu verdanken war, dass aus dieser unerklärlichen, aber letztlich nur leichten Korrektur des Kurses ein unverhältnismäßig starkes Ruderlegen resultierte. Als sei hier jemand durch bloßes Antippen zu Boden geschleudert worden. Auf den Kurswechsel und die starke Drehung des Schiffes folgte ein fatales Verrutschen der Ladung. Es befanden sich viel zu viele Waren an Bord, und das heillos überladene Fährschiff neigte sich im Handumdrehen mit seiner Steuerbordseite zum Meer hin.

Es ging so schnell, wie solche Katastrophen schnell gehen und alles Schlimme zusammenspielt, ein Defekt in den anderen greift, ein Irrtum in den nächsten, eine Regelwidrigkeit auf die andere folgt und die Leute sich nachher fragen, wo Gott an diesem Tag bloß war. Und welche Behörde denn geschlafen hatte.

Das Wasser kam rasch, die Neigung war beträchtlich. Zudem hatte sich Katharina durch den Sturz den Kopf angeschlagen und war einen Moment bewusstlos gewesen. Als sie die Augen wieder aufschlug, war sie nur noch mit dem Kopf über Wasser. In diesem Moment spürte sie einen festen Griff an ihrem Arm. Und spürte, wie sie hochgezogen wurde. Dabei blickte sie in den Schein einer Taschenlampe, und an diesem Schein vorbei erkannte sie vage ein Gesicht. Ein junges Männergesicht, dunkel, feucht, mit nassen Haarsträhnen vor den Augen, ein Gesicht, das sie später in immer wiederkehrenden Träumen so viel genauer wahrnehmen würde. Dann nämlich im geträumten Tageslicht. Die unglaublich schönen Augen von glänzend schwarzem Stein, umrahmt vom Weiß einer Eierschale, während hier, im Dunkel der Nacht und verhängt von den Haaren, die Augen wie zugemalt schienen.

Der Mann sagte etwas, aber sie verstand es nicht. Doch der Zug seines Arms war eindeutig. Über den schräg gestellten Raum und wider das fortgesetzt eindringende Wasser kämpfend zog er Katharina hinter sich her. Sie musste sich zusammenreißen. Gegen den Schmerz in ihrem Kopf angehen, gegen das Bedürfnis, einfach die Augen zu schließen und aufzugeben.

Der junge Mann packte sie jetzt sehr fest und stieß sie hinaus auf den Gang. Endlich kam sie ganz zu sich, erfasst von jener Wut, die ein jedes Wesen empfindet, das am Leben zu bleiben versucht. Ganz im Gegensatz zu der in extreme Schräglage geratenen Fähre, die sich so völlig den auf sie einwirkenden Kräften hingab, nun auch – nicht zuletzt wegen der vielen Autos im Tiefgeschoss, die alle nach rechts und zum Heck hin abrutschten – achtern absank. Sodass Katharina, von ihrem Retter von hinten gestützt und angeschoben, auf der schräg nach oben führenden Seitenwand des Flurs aufwärtsklettern musste. Dabei schoss ihr das Wasser ins Gesicht, das Schiffsinnere füllte sich immer mehr. Sie gerieten jetzt vollkommen unter Wasser. Aber noch immer ermöglichte die Deckenbeleuchtung eine Sicht. Die große Treppe war zu erkennen, die durch eine weite Öffnung aufs Promenadendeck führte. Und damit die Möglichkeit, sich am Geländer hochzukatapultieren.

Doch dann ein Blitz, mehrere Blitze und mit einem Mal völlige Dunkelheit. Katharina spürte nur noch, wie ihr Retter von unten her ihre Füße packte und sie nach oben schob, Meter um Meter, und schließlich mit einem letzten kräftigen Schub ihre Füße losließ. Sie fühlte ganz genau den Rückstoß, der ihn erfasste. Sie fühlte, wie da eine Distanz entstand. Sie, die nach oben trieb, er, der zurück in die Tiefe glitt.

Sekunden letzter Kraft.

Sekunden des Gefühls, dass das ganze Leben eine einzige schreckliche Lächerlichkeit war. Trostlos, dumm, ungerecht, absolut unnötig, eine peinliche Erfindung, wie ein Ofen, mit dem man nicht heizen kann, wie ein Fahrrad mit quadratischen Reifen.

Endlich brach ihr Kopf durch die Wasseroberfläche. Sie schnappte nach Luft, sie biss geradezu in ein vom Wasser gepeitschtes Stück Luft hinein. Atmete, war am Leben, lächerlich hin oder her, sah jetzt auch Licht, das wohl von einem der zu Wasser gelassenen Rettungsboote stammte. Und griff nun unter sich, verzweifelt ihre Arme durch das Wasser schlagend. Aber da war nichts. Kein Arm, kein Kopf, nichts, was sie hätte hochziehen können. Es war ihr nicht gegeben, zu helfen, so, wie ihr geholfen worden war. Da nützte es auch nichts, dass sie nach einigen kräftigen Atemzügen wieder untertauchte, ein, zwei Meter abwärts, mit ihren Armen kreisende Bewegungen vollzog. Suchte. Umsonst. Da war niemand, nach dem sie hätte greifen können.

Sie kam wieder nach oben, erkannte jetzt den sich gewaltig aufrichtenden Schiffsbug, der wie ein schräg gestellter Kirchturm über dem stark bewegten Wasser hochragte. Sie beeilte sich davonzukommen, kraulte von dem Schiff weg, kraulte zu dem leuchtenden Boot hin, das aber kein leuchtendes Boot war, sondern irgendein brennendes Teil. Bemerkte dann jedoch, wie hinter ihr etwas heranfuhr. Doch noch ein Boot, ein Fischerboot, das in der Nähe gewesen war und die Überlebenden aus dem Wasser barg. Und jetzt auch Katharina aus dem Meer holte. Sie und jene, die das Glück gehabt hatten, trotz der späten Stunde am Oberdeck gewesen zu sein, eine endlose Party feiernd. Kein Wunder, dass sich eine ganze Menge Stockbetrunkener unter den Geretteten befand. Während hingegen viele von denen, die in ihren Kabinen gewesen waren, von der Plötzlichkeit des sich zur Seite neigenden Schiffs im Schlaf überrascht worden waren. Vor allem jene auf der Steuerbordseite. Kaum einer, der es rechtzeitig hoch an Deck geschafft hatte. Auch Katharina nicht, wäre da nicht dieser Mann gewesen, ein junger Grieche, Matrose auf dieser Fähre, der Einzige wohl, der versucht hatte, Passagiere zu warnen, und der nun irgendwo im Inneren des untergegangenen Schiffs …

»Er hat mir das Leben geschenkt«, sagte Katharina zu Robert. »Seines für meines. So muss man es sehen.«

»Was für eine Geschichte!«

»Was für eine unsinnige Welt«, sagte Katharina, in der sie, die keinem hatte helfen können, überleben durfte, während ihr Retter, irgendein namenloser Matrose, auf diesem Fährschiff ertrunken war. Seinen Namen nie erfahren zu haben war ein zusätzliches Übel gewesen.

Katharina berichtete davon, wie sie versucht hatte, etwas über ihren Retter herauszufinden, und wie ihr die Reederei ebenso wie die griechischen Behörden diesbezüglich jegliche Information verweigert hatten. Man tat dort, als wäre bloß ein Hund gestorben. Oder der Kanarienvogel in der Kabine des Kapitäns. Richtige Namen schienen nur die umgekommenen Touristen besessen zu haben.

»Ich wollte seine Eltern treffen«, sagte Katharina, »vielleicht eine Frau, mit der er zusammen war, eine Familie. Ich wollte um Verzeihung bitten.«

»Sie haben diesen Mann nicht gezwungen, Sie zu retten. So wenig, wie ich Sie gezwungen habe, mich zu retten.«

»Ach ja, Sie legen sich in den Schnee und hoffen dann, dass niemand vorbeikommt, der Sie aus diesem Schnee wieder herausholt. Nein, bitte nicht die Schuld auf die anderen schieben …«

»Geht es wirklich um Schuld?«

»Natürlich geht es um Schuld«, sagte sie. »Wir versündigen uns ständig am Leben. Was muss ich – als hätte Venedig nicht genügt – auch noch nach Griechenland?«

»Na ja, das Schiff, die Fähre, wäre auch ohne Sie gefahren und auch ohne Sie untergegangen.«

»Aber wäre ich nicht dort gewesen, hätte der junge Matrose mich nicht zu retten gebraucht.«

»Er hätte jemand anderen gerettet«, erwiderte Robert.

»Das ist eine dumme Ausrede«, meinte Katharina, »so dumm wie die, dass, wenn nicht *wir* es sind, die die Waffen schicken, es die anderen tun. Oder ähnlich dem Argument, dass, wenn ich meine Putzfrau aus Bulgarien nicht unangemeldet beschäftigen würde, sie gar keine Arbeit hätte.«

»Hatten Sie nie eine Putzfrau?«

»Na, was denken Sie, wieso ich weiß, wovon ich rede.«

»Und Sie wissen also gar nichts über diesen Mann, diesen Matrosen …«

»Ich sehe ihn in meinem Träumen. Aber sehr viel deutlicher als damals, als es geschah. Da war es ja Nacht gewesen.«

Katharina beschrieb, wie sie diesen Mann in ihren Träumen erblickte, sein jugendliches, aber von der Sonne stark zerschnittenes Gesicht, keine Falten, jedoch Schnitte kreuz und quer, wie vom unterschiedlichen Einfall der Sonnenstrahlen. Und auch seine goldbraune Gesichtsfarbe gleich der Mischung von grellem Mittagslicht – Licht wie aus einer von einer antiken Faust zusammengepressten Zitrone –, vermengt mit Abendlicht, auch dieses gepresst, aus einer Blutorange, aber nicht mittels einer Faust, sondern als würden zwei Putti mit ihren Flügeln rechts und links gegen die Frucht drücken.

»Genau so eine Farbe«, sagte Katharina, »hat in meinen Träumen sein Gesicht. Aber was habe ich davon? Von der Genauigkeit meiner Träume und weiß rein gar nichts von dem wirklichen Menschen.«

»Schon, aber was würde es ändern, wüssten Sie, wer seine Frau oder Freundin ist?«, fragte Robert. »Würden Sie ihr dann Geld schicken?«

Geld schicken, meinte Katharina, sich vom eigenen Geld zu trennen sei eigentlich das Mindeste, was man tun könne. So billig das sein mochte, war es besser als nichts.

»Man könnte aber auch«, sagte sie, »doch noch herausfinden, wer dieser Mann war, und dann etwas tun, was in seinem Sinne wäre. Vielleicht sogar etwas beenden, was er angefangen hat.«

»Wie meinen Sie das? Wie man ein Bild von jemand anderem zu Ende malt?«

»Ein Bild, das wäre vermessen. Aber vielleicht ... so etwas wie ... dabei zu helfen, ein Haus fertig zu bauen.«

»Ein Haus in Griechenland?«

»Ja, etwas in der Art. Hätte ich herausgefunden, wer dieser Mann war, so hätte ich auch herausgefunden, was es ist, womit er begonnen hat, und das zu beendigen in gewisser Weise meine Pflicht gewesen wäre.«

»Schuld und Pflicht«, sagte Robert, aber es klang skeptisch.

»Genau so ist es«, antwortete Katharina. Und erklärte, sie gehe noch einmal hinaus und drehe eine kleine Runde im Nachtschnee. Eine Runde ums Haus.

Robert nickte. Vom Cognac beschwert sank er tiefer in seinen Ledersessel. Es war ganz sicher nicht die gesündeste Weise, in dieser Haltung zu schlafen, auch wenn er seine Füße auf einem passenden Fußhocker abgelegt hatte. Doch Rücken hin oder her, so würde es nun mal in nächster Zeit bleiben. – Ein klein wenig kam es Robert vor, als sei er in diesem Sessel geboren worden. Der Sessel war sein Nest. Und im Grunde schlief er darin ganz ausgezeichnet. Hätte er sich etwas besser an sein früheres Leben erinnern können, er hätte sagen können: »Noch nie habe ich so gut geschlafen.«

Katharina vor dem Haus. Blick zu den Sternen. Sicherer Stand im Schnee, der an dieser Stelle hart und eben war.

Katharina hatte dem Mann, der dort drinnen in seinem Ledersessel saß, einen Namen gegeben. Und fragte sich, ob es nicht auch an der Zeit war, jenem jungen Griechen, der sie vor Jahren gerettet hatte und der darum hatte sterben müssen, ebenfalls einen Namen zu geben. Auch wenn dieser Name nur ein Platzhalter sein würde, wie ja auch der Name *Robert* nur ein Platzhalter war.

Sie besaß einige Ahnung von dem Nachthimmel, auf den sie

soeben schaute. Sie erkannte das sogenannte Wintersechseck mit seinen sechs hellen Sternen. Wozu auch Prokyon zählte, der hellste Stern im Bild *Kleiner Hund*.

Sie dachte jetzt daran, wie Robert von jenem kleinen Hund gesprochen hatte, dem kleinen, weißen Terrier, der ihm gestorben war. Sie selbst hatte ja, neunjährig, ebenfalls einen Hund gehabt. Einen kleinen Hund, den sie aus einer Abfalltonne befreit hatte und der dann ein großer Hund geworden war, trotzdem nur ein paar Jahre alt wurde. Ihr bester Freund, genau genommen.

Sie erinnerte sich an den Schmerz, den sie empfunden hatte. Dieser unermessliche Verlust.

Und nahm diese Erinnerung zum Anlass, sich nun ausgerechnet im Sternzeichen *Kleiner Hund* zu bedienen, um jenen griechischen Matrosen mit einem Namen auszustatten.

»Prokyon«, sprach die sternenbewanderte Katharina in die kalte Luft hinaus. Der kleine Nebel aus ihrem Mund trug den Namen ins Freie.

Prokyon, was so viel bedeutet wie »vor dem Hund«.

Prokyon! Ganze elf Komma vier Lichtjahre von Katharina entfernt. Wobei es sich in Wirklichkeit nicht bloß um *einen* Stern handelte, sondern um zwei. Um ein Doppelsternsystem, das aus der Entfernung betrachtet zu einem einzigen Lichtpunkt verschmolz.

Vielleicht, so stellte sich Katharina vor, war in Wirklichkeit so gut wie alles von einer Zweiheit bestimmt, sodass immer nur aus der Distanz der Eindruck *einsamer* Wesen und Dinge entstand. Und wer weiß, vielleicht geschah das sogar im Falle der Distanz, die sich aus der Entfernung zwischen einem Spiegel und der Person ergab, die sich in diesem Spiegel betrachtete und nicht erkannte, dass da noch jemand Zweiter neben ihr stand.

Ja, möglicherweise war alles und jedes ein Zwilling.

Katharina lachte. Sie lachte ob der Absurdität eines solchen Gedankens. Aber ihrem Retter einen Namen gegeben zu haben, das fand sie dann doch eine gute Idee.

Und so kehrte sie, nicht unzufrieden, zurück in den *Bücherberg*.

3

Im Bett liegend blieb sie noch eine ganze Weile wach. Ihren Laptop hatte sie wie eine Katze oder ein Baby auf dem Bauch, ihrem Bauch, der im Liegen eine kleine Grube bildete, eine Laptopkuhle gewissermaßen. In solcher Position sah sie sich die zigte Folge einer TV-Serie an. Einer in Norwegen spielenden Geschichte, in der jedoch keine einzige Person so einen Pullover trug wie der in seinem Sessel schlafende Mann drüben im Laden. Von dem zumindest bekannt war, dass er als Jugendlicher und junger Erwachsener ein leidenschaftlicher Boxsportler gewesen war. Und dass er eine schöne Stimme besaß.

Sich diese Serien anzusehen, sich von diesen Serien tief in die Nacht hineinbegleiten zu lassen und dabei trotz aller Spannung immer wieder einzuschlafen, das war so typisch für die Zeit, in der Katharina lebte. Eine Art neues Mittelalter, eine dunkle Phase, in der die Menschen ihre Abende und Nächte gerne vor dem »Lagerfeuer« ihrer von zahllosen Serien befeuerten kleinen Bildschirme zubrachten.

Jedenfalls wurde es sehr spät, bevor Katharina dann endgültig das kleine flache Gerät zuklappte, es von ihrem Bauch nahm, neben sich legte und das Bettlicht abschaltete. Allerdings nicht gleich einschlief. Sie tat beide Hände in die sanfte Furche ihres Bauchs und fühlte noch die Wärme, die der Laptop zurückgelassen hatte. Eine Wärme, die über ihre zehn Finger kanalartig in die Arme floss, hoch zur Schulter, in ihren Nacken hinein, ihren Hals, und bald auch ihren Brustkorb in eine kleine Verzückung versetzte. Ihre rechte Hand glitt nach oben, umfasste ihren linken Busen, drückte fest ihre Warze, die sich wie Rinde anfühlte. Währenddessen sank ihre linke Hand südwärts, zwischen die Beine und umfasste ihre gesamte Scham fest und entschieden.

Ihre Scham und ihr Gefühl. – Sie mochte das Wort *Schamgefühl* entgegen der negativen Verwendung. Wie sich ihre Scham anfühlte: weich, rund, sorgsam, eine Wölbung, eine »gute Gegend«, und Katharina in der Folge Mittel- und Zeigefinger nach unten drückte und die Form ihrer Schamlippen nachzeichnete, sodann den Mittelfinger am ersten Glied umknickte und begann, ihre Klitoriseichel in Form einer sehr engen Acht zu massieren.

Ein Stöhnen drang wie ein kleines Zwitschern aus ihrem leicht geöffneten Mund.

An wen dachte sie gerade? Nun, sie dachte an eine Mixtur. Eine Mischung aus drei Männern.

Drei Männer als Mischung, also nicht die Vorstellung, mit gleich drei Männern Sex zu haben, wirklich nicht. Vielmehr war es wahrhaftig eine Fantasie, die einem einzigen Mann galt, der sich aus einem jungen Griechen namens Prokyon, einem schlafenden Riesen namens Robert und einem jungen Priester am Ende des 19. Jahrhunderts zusammensetzte.

Natürlich wurden die drei Männer in Katharinas Vorstellung nicht zu einer einzigen monströsen Erscheinung, der Kopf des einen auf den verschmolzenen Leibern der beiden anderen, kein Kubismus, keine frankensteinsche Konstruktion, sondern es bestand eben wirklich eine Durchmischung, am ehesten vielleicht so auszudrücken: dass dieser *vereinheitlichte* Mann in Katharinas Fantasie so war, als sei Prokyon im Alter zu Robert geworden, allerdings ausgestattet mit dem progressiven Wesen eines attraktiven Klerikers vergangener Tage.

Und am Höhepunkt dieser, nun ja, man könnte schon sagen christlichen Fantasie, nämlich von einem dreieinigen Mann befriedigt zu werden, schlief Katharina ein. Gewiss nicht, weil ihr Orgasmus so schwach und einschläfernd ausgefallen wäre, eher im Gegenteil. Der Akt ihrer Selbstbefriedigung war schon lange nicht mehr so intensiv gewesen, eine Welle rasch folgender wunderbarer Schockmomente. Aber noch inmitten dieser Welle, genau an der Stelle des Wellenscheitels, fiel sie in den Schlaf und erlebte das Ende dieser Welle so, wie man vielleicht seinen Tod erlebt. Nicht als ein bewusstes Ereignis, sondern von jemandem wahrgenommen, der man nicht selbst war, der aber in einem steckte. Ein wenig wie dieser doppelsternartige Zwilling, den man nicht sah, weil jede Betrachterposition einfach zu weit entfernt war, auch wenn sie nur die Distanz zu einem Spiegel maß.

Faktum war: Es war toll gewesen.

Und als Katharina am Morgen erwachte, hatte sie noch immer eine gute Erinnerung daran.

Allerdings war es für ihre Verhältnisse ausgesprochen spät, als sie die Augen auftat. Durch das kleine, verhangene Fenster dieses einstigen Notraums drang bereits das Licht des Tages.

»Okaaay«, sagte sie in dieser gedehnten Weise, mit der sie Überraschendes zu quittieren pflegte, und erhob sich aus dem Bett. Sie ging kurz unter die Dusche, schlüpfte danach in eine bequeme, weite, vielfarbige Hose sowie in eine weiße Bluse, verknotete ein Haarband vom gleichen Muster ihrer Hose im Nacken und begab sich hinüber in den Buchladen.

Der rote Sessel jedoch war leer.

Einen vergnüglichen Moment lang überlegte sie, wie es wäre, sich diesen vom Himmel gefallenen Mann bloß eingebildet zu haben, um ihn in eine erotische Fantasie integrieren zu können. Als den kräftig beleibten, bärtigen Teil dieser Fantasie. Außerdem als jemanden, der einen Ausgleich schuf. Indem diesmal eben nicht sie die Gerettete war, sondern der Mann der Gerettete.

Als sie jetzt aber durch die weite Panoramascheibe ihres Geschäfts schaute, sah sie ihn. Er stand etwas seitlich, drüben an der Stelle, wo sie am Vorabend das Wintersechseck betrachtet und einen jungen toten Griechen mit einem Namen aus dem Sternbild *Kleiner Hund* ausgestattet hatte.

Katharina schlüpfte in ihre Schneestiefel, zog sich den weißen Anorak über, öffnete die Ladentüre und trat ins Freie.

Was sie nun sah, war das Folgende: Robert hatte eine Menge Schnee aufgeschichtet, wie man das tut, wenn man einen Schneemann baut. Es war allerdings kein Schneemann in der bekannten Form, also eine Kugel für die Beine, darauf eine Kugel für den Oberleib und zum Schluss eine Kugel für den Kopf, dazu Karottennase, Knopfaugen, Steinknöpfe etcetera. Nein, dieser Schneemann war um einiges naturalistischer, jedoch mit einigen Brüchen in diesem Naturalismus. Zu sehen war eine lebensgroße Figur mit eindeutigen Merkmalen eines nackten Mannes, die Muskulatur betreffend, die Anatomie, das angedeutete Geschlecht, die Physiognomie des mächtigen Schädels, wobei die ganze Erscheinung aber auch etwas Verdrehtes und Verzerrtes besaß. So sprang etwa eine Hüfte viel zu weit vor, und der eingefallene Bauch stand in einem Missverhältnis zur sehr breiten Brust. Dazu kamen Details, die stark geometrisch gestaltet waren. Etwa die beiden Fäuste, die allein aus quadratischen Würfeln bestanden, freilich aus realistischen Unterarmen herauswuchsen.

Katharina war an Robert herangetreten, der vollkommen vertieft in seine Arbeit war, wie wild an einem der Beine dieser Figur arbeitete. Beine, die noch im Fundament des »Schneemanns« verborgen waren und die er mit einem Stück Holz aus dem Schnee herauskratzte.

»Meine Güte, was machen Sie da?«, fragte ihn Katharina.

Er wandte sich erschrocken um. Dann lächelte er, tat einen Schritt von seiner Arbeit weg, schüttelte den Kopf und erklärte: »Es hat mich einfach überkommen. Sie waren ja noch nicht wach. Ich hab mich so ungemein frisch gefühlt. Stark und frisch und bin nach draußen in diesen hellen, blauen, gesunden Tag. Und … na, ich hatte Lust, mit dem Schnee zu spielen.«

»Das nennen Sie spielen? Das ist eine irre Skulptur. Riesig! Also, ich meine nicht nur, weil sie so groß ist.«

»Ja, aber ich bin trotzdem unzufrieden. So viel Spaß das macht. Aber etwas fehlt noch.«

»Die Unzufriedenheit ist eigentlich ein Beweis dafür, dass das Ihr Beruf sein dürfte.«

»Was? Unzufrieden sein?«

»Künstler sein.«

»Nicht wirklich«, meinte Robert. »Wobei … ich habe heute Nacht von einem großen, hellen Raum geträumt. Hohe Wände, hohe Scheiben. Es stand aber keinerlei Kunst herum, nur Müll.«

»Der Müll könnte die Kunst gewesen sein.«

»Nein, es war schon richtiger Müll, denke ich«, sagte Robert und fragte, ob es in Ordnung sei, wenn er weiter an seinem Schneemann arbeite.

»Tun Sie nur«, antwortete Katharina, »ich mache uns in der Zwischenzeit einen Espresso.«

Und das tat sie.

Als sie zurückkam, die beiden kleinen Tassen über die Fläche von Schnee tragend, war von dem Schneemann nur noch eine Zerstörung übrig. Ein unförmiger Haufen, aus dem allein ein Teil des Kopfes herausragte. Die glatte Schädeldecke, die Robert aber nun ebenfalls mit seiner behandschuhten Hand zerdrückte, sodass nichts mehr auf die einstige Figur verwies.

Als sei ein Homunkulus in seinen Urzustand zurückgekehrt.

»Was soll das jetzt?«, fragte Katharina. »Ich wollte eben noch ein Foto davon machen.« Dabei reichte sie ihm eine der Espressotassen.

Er nahm sie, tat einen Schluck und meinte: »Es war einfach nicht gut. Und halb gut ist keine Option. Ich glaube, Sie könnten wirklich recht haben, ich hatte wohl irgendwie mit Kunst zu tun, auch wenn ich mich im Moment nur daran erinnern kann, einmal Boxer gewesen zu sein. Im Grunde ist natürlich beides pure Kraftmeierei. Die Kunst wie das Boxen. Und Ausdruck von Größenwahn. Weshalb man ja auch nichts zulassen kann, was nur halb gut ist.«

»Und Sie können das so sicher unterscheiden?«

»Na, jedenfalls bei Schneemännern«, sagte er.

»Und Schneefrauen?«

»Ich werde ganz sicher demnächst auch mal eine Schneefrau versuchen. Und vielleicht einen riesigen Schneehasen«, kündigte Robert an.

»Aber nicht mehr heute«, sagte Katharina und erklärte, dass man die idealen Bedingungen nützen müsse. Für die nächsten Tage schaue es nicht so gut aus. Ein abrupter Wärmeeinbruch stehe bevor, und damit steige die Lawinengefahr.

»Verdammt«, meinte Robert, meinte damit aber nicht die Lawinen, sondern die Qualität des Schnees, mit dem er in den nächsten Tagen weitere Figuren formen wollte.

Katharina bestimmte also, dass man die günstigen Verhältnisse dieses Tages nützen wolle, um hoch auf den Gipfel zu steigen.

Und das taten sie dann nach einem kurzen Frühstück, das aber nicht in der Schutzhütte, sondern im *Bücherberg* eingenommen wurde. Dunkles Roggenbrot, das am Vortag aufgetaut worden war, dazu einfach nur Salz und Olivenöl, Katharinas Standardfrühstück. Etwas, was sie trotz Roberts Übernahme der Küche beibehalten wollte. Und das war auch ganz in seinem Sinne. Ihm genügte die Vorstellung, erst an den Abenden, wenn das Licht verloren war, von der Schneekunst zur Kochkunst zu wechseln.

Bestens ausgerüstet, beide mit Schneeschuhen an den Füßen, mit Frontzacken aus Carbonstahl und Steighilfen für die steilen Passagen, gingen sie los.

Man könnte natürlich einwenden, dass so ein Marsch etwas früh kam für einen Mann, der gerade eben dem Tod entronnen war und der noch Blasen an den Füßen hatte. Aber der Tod war vergessen, und die Füße waren bestens behandelt und einbandagiert. Zudem waren es keine leeren Worte gewesen, wenn Robert erklärt hatte, sich stark und frisch zu fühlen. (Wie sehr hier die Kräuterteemischung einer mürrischen, alten, diabolisch anmutenden Bäuerin eine Rolle spielte … ja mei, wie die benachbarten Bayern sagten, das würde sich wohl nie feststellen lassen.)

Faktum war, dass sie gut vorwärtskamen. So viel besser als damals, als es abwärts gegangen war und Robert recht unwillig das Leben erneut in Angriff genommen hatte.

Der Schnee hatte an Festigkeit gewonnen, und es war bloß eine dünne Schicht von *Schneestaub*, der oben auflag und mit einem jeden Schritt leicht aufgewirbelt wurde. Was beim Marschieren den Eindruck machte, als würden die beiden über viele kleine Vulkane steigen. Dazu kamen dann auch noch die gut sichtbaren Fontänen ausgeatmeter Luft, die als kurzlebige Wölkchen den Fleiß der Wanderer dokumentierten.

Nach ungefähr einer halben Stunde erreichten sie jenen Punkt, an dem Katharina auf den im Schnee liegenden Robert gestoßen war.

Die Stelle war auf dem glatten, steilen Hang durchaus noch gut erkennbar, der kleine Schneehaufen, der praktisch den Rücken Roberts gleich einem Gipsabdruck wiedergab. Eine stark vereiste Wechte, Denkmal für eine Rettung.

Beim Näherkommen zeigte sich nicht nur, dass hinter dieser Wechte auch noch immer jene Mulde bestand, die sich aus der Seitenlage Roberts ergeben hatte, sondern dass diese Mulde … nun, sie war nicht leer. Da lag etwas Dunkles. Allerdings nicht ein weiterer Mann, der den Eindruck gemacht hätte, vom Himmel gefallen zu sein. Sondern etwas, das *tatsächlich* vom Himmel gefallen war. Nur sehr viel kleiner als ein ausgewachsener Mann oder auch nur ein noch nicht ausgewachsenes Kind. Kein Mensch, sondern ein Tier.

Ein Tier, das aber in ganz ähnlicher Weise wie damals Robert hier lag. Vollkommen bewegungslos, zur Seite gedreht, mit der linken Flanke gegen den Untergrund, den Kopf stark eingezogen. Schwarzes Gefieder. Darauf zahlreiche kleine Eisklumpen klebten wie damals die kleinen Eiszapfen im Bart und am Haar Roberts.

So, wie sich Katharina zwei Tage zuvor zu Robert hinuntergebeugt hatte, tat sie es auch jetzt, zog ihren rechten Handschuh aus und legte die Hand auf den Leib des Vogels, dessen Größe und Aussehen ihn als einen Rabenvogel erkennen ließen.

Katharina freilich wusste es genauer. Sie sagte: »Eine Dohle, eine Alpendohle. Und … ich denke, sie lebt. Auch wenn sie selbst es kaum mehr spüren mag.«

Es war ein Seufzen in Katharinas Stimme. Im Grunde fühlte sie sich nicht wirklich dazu berufen, nachdem sie einen Mann gerettet hatte, nun auch noch einen Vogel zu retten. Zumindest das Tier an einen anderen Ort zu bringen, als es hier, in dieser von Robert geschaffenen Mulde, einfach liegen zu lassen. Aber was sollte sie tun? Das Tier seinem Schicksal überlassen? Natürlich nicht.

Alpendohlen sah man um diese Zeit eher in etwas niedrigeren Regionen, in der Regel in größeren Verbänden. Wobei einige sich auch im Winter drüben bei der Bergstation aufhielten. Alpendohlen waren anders als ihre Verwandten, die Alpenkrähen, durchaus an dem interessiert, was die Menschen an Nahrhaftem liegen ließen oder wegschmissen. Und davon gab es an der Bergstation zu jeder Jahreszeit zur Genüge, abgesehen davon, dass manche Touristen die Vögel fütterten und begeistert waren, wenn diese im Flug irgendeinen Krümel, irgendein frisbeeartig geworfenes Stück auffingen. Weshalb es ja auch hieß, diese Vögel würden »mit dem Strukturwandel in den Alpen weit besser zurechtkommen als etwa die Alpenkrähe«.

Fragte sich, womit hingegen dieses eine Exemplar *nicht* zurechtgekommen war. Was hatte den Gefiederten so weit nach oben getrieben, in eine Region, in der es nun wirklich nichts zu fressen gab, in der nur Eis und Schnee waren, nicht einmal Touristen, und sich erst im Frühjahr die Reise lohnte? War es einfach seiner Lust am hohen Flug entsprungen? An der Himmelsstürmerei? Oder hatte er sich auf dem Weg zur Schutzhütte befunden, in der es ja durchaus immer wieder Abfälle zu klauen gab, und war dabei ein Stück vom Flugweg abgekommen?

Ein Zyniker hätte vielleicht angesichts der vor allem im Winter besonders intensiv betriebenen, eigentlich in Gruppen stattfindenden Balz dieser Vogelart gemeint, dass dieses eine Männchen aus der konzertierten Balzaktion ausgebrochen war, um in höchster Höhe irgendein faszinierendes, aus Imponiergehabe entstandenes Flugkunststück zu absolvieren. Bevor er dann abgestürzt war und sein Bewusstsein verloren hatte.

Er schien aber nicht wirklich verletzt, da war kein Blut, kein geknickter Flügel, sondern nur eine große Schwäche. Eine stark verminderte Tätigkeit der Körperfunktionen. Vielleicht aber innere Verletzungen, wer weiß?

Ja, wer weiß.

Katharina griff so vorsichtig wie zügig unter den Leib der Alpendohle – in der Tat ein Männchen, wie sie richtig eingeschätzt hatte, etwas schwerer und etwas größer als ein Weibchen und mit einem längeren Schnabel – und hob ihn hoch.

»Der sieht etwas steif aus«, stellte Robert herzlos fest.

»Der ist auch steif«, sagte Katharina, »aber er lebt trotzdem.«

Und wie um diese Aussage zu beweisen, bewegte der Vogel jetzt seinen Kopf, diesen Kopf mit dem bläulich-metallischen Schimmer im Schwarz und dem schlanken Schnabel, dessen Gelb vor dem Hintergrund des dunklen Gefieders ungemein sommerlich herausleuchtete. Er öffnete kurz eines seiner Augen, ein bloßes Blinzeln, bevor er es gleich wieder schloss. Als wollte er nur schauen, ob er schon im Himmel war. War er aber nicht, sondern in der Obhut einer Buchhändlerin.

Diese Buchhändlerin bedauerte nun sehr, dass man also erneut nicht weiter zum Gipfel hochsteigen könne, wie es doch schon so lange zu ihrer Routine gehörte. Aber sie sagte: »Gut, dann bringen wir den Vogel halt nach unten.«

»Ins Tal?«, fragte Robert ängstlich.

»Nein, in unsere Hütte«, antwortete sie und meinte spitz, »und dort schauen wir, ob wir ihn auftauen können.«

Dann aber fragte Katharina: »Das hat nicht zufälligerweise etwas mit Ihnen zu tun?«

»Wie meinen Sie das?«, erwiderte Robert irritiert.

»Na, finden Sie es nicht auch merkwürdig, dass der Vogel ausgerechnet in Ihrem … ich weiß gar nicht, wie ich das ausdrücken soll … in Ihrem Grab gelandet ist?«

»Mein Gott, wie sollte das zusammenhängen? Vielleicht ist er auch woanders abgestürzt und hat sich hierhergeschleppt, weil es halt einen Schutz bietet, in dem Loch zu liegen.«

»Ich weiß nicht«, meinte sie skeptisch, »ich glaube nicht so gern an Zufälle.«

Dabei legte sie den Vogel kurz auf dem Boden ab, löste die fellgefütterte Kapuze von ihrem Anorak, die sie sowieso nicht nutzte, und platzierte die Alpendohle darin.

»Soll ich ihn tragen?«, bot sich Robert an.

Katharina blickte Robert kurz an, als überlege sie, ob dieser Mann überhaupt imstande war, zwei Dinge gleichzeitig zu tun: Vogel tragen und bergab steigen. Nickte dann aber.

Und während Robert den *kapuzierten* Vogel hochhob, erklärte Katharina, dass sie nun wohl auch für diese Alpendohle – wenn man sie schon bei sich aufnahm und zu heilen versuchte – einen Namen würde finden müssen. Den dritten Namen kurz nacheinander.

»Wieso den dritten?«, wunderte sich Robert.

Im Losgehen erzählte Katharina davon, wie ihr spät in der Nacht, beim Blick in den Nachthimmel, ein Name für jenen jungen, toten Matrosen – der auf ewig ein *junger* Matrose bleiben würde – quasi ins Auge gestochen war. Ein Stich aus dem Sternbild *Kleiner Hund.*

Und meinte abschließend: »Na, vielleicht finde ich dort oben auch was Passendes für den Vogel.«

Samt der noch namenlosen Alpendohle gelangten Robert und Katharina ohne Schwierigkeiten auf dem gleichen Weg nach unten, auf dem sie nach oben gestiegen waren.

In der Hütte legte Robert den tief in die Kapuze eingesunkenen Vogel in den roten Ledersessel. Mag sein, dass er ein wenig die Magie dieses Stuhls bemühte, der ihm selbst immerhin Quartier und Schlafplatz geworden war.

Kurz darauf brachte Katharina aber einen großen Schuhkarton aus dem hinteren Zimmer, den sie mit einem weichen Handtuch und einem Belag von Küchenpapier ausgepolstert hatte und in den die Alpendohle umquartiert wurde.

Der Vogel war nun gut sichtbar. Und tatsächlich zeigte sich jetzt doch eine Wunde. Spuren von Blut sickerten auf das Weiß des Küchenpapiers. Katharina, die sich ein Paar Einweghandschuhe übergezogen hatte und das Tier untersuchte, entdeckte eine Verletzung im Bauchbereich, eine Wunde, die offensichtlich wieder aufgebrochen war und aus der frisches Blut austrat. Katharina desinfizierte die Stelle mit einer Betaisodona-Lösung und stillte in der Folge die Blutung mit einem Wattepad.

»Vögel«, sagte Katharina, während sie das noch immer regungslose Tier verarztete, »haben ziemlich wenig Blut in ihrem Kreislauf, da braucht's wirklich keinen zusätzlichen Verlust.«

»Sie scheinen sich auszukennen«, sagte Robert.

»Besser als mit dem Boxen«, antwortete Katharina und warf Robert einen Blick zu … nun, einen Blick, der durchaus kokett zu nennen war. Nicht auszuschließen, dass sie sogar eine Menge Ahnung vom Boxsport hatte. Vielleicht selbst einmal geboxt hatte.

»Also, seine Flügel dürften unverletzt sein, die Knochen okay«, sagte Katharina, »was wohl das Wichtigste ist, wenn man Vogel ist, nicht wahr? Ich vermute, er hat sich bei seinem Absturz – wieso auch immer ein Vogel abstürzt – ein Trauma zugezogen. So eines, wie wenn man gegen eine Scheibe fliegt. Er ist halt gegen den Berg geflogen. Armer Kerl.«

Der »arme Kerl« öffnete nun erneut ein Auge, dann auch das zweite, zudem weitete sich sein Schnabel ein Stück. Er begann aber nicht etwa unruhig zu werden. Sein Körper verblieb in der seitlich liegenden Haltung, noch immer leicht fixiert von den Händen Katharinas, die Robert jetzt anwies, eine Traubenzuckerlösung herzustellen. Das Beste, was man tun könne, um das Tier wieder zu Kräften kommen zu lassen, gleich, was da in seinem Kopf in Unordnung geraten war.

Katharina beschrieb, wo in der Küche der Traubenzucker zu finden sei, den Robert in lauwarmem Wasser auflösen und in eine Spritze aus dem Notfallkoffer füllen solle.

Das tat Robert, kam zurück und reichte Katharina die Spritze, die sie vorsichtig in den Schnabel der Dohle fügte und einige Tropfen ins Maul spritzte.

»Das machen wir jetzt jede Viertelstunde«, gab Katharina das Tempo vor.

Sodann nahm sie den Kartondeckel, griff nach der Schere in ihrem Notfallkoffer und bohrte mehrere Löcher in die Oberfläche. Damit verschloss sie das Krankenbett der Alpendohle.

»Mal sehen«, meinte Katharina, »was das bringt, den armen Kerl gerettet zu haben. Und *Sie* denken in der Zwischenzeit nach, was es heute zum Abendessen gibt.«

»Aber beim Vorlesen sind Sie dran«, meinte Robert.

Katharina nickte. Aber es war nicht das Nicken eines Zugeständnisses. Sondern verriet nur, dass es ihr gleichermaßen Freude bereitete, einen unterhaltenden Text vorgelesen zu bekommen, wie ihn vorzulesen.

Der Vogel erhielt an diesem Nachmittag, der bald in den Abend überging – ein Abend, der bereits spürbar, geradezu abstrus, eine aufbrausende Wärme in all der Kälte spüren ließ –, er erhielt also alle fünfzehn Minuten einige Tropfen dieser Glukoselösung. Wobei Katharina bereits beim zweiten Mal das mit Traubenzucker versetzte Wasser mit jenem Kräutertee mischte, der immerhin auch bei Robert, zumindest zusammen mit den Ibuprofen-Tabletten, einiges Gutes bewirkt hatte.

Und auch der Vogel erholte sich. Nicht sofort, nicht wie von einem Wunder erfasst, aber das eigentliche Ereignis bestand ja darin, dass er nicht starb und dass er in diesem von einem perforierten Kartondeckel geschützten Krankenbett langsam zu genesen schien. Sich bei alldem entgegen so mancher Beschreibung von Vögeln, die sich in Tierarztsituationen recht rabiat aufführten und nach ihren Rettern pickten, angemessen ruhig verhielt. Er hatte wohl begriffen, dass das, was hier vorging, allein zu seinem Guten geschah und es vernünftig war mitzuspielen.

Konnte man sagen, ein Vogel sei vernünftig?

Robert hätte gesagt: nein. Katharina hätte gesagt: Wenn jemand Vernunft besitzt, dann eher die Vögel als die Menschen.

Dabei war es absolut nicht ihre Art, Tiere zu idealisieren. Weder verteufelte sie diese, noch glorifizierte sie sie. Sie konzedierte ihnen nur ganz einfach einen gewissen Verstand. Einen Verstand, nach dem sie selbst sich sehnte, der ihr aber im Falle des Menschseins als Unmöglichkeit erschien. Dazu war der Mensch einfach zu sehr von Leidenschaft, Hysterie und Schwermut geprägt und von diesem absurden Bedürfnis, zu den Sternen aufbrechen zu wollen. Ein vernünftiges Wesen hätte niemals – nur als Beispiel – so etwas wie Literatur geschaffen. Oder Sport. Schon gar nicht Boxen. Also nicht Boxen wie bei den Tieren, als Revierkampf, mit dem Sinn und Zweck, ein Gebiet zu gewinnen oder zu verlieren und weiter eine Gruppe anzuführen oder der nächsten Generation Platz zu machen. Sondern Boxen als theatralische Inszenierung, als ein in ein kleines, umseiltes Quadrat gesperrtes Welttheater, noch dazu mit Schiedsrichter, was ja überhaupt das Lächerlichste war, zwischen die Kämpfenden irgendein Männlein zu stellen, als wollte man Gott persiflieren. Ihn, Gott, als einen kleinen Mann mit Fliege darzustellen, der zwei Bulldozern erklärt, wie sie aufeinander eindreschen dürfen. O Gerechtigkeit!

Am Abend begaben sich Katharina und Robert wieder hinüber in die Schutzhütte, wo die Buchhändlerin ihren vorschriftsmäßigen Kontrollgang durch das Haus absolvierte, den Heizkessel überprüfte, die Räume lüftete, Dichtungen kontrollierte, also ihr *Shining* betrieb, während Robert nun zum zweiten Mal in der Küche stand, hinüber in Lagerraum und Kühlkammer ging und sich dann vollkommen seiner Inspiration hingab.

Mit dem Kochen war es wie mit dem Schneemannbauen. Es war, als zöge Robert ein Urwissen heran, tief in ihm verborgene, nun aber hochsteigende Kenntnisse. Auch die Kenntnis darüber, wann etwas gelungen oder misslungen war, ob jetzt Schneemann oder Fisolensalat. Wobei es ein Einfaches gewesen wäre, allein wegen seines Erfolgs am Vorabend, den genialen Fisolensalat zu wiederholen, wenn schon der Schneemannbau ein wenig schiefgelaufen war. Aber Wiederholung war natürlich der Tod einer jeden Kunst, das konnte man gut bei all den Künstlern sehen, die durch einen bestimmten Trick berühmt geworden waren und die dann diesen Trick immer wieder vorführten. Praktisch unentwegt den gleichen Hasen aus dem Zylinder zogen, damit in jedem Museum und jeder Kunstsammlung der Welt der gleiche Hase stehen konnte, und sich darum auch der blödeste Betrachter leichttat, zu sagen, welcher Meister oder welche Meisterin diesen Hasen hervorgezaubert hatte.

Robert dachte jetzt an Baselitz. Und an Lüpertz. Und Jenny Holzer. Warum nur? Die Namen standen einfach in seinem Kopf, während er noch überlegte, ob er heute einen Griechischen Salat oder einen Salat mit Hähnchenfleisch und Kichererbsen servieren sollte.

Ein Glas schwarzer Oliven in der Hand – es eingehend betrachtend, als studiere er die in Salzwasser eingelegten Seelen der Verdammten – entschied er sich für den Griechischen Salat. Und fragte sich auch gleich, ob das nicht eine ziemlich klischeehafte Verbeugung vor jenem griechischen Matrosen war, mit dem er sich durch Katharinas Erzählung doch irgendwie verbunden fühlte (und nicht ahnen konnte, wie sehr eine erotische Fantasie der Buchhändlerin diese Verbindung bereits in eine recht konkrete Vorstellung übersetzt hatte).

Es würde bei solcher Betrachtung also kein Griechischer Bauernsalat werden, sondern ein Griechischer Matrosensalat. Und das war nicht nur namentlich so gemeint, sondern Robert ergänzte die klassische Form des Bauernsalats um eine maritime Note. Der Salat setzte sich natürlich zunächst einmal aus Feta mit Oliven sowie Paprika, Gurke, Tomaten und Zwiebelringen zusammen. Das Glück war nämlich, dass nur wenige Tage vor Roberts *Sturz aus dem Himmel* Katharina eine kleine Lieferung frischen Gemüses von der Bergstation erhalten hatte, die von zwei Tourengehern mitgebracht worden war. Katharina selbst hätte wenig damit anfangen können, denn sosehr sie frisches Gemüse schätzte, schätzte sie es weniger, es auch zuzubereiten.

Das tat nun Robert und ergänzte diese bekannte Kombination nicht nur um ein schlichtes Dressing aus Olivenöl, Zitrone, Salz und Pfeffer, sondern auch … Er entdeckte in der Kühlkammer, aus der er für den Hauptgang verschweißte Ćevapčići nahm, auch Stückchen von gefrorenem Tintenfisch. So ungewöhnlich das in einer Schutzhütte des Österreichischen Alpenvereins auch sein mochte. Aber wer weiß, vielleicht gab es hin und wieder so was wie einen griechischen Abend. Jedenfalls ließ er einige dieser Stücke auftauen, um sie dann in Wasser weich zu kochen und noch warm in Ringe zu schneiden, beziehungsweise die Tentakel zu teilen. Und rührte sodann alles unter eine spezielle Marinade, in die er auch eine sehr fein zerkleinerte Knoblauchzehe gemischt hatte. In dieser Marinade ließ er den Tintenfisch ein wenig zur Ruhe kommen, bevor er ihn in den Salat und damit in eine neue Umgebung beförderte. Auf solche Weise verwandelte er also den bloßen Bauernsalat in einen Matrosensalat.

»Ich weiß nicht«, sagte Katharina, als sie den Salat sah, den Robert als Vorspeise servierte, »ob ich das mag, Meeresfrüchte.«

»Ich war mir auch nicht sicher«, antwortete Robert und meinte, man könne ja den Tintenfisch wieder herauspicken.

»Nein, nein, probieren wir's mal. Wenn das nur annähernd an den Fisolensalat von gestern heranreicht, werde ich zum Tintenfischfan.«

Und das wurde sie dann auch. Trotz aller Skepsis, die sie

bei Dingen empfand, die aus dem Meer stammten, und damit aus jener fremden Sphäre, die sie einst fast das Leben gekostet hatte.

»Wunderbar«, sagte sie, nachdem sie den ersten Tintenfischring verspeist hatte. »Wirklich.«

»Ich glaube, es kommt auf den Knoblauch in der Marinade an«, meinte Robert, »also gar nicht so sehr auf den Knoblauch selbst, sondern wie man ihn schneidet und zerhackt und schließlich mit der Messerschneide zerdrückt und nicht etwa durch eine Presse drückt. Pressen sind der Tod von allem. Was man hingegen mit der Hand macht, wird einfach besser.«

»Na, die Presse bedienen Sie doch ebenfalls mit der Hand.«

»Sie wissen genau, was ich meine.«

»Stimmt. Sie haben recht«, gestand Katharina und war nun auch glücklich mit dem Rest des Salats, zu dem es ein Stück vom Brot vom Morgen gab, das Robert mit Butter angebraten hatte.

Die Hauptspeise war, so gesehen, nur noch ein unbedeutender Nachklang. Fertige Ćevapčići halt, typisch skihüttenmäßig, mit dem Geschmack von etwas Recyceltem, als wäre das Zeug nicht bloß ein einziges Mal, sondern im Zuge der Wiederaufbereitung ein zweites Mal durch den Fleischwolf gedreht worden. Geschmacklich viel interessanter war da die Beilage, eine Mischung aus Paprika und Auberginen, das bekannte balkanische Ajvar, das zwar aus dem Glas stammte, dem Robert aber eine zusätzliche Schärfe verliehen hatte. Wahrscheinlich durch den Zusatz seines von Hand gepressten Knoblauchs.

In manchen kulturlosen Gegenden Norddeutschlands hätte man ihn für diese Knoblauchliebe an den Pranger gestellt, aber hier in der Schutzhütte in den oberösterreichischen Salzkammergut-Bergen stieß er auf die Begeisterung einer Frau, die sich sonst nicht so gerne begeistern ließ.

So war auch dieses Essen von Erfolg gekrönt und endete mit zwei Gläsern vom Zirbenschnaps, bevor man hinüber in den *Bücherberg* und damit zum späten Kaffee und zum frühen Cognac wechselte.

So altmodisch und herrenklubartig das Cognactrinken auch sein mochte, es erhielt durch Katharinas Art – so, wie sie das Glas hielt und vor allem auch von sich weghielt – etwas Neumodisches und Progressives. Sie schwenkte das bauchige Glas nicht in der bekannt drehenden Weise distinguierter Verkünder von Lebensweisheiten, Cashflows oder dem Handicap beim Golfen, nein, wenn sie einen Schluck nahm und dann das Glas vom Mund wegführte, dann so, als *rauche* sie den Cognac.

Ja, Cognac war die neue Zigarette.

Sie saß jetzt in jenem roten Ledersessel, der Roberts Schlafquartier darstellte, aber natürlich der offizielle Lesesessel dieses Ladens war (und in dem sogar einmal Reinhold Messner gesessen und aus seinem neuesten Buch vorgetragen hatte, wobei der Laden damals so voll mit Zuhörern gewesen war, dass man gemeint hatte, die Atome zwischen den Leuten stöhnen zu hören).

Robert hatte auf einem benachbarten Stuhl Platz genommen, und auch die Alpendohle hielt ihren Kopf aus dem geöffneten Karton. Sie schien sich noch zu schonen, blieb ruhig, aber es war nun etwas wie Haltung in ihrer Haltung. Zudem hatte sie die Augen geöffnet. Es war Aufmerksamkeit im Blick dieses Vogels. Ja, es sah aus, als folgte die Dohle Katharinas Stimme, natürlich nicht in der gleichen Weise, wie Robert das tat, der sich immerhin auch für den Inhalt der Erzählung interessierte.

Möglicherweise begriff der Vogel das Heilsame von Katharinas Stimme. Eine Stimme, die eine gewisse Härte besaß, aber nicht hart war. Bestimmt klang, aber auch Höhen und Tiefen herzustellen verstand. Das Leise und das Laute. Nicht zuletzt jene Schnörkel betonend, über die der Text verfügte, allerdings originelle Schnörkel, mit denen der Erzähler die Eindrücke des Priesters wiedergab. Eindrücke von den Menschen des Dorfs und der sie umgebenden Natur.

Wobei keine geringe Komik in der Bestellung des Postens einer neuen Haushälterin für den neuen Herrn Pfarrer bestand. Denn die bisherige hatte im Zuge einer Herzschwäche von ihrer Stellung zurücktreten müssen. Weshalb nun ein bemerkenswerter Wettbewerb durchaus auch unter den jüngeren Frauen aus der

Umgebung um diesen Posten eingetreten war. Sehr zum Unmut des männlichen Teils der Bevölkerung, Männer, die ja nicht nur den Gottesdienst besuchten, sondern mit denen Simon etwa auch am Stammtisch zusammensaß und deren Kinder er an der örtlichen Volksschule in Religion zu unterrichten hatte. Ganz zu schweigen von all den Festivitäten, die eben nicht ohne einen Pfarrer auskamen. Simon war gezwungen, sich mit diesen Leuten zu arrangieren, den gescheiten genauso wie den dummen, wobei er sich mitunter schwertat zu beurteilen, was schlimmer war, die perfide Schläue der Gescheiten oder die perfide Niedertracht der Dummen. Natürlich, es gab auch noch eine dritte Gruppe, die Raffinierten, etwa den Herrn Lehrer, der geschickt zwischen allen Positionen lavierte. Und natürlich jenen Fabriksbesitzer, Karl Neudegger, dessen Fabrik allerdings in einer benachbarten Gemeinde lag. Doch hatte Neudegger am Rande des Ortes eine Villa errichten lassen und besaß mehrere Grundstücke, die er verpachtete, sowie große Teile des Waldes. Es gab so gut wie nichts, was dieser Mann nicht entschied. Dabei war sein Auftreten das Jovialste. Der Bürgermeister im Ort, der auch der größte Bauer war, war jenem Fabrikbesitzer vollkommen untertan. Und alle waren sie katholisch, wie man nur katholisch sein konnte.

Es hätte Simon sehr gereizt, die Gemeinde zu verärgern und zu verblüffen, indem er – nachdem er die ersten Wochen ohne Haushälterin gewesen war – sich für die Witwe des ehemaligen Forstmeisters entschied, deren Mann in einer Schießerei mit Wilderern ums Leben gekommen war. Eine ungemein schöne Frau, die die Einbildungskraft des männlichen Teils der Bevölkerung gehörig anstachelte. Zudem extrem unnahbar war. Sie nahm das Witwendasein sehr ernst. Umso mehr überraschte, dass auch sie sich anbot, die Stelle einer Haushälterin des neuen Pfarrers zu übernehmen. Was den meisten Leuten als Beweis für die diabolische Wirkung Simon Schindlers erschien, etwas, was wiederum die Einbildungskraft des weiblichen Teils der Bevölkerung stark anregte.

Doch Simon meinte die Gefahr zu erkennen, die von dieser Witwe ausging. Für ihn selbst und überhaupt. Er roch die Katastrophe. Und so verführerisch dieser Geruch auch sein mochte – durchaus in dem Sinne verführerisch wie sein Interesse am Spiritismus –, er entschied sich dagegen. Und wählte dann eine Frau, die sich gar nicht um die Stelle beworben hatte. Die er aber, nachdem er ihr die Beichte abgenommen hatte, fragte, ob sie sich vorstellen könne, den Posten zu übernehmen. Auch sie eine Witwe, allerdings in ihrem siebenten Lebensjahrzehnt. Doch sie war eine kluge Frau, und Simon schätzte die Scharfzüngigkeit, mit der sie ihre Beichte ablegte. Man könnte sagen, er schätzte ihren Unglauben, die Gewissheit, wie wenig Gebete nützten und wie sehr die Schlechtigkeit des Menschen fundamental und unüberwindbar sei. Eben auch die eigene Schlechtigkeit. Und eine solche Haltung verstand diese Frau mit einer gewissen Glaubensstrenge zu verbinden. Zumindest mit jener Strenge, die sie regelmäßig dazu brachte, ihre Sünden zu bekennen.

Diese Frau wurde nun wirklich seine Haushälterin, was zu einer vielfachen Enttäuschung im Dorf führte. Man könnte sagen eine Enttäuschung aller, der Freunde wie der Feinde des Pfarrers. Die ja schließlich alle in die Kirche kamen, zumindest sonntags.

Die Beichte war Simon übrigens seine liebste Aufgabe, sehr viel lieber als die Heilige Messe, die geprägt war von der weitgehenden Passivität der Gläubigen, die entweder – wie bei den Jüngeren – eine dumpfe Freude darüber empfanden, in einem Raum mit dem anderen Geschlecht zu sein, oder – wie bei den Älteren – die ganze Angelegenheit als Vorspiel für den anschließenden Tratsch und das anschließende Besäufnis zu sehen, wobei das örtliche Wirtshaus sich idealerweise gleich neben Kirche und Pfarrhaus befand.

Die Beichte war für Simon das eigentliche Ereignis zum Welt- und Menschenverständnis. In Wien war er auch mit der psychologischen Forschung in Berührung gekommen und war nun begeistert ob der Möglichkeit, in diesem Beichtstuhl sitzend, den einzelnen Menschen in einer Weise nahezukommen, wie das sonst nie möglich gewesen wäre. Ihr Wesen zu ergründen, ihre Abgründe, die oft erstaunlich dicht an der Oberfläche lagen, aber ohne die Beichte verdeckt blieben von Lüge und Konvention.

Natürlich ging es den Leuten darum, freigesprochen zu werden. Darum ging es sogar denen, die gar nichts zu beichten hatten, oft junge Mädchen, die begierig waren, ihr Tun zu bereuen, auch das nicht getane Tun, weshalb sie ihren Erfindungsgeist bemühten.

Simon verstand es sehr wohl, zwischen den erfundenen und den tatsächlichen Sünden zu unterscheiden, vor allem aber den Charakter der erfundenen zu analysieren. Das war ihm die größte Freude, die Fantasie zu studieren. Und das Komische im Leben der Menschen zu erkennen. Er fand überhaupt, dass Humor das beste Mittel sei, dem Unheil des Lebens zu begegnen, und es darum besser wäre, die Leute würden sich die Theaterstücke von Johann Nestroy ansehen als die Heilige Messe zu besuchen. Aber die war nun mal seine Domäne, daran war nichts zu ändern. Und auch nicht, über eine Haushälterin zu verfügen, deren Essen schlichtweg schrecklich zu nennen war. Das hätte er vorher wissen müssen, dass diese Frau dazu neigte, alles ewig lange im Kochtopf zu lassen, bis es nur noch ein Nachhall seiner selbst war. Abgesehen davon, dass sie ein Zuwenig an Salz mit einem Zuviel an Salz geradezu paritätisch abwechselte. Aber es war zu spät, und er lernte, sich mit Mahlzeiten abzufinden, die aus ihm ganz sicher eines nicht machen würden: einen fetten Kleriker. Er aß wenig, doch das verringerte sein Ebenmaß nicht. Er blieb der schöne Mann, von dem sich alle fragten, welcher Hinterlist es zu verdanken war, dass ausgerechnet *er* Priester geworden war.

Neben dieser gewissen psychologischen Freude, die ihm die Abnahme der Beichte bereitete, waren es sicherlich auch die Besuche in der Fabrikantenvilla, die er zu schätzen wusste. Genau genommen war es ein Jagdhaus, da Karl Neudeggers eigentliches Familienhaus drüben in Bad Ischl stand, Neudegger aber zusammen mit seiner Frau und seinen Jagdfreunden gerne die Wochenenden in dem Jagdhaus verbrachte, das als herrschaftliche Villa zu bezeichnen wahrlich keine Übertreibung darstellte. Die Jagd selbst war Simon gänzlich fremd, ein merkwürdiges Vergnügen, vor allem dort, wo es gepaart war mit einer Form von gesellschaftlicher Entspannung und nicht etwa dazu diente, den Magen voll zu kriegen. Letztlich erschien Simon die Wilderei nachvollziehbarer als die Lust gemeinschaftlichen Waidwerks, sosehr er natürlich um das Argument des Wildschadens wusste. Aber darum ging es schließlich nicht, darum ging es so wenig, wie je ein Krieg dem Frieden gedient hatte.

Und doch war er froh um die Abwechslung, die seine Besuche im Neudeggerschen Jagdhaus mit sich brachte, wo ein aufgeklärtes, weltgewandtes Klima herrschte und der Hausherr seine Freude an einem Geistlichen fand, der über Literatur und Wissenschaft zu sprechen verstand. Einer, der immerhin Bruckner kennengelernt hatte, aber auch eine erstaunliche Ahnung von moderner Anästhesie besaß und der absolut der Meinung war, dass die Bestrebungen nach einer Säkularisierung eher zu einer Heilung von Kirche und Religion führen könnten. Und der nicht zuletzt im Briefverkehr mit Hermann Bahr stand (wobei allerdings zu dieser Zeit noch wenige wussten, wer Hermann Bahr war).

Ein nicht unbeträchtlicher Vorteil bestand ebenso in den dort stattfindenden Abendessen, die Simon daran erinnerten, dass es auch Besseres gab als zu Tode gekochtes Gemüse und Fleisch, das auch zu Tode gekocht nichts von seiner Zähigkeit einbüßte.

Der wahre Grund für Simon, die Einladungen Neudeggers gerne anzunehmen, war jedoch Neudeggers älteste Tochter, eine Zweiundzwanzigjährige, die Neudegger selbst als sein größtes Unglück bezeichnete. Und damit den notorischen Widerspruchsgeist und die ungemeine Abenteuerlust der jungen Frau meinte – eine Frau, die drei Jahre später zu den ersten Studentinnen an der philosophischen Fakultät der Universität Graz werden würde. Und die in der Zeit, als Simon sie kennenlernte, bereits ein leidenschaftliches Interesse für die Kunst des Fotografierens besaß. Es war also nicht die wilde Lieblichkeit dieser acht Jahre jüngeren Frau, die Simon anzog. Das wäre kaum mit seinem Gewissen und seinem Zölibat zu vereinen gewesen, das er so ernst nahm, wie man ein Versprechen nur ernst nehmen kann – und das er als die ganz unmittelbare Strafe seines Vaters verstand. Man könnte sagen: beider Väter.

Der Name der jungen Frau war Emilie, wobei sie darauf bestand, Emmy gerufen zu werden. Sie kam gerne ins Jagdhaus.

Sicher nicht wegen der Jagd, die sie gleichermaßen wie Simon verachtete, was sie allerdings auch laut aussprach und ihren Vater und die Freunde ihres Vaters der »Mordlust« bezichtigte. Genauer gesagt sprach sie von »männerbündischer Mordlust«.[1]

Emmy hatte sich im Jagdhaus ein Fotoatelier eingerichtet. Und zwar eines, wie es zu dieser Zeit nur wenige gab. Es war im Übrigen eine Tatsache, dass ihr Vater, der sie als sein größtes Unglück bezeichnete, ihr so gut wie jeden Wunsch erfüllte.

Aber so groß dieses Studio war und sich bestens für die in dieser Epoche so beliebten Familienbilder eignete, wie auch das Ablichten in Posen verharrender Gruppen vor dem Hintergrund nachgestellter Szenerien – etwa Männer, die um einen toten Hirsch standen –, galt Emmys eigentliches Interesse der Freiluftfotografie. Sie sah sich eher mit jenen Künstlern verwandt, vor allem der Schule von Barbizon, die hinaus in die Landschaft gingen, um direkt die Eindrücke der Natur auf die Leinwand zu bringen. Was wiederum gut zu ihrer Abenteuerlust passte und vor allem bedeutete, ihre Fotoapparate an schwer zugänglichen Orten aufzustellen, um Bilder von höchster Dramatik zu schaffen.

In diesem Punkt trafen sich ihre und Simons Neigungen. Eben nicht nur die Fotografie betreffend, sondern auch die Natur, die für Simon in diesem einen Jahr, da er Pfarrer der kleinen Ortschaft geworden war, sein größtes Interesse geweckt hatte. Nicht allein sein wissenschaftliches, also die Frage, was überhaupt Natur war – wobei er insgeheim der noch jungen Evolutionslehre anhing –, sondern vor allem ein romantisches Interesse. Landschaft zu empfangen, eins mit ihr zu werden, ihre poetische Kraft wahrzunehmen. Und um es profan zu sagen: allein mit ihr zu sein.

---

1 Im Nachwort zum Roman *Selbstporträt eines lächelnden Mannes auf der Spitze des Berges* wird auf den erstaunlichen Umstand hingewiesen, dass der Begriff des Männerbunds, den Emmy Neudegger Mitte der 1890er-Jahre angeblich verwendete, eigentlich erst 1902 vom Volkskundler Heinrich Schurtz geprägt wurde. Wobei dieser sich allerdings auf außereuropäische Völker bezog und seine Schrift als Gegenthese zur Behauptung eines matriarchalischen Ursprungs der Menschheit verstanden wissen wollte, während Emmy Neudegger wohl eher zu den Anhängern der Matriarchats-Theorie zählte.

Allein oder aber mit einer Person von gleichem Verständnis für ebenjene poetische Kraft. Und nicht zuletzt für die Schwermut, die diese Schönheit auszulösen vermochte. Während ja die meisten Leute im Dorf wie auch jenes gehobene Bürgertum aus dem Kreis des Fabrikbesitzers allein den Nutzen der Natur erkannten. Und die Gefahren, die von ihr ausgingen und wiederum den Nutzen beeinträchtigten. Ganz abgesehen von der Gefahr, in dieser Natur sein Leben zu verlieren.

Natürlich stand es einem Pfarrer nicht gut zu Gesicht, mit einer zweiundzwanzigjährigen Fabrikantentochter durch die Wälder zu ziehen und geeignete Motive zu suchen. Aber er tat es trotzdem, und Emmy ließ es sich trotzdem gefallen. Wobei es zu Simons Eifer gehörte, am Stammtisch und zu anderen Gelegenheiten die Bedeutung dieser Bildtechnik zu betonen, gerade auch als ein Mittel, die wunderbare Landschaft, in der man sich befand, einem größeren Publikum bekannt zu machen und damit etwas zu fördern, was man den Fremdenverkehr nannte.

Dazu zählte nun ganz eindeutig auch die Bergfotografie. Beziehungsweise der merkwürdige Umstand, dass jener Berg, der in direkter Linie über dem Ort aufragte, noch von niemandem bestiegen worden war. Obgleich es weder ein besonders schwieriger noch ein besonders hoher Berg war, aber doch ein Berg, den erstzubesteigen sich der männliche Teil der Bevölkerung mysteriöserweise seit Generationen entsagte (und eben allein die Legende von jener jungen Fremden bestand, die hundert Jahre zuvor dort auf der Spitze gewesen sein soll).

Simon argumentierte, dass die eigentliche Schande darin bestehe, dass auf diesem Berg schlichtweg kein Gipfelkreuz stehe. Und er es als seine Aufgabe ansehe, genau dies zu ändern. Also nicht nur, diesen Berg zu besteigen, sondern dort auch ein Kreuz zu errichten. Und zwar zusammen mit Emmy Neudegger, die dieses Erreichen der Spitze des Berges und dieses Errichten eines Gipfelkreuzes fotografisch festhalten werde. Ein Kreuz und eine Kamera auf dem höchsten Punkt des Bergs. Was Simon als eine geradezu wunderbare Verbindung der Tradition mit der neuen Zeit ansah.

Natürlich musste er sich einigen Spott bezüglich der Größe des Kreuzes anhören, weil die einen sich vorstellten, dass Simon bloß ein paar leichte Holzstückchen einpacken und dort oben kinderhaft zusammenbauen würde, während die anderen sich dachten, ihr junger Herr Pfarrer würde christusgleich versuchen, ein überlebensgroßes, gewichtiges Holzkreuz hochzuschleppen und wohl kaum sehr weit damit kommen. Doch Simons Lösung war dann eine gänzlich andere, denn er ließ ein schmiedeeisernes Kreuz von »vernünftiger«, also tragbarer, Größe anfertigen, welches er, Freund der Wissenschaft und Aufklärung, mit einem Blitzableiter, einem Barometer und einem kleinen Blechkästchen ausstattete, darin ein Gipfelbuch künftigen Bezwingern dieses Bergs die Möglichkeit schriftlichen Bekenntnisses geben würde. Gelebt zu haben und hier gewesen zu sein.

In diesem Jahr, als er zusammen mit Emmy daranging, ein Kreuz und eine Kamera auf einen Berg zu schaffen, war er kurz zuvor einige Tage in Wien gewesen und hatte dort Anton Bruckner in dessen Wohnung im Belvedere besucht, wo dieser, seine schwindende Gesundheit fürchtend, soeben seine Werke ordnete. Als Simon erschien, war Bruckner dabei, das Titelblatt einer frühen, nie aufgeführten Sinfonie mit hässlichen Begriffen wie »ungültig«, »nur ein Versuch« und »ganz nichtig«, aber auch mit einem »annulliert« zu versehen, als wollte er durch die Anzahl ablehnender Wörter der eigenen Seele irgendeine Freiheit verschaffen. Letztendlich ließ er sein Missfallen darin gipfeln, dass er auch noch eine durchgestrichene Null unter sein Werk setzte.

Das wahrscheinlich Beste an Simons Wiener Jahren war gewesen, es erlernt zu haben, Partituren zu lesen. Das ermöglichte ihm nun, den verehrten Komponisten darum zu bitten, sich die so wüst verleumdete Sinfonie ansehen zu dürfen. Sie zu lesen und sie mit seinem geistigen Ohr zu hören.

Und was er da zu hören bekam, das rührte und bewegte ihn auf eine Weise, die seinen Zweifel an der göttlichen Inspiration jeglicher Kunst ausräumte. In dieser weltlichen Komposition meinte er jenen Schöpfer zu erkennen, mit dem er so gerne haderte.

Obwohl er zugleich – wie es seines Vaters bauernschlauer Wunsch war – für diesen Gott Werbung betrieb.

Diese Sinfonie Bruckners erschien Simon wie eine einzige Formel. Eine Formel, die nichts erklärte und doch alles mit Verständnis auffüllte. Und es vielleicht sogar darum nachvollziehbar war, dass der Komponist Bruckner dieses Werk so degradierte (auch wenn der eigentliche Grund dafür eher in der bösen Kritik irgendeines Hofopernkapellmeisters zu liegen schien. Bruckner war schrecklich empfindlich und sehr beeinflussbar durch die Kritik von Zeitgenossen, von denen er nicht ahnen konnte, dass ihre Namen mit der Zeit gänzlich verwelken würden, seiner aber nicht. Denn wenn heutzutage die Sinfonie aufgrund der durchgestrichenen Null als »die Nullte« bezeichnet wird, dann ist dies nicht chronologisch gemeint, denn es ist ja, genau genommen, die dritte seiner Sinfonien, sondern eben als ein Ehrentitel, als eine Wiedergutmachung.).

Auf die Frage Karl Neudeggers, was ihn, Simon, den Theologen und Priester so sehr an der Kunst interessiere, also eigentlich weniger der geistlichen als der weltlichen, antwortete Simon, dass das wesentliche Element des Menschen die Krise sei. Die Kunst versuche, dieser Krise eine »schöne Gestalt« zu verleihen und sie mittels der Schönheit erträglich zu machen.

Und die Religion?

Die Religion, antwortete Simon, versuche der Krise einen vernünftigen Ursprung zu verleihen. Zumindest das Gefühl, Vernunft sei bei alldem im Spiel. Vernunft im Sinne eines Plans.

Emmy war natürlich begeistert von der Idee der Bergerklimmung und beschloss, für diese Tour keine ihrer eher klobigen, ziehharmonikaartigen Balgenkameras zu nutzen. Und eben auch kein Stativ, weil es gewiss genügte, wenn schon Pfarrer Schindler die Teile eines schmiedeeisernen Kreuzes samt technischen Geräten hochtragen wollte. Nein, sie würde eine von ihr sehr geliebte, extrem kleine und extrem leichte Kamera mitnehmen, nämlich jene bereits zehn Jahre zuvor entwickelte *Dr. Krügenersche Taschenbuch Kamera*, die wirklich das Format eines handlichen Buches besaß.

Emmy benutzte diese Kamera in erster Linie im Sinne sogenannter Detektivkameras, wenn die Aufgabe darin bestand, Szenen und Menschen zu fotografieren, ohne von diesen bemerkt zu werden. Was ja nun etwas ganz anderes war als die von Posen und Inszenierungen bestimmte Atelierfotografie.

Keine Frage, dieses Bergabenteuer zu unternehmen, dafür bot sich der Sommer an, wenn nicht gerade ein Gewitter aufzog. Aber man tat Derartiges gewiss nicht im Winter, wenn der Schnee haufenweise die Natur bedeckte und der Aufstieg durch Lawinen gefährdet war. Und man auch nicht etwa eine Nacht oben auf dem Gipfel verbringen wollte, wenn ein Umstand – und zumeist handelte es sich um den Umstand der Verspätung – dies erzwang.

Aber Simon schien von irgendeiner Macht dazu getrieben, die Erstbesteigung an einem Wintertag versuchen zu wollen, während wiederum Emmy die Chance erkannte, ungemein aufregende Bilder einer Winterwelt in hoher Lage schießen zu können. Was ihr Vater ihr strengstens verbot. Aber auch das strengste Verbot nützte nichts, sie war schließlich kein Kind mehr, so gerne ihr Vater und seine Jagdfreunde »mein Kind« zu ihr sagten und lehrreich über die Gefahren sprachen. Aber das kümmerte Emmy eben nicht. Weshalb sich der so mächtige Fabrikant mit derselben Strenge an den Dorfpfarrer wandte. Doch auch Simon ließ sich von keinerlei Drohung beeindrucken, sondern meinte, dass die Aufstellung eines christlichen Kreuzes, ergänzt um die Gerätschaften einer *berechnenden* Welt, seine besondere Bedeutung genau dadurch erfahren würde, dass sie unter schwierigen Verhältnissen stattfand. Weil im Schwierigen die Überwindung des Selbst liege und damit die Möglichkeit eines freieren Weges zu Gott hin. Und das war es nun wirklich, was Simon antrieb, nämlich sich selbst zu überwinden. Er sagte: »Der Mensch, der sich seiner bewusst werden will, geht nicht dann in den Wald, wenn die Vögel zwitschern und die Sonnenstrahlen Verzierungen zeichnen, sondern wenn der Sturm heftig bläst und einem die Ohren lang zieht.« Während Emmy nichts anderes im Sinn hatte, als »daselbst ein höchlich imposantes Bild der Natur hervorzubringen«.

Katharina unterbrach die Lesung und bat Robert, ihr etwas vom Cognac nachzuschenken. Dabei meinte sie: »Wie schön, dass diese Geschichte auf und unter einem Berg spielt, der unser Berg ist. Und das zu Wetterbedingungen, die ebenfalls die unseren sind.«

Um gleich darauf zu fragen: »Kennen Sie diese Sinfonie von Bruckner, von der Simon spricht.«

»Nein.«

»Dabei sind Sie ja in einem ziemlich musikalischen Haushalt aufgewachsen.«

»Ja, so scheint's mir«, sagte Robert. »Wenn ich an meine Mutter denke und ihre Liebe zur Musik … es war ja keine Liebe. Sondern ein Schwert. Ein Schwert gegen alles und jeden.«

»Hatten Sie Geschwister?«

»Ich glaube nicht. Und das ist dann das größte Unglück, wenn man das einzige Kind ist, also auch das einzige Gefäß, in das die Eltern ihre größenwahnsinnigen Ansprüche stopfen können. Ich meine mich jetzt an die Stunden zu erinnern, an denen ich am Klavier saß oder diese fürchterliche Geige in der Hand hielt. Wer denkt sich so etwas wie eine Geige aus? Die Geige ist natürlich ein noch schrecklicheres Instrument als das Klavier, weil das Klavier ein wenig Mitleid mit den Menschen hat, die es bedienen. Die Geige hat null Mitleid. Darum ja auch das Instrument meiner Mutter.«

»Und das Instrument Ihres Vaters?«

»Sein Instrument war wohl seine Professur. Was ich verstehen kann, er hat sich vor seiner Frau, der Geigenvirtuosin, in die Professur geflüchtet. So, wie ich mich dann ins Boxen geflüchtet habe.«

»Also, ich weiß nicht, Sie machen aus Ihrer Mutter wirklich ein Monster.«

»Sie ist ein Monster. Oder war es, ich weiß ja gar nicht …«

Robert presste seine Faust gegen den Mund, schwieg einen Moment, dann fragte er: »Und Sie?«

»Was denn?«

»Was ist mit Ihren Eltern?«

»Die leben noch. Aber ich wüsste nicht, warum ich Ihnen von denen erzählen soll. Ich kann mich schließlich an alles erinnern und muss nichts ausbreiten.«

»Trotzdem. Wie war Ihre Kindheit?«, wollte Robert wissen.

»Glücklich eigentlich«, sagte Katharina. »Und das ist komisch, dass ich das sage, weil ich ja im Kriegszustand aufgewachsen bin, in dem meine Eltern sich die ganze Zeit befunden haben.«

Auch sie, erzählte Katharina, sei ohne Geschwister geblieben, doch das Einzige, was ihre Eltern in sie hineingestopft hätten, wäre die Liebe gewesen, die sie zu ihr empfunden hätten.

»Meine Eltern«, sagte sie, »haben sich gehasst, aber mich geliebt. Zwei zu Geld gekommene Achtundsechziger, die sich gegenseitig vorhielten, sämtliche Ideale über Bord geworfen zu haben. Ich musste aber weder Klavier noch Geige lernen. Dafür durfte ich eine begeisterte Zeichnerin sein. Ein Stück Papier und ein Bleistift, das war mein Glück. Selbst noch in der Pubertät. Ich habe alle gezeichnet, die Jungs, mit denen ich was hatte, die Mädchen, mit denen ich was hatte, lange vorher meinen Hund, einen Labrador …«

Sie unterbrach sich, schmunzelte und meinte, es sei schon witzig, denn dieser Hund habe Sharp geheißen.

»Sharp? Echt?«

»Ja, da war ich neun, und es kam gerade das zweite Album von Roxette heraus, mit dem das Duo dann richtig berühmt wurde. Ich hatte es schon immer mit Namen, und die Band hat mir darum auch so gefallen. Roxette, das hörte sich irgendwie modern und romantisch zugleich an, wie eine Mischung aus Roxy Music und einer Rosette.«

»Sie wussten mit neun, was eine Rosette ist?«

»Na, vielleicht war es nur der Klang. Jedenfalls habe ich den Hund dann nach dem Album benannt, *Look Sharp!*. Sharp also.«

Katharina überlegte und meinte schließlich: »Wissen Sie, ich glaube, ich werde unsere Dohle auch so nennen: Sharp. Ich denke, das könnte dem Vogel gefallen.«

Und in dessen Richtung rief sie nun: »Sharp!« Und meinte auch gleich: »Scheint ihm zu passen.«

»Wirklich?«

Katharina erklärte, dass das Tier bei der Nennung des Namens den Kopf leicht zur Seite gedreht und geneigt habe, wie man das tut, wenn man an etwas Interesse bekundet. Oder eben zustimmt.

So war's. Von einem Hund aus dem Jahre 1989 zu einer Dohle unserer Tage.

Katharina nahm einen Schluck von ihrem Cognac, lehnte sich wieder zurück und las weiter vor aus dem *Selbstporträt eines lächelnden Mannes auf der Spitze des Berges.*

Simon und Emmy hatten sich für ihre Erstbesteigung einen Tag Ende Februar ausgesucht, einen Samstag, damit Simon dann am folgenden Sonntag seine Predigt würde nutzen können, um die Aufstellung eines Kreuzes auf jenem Berg zu verkünden, dem die Bevölkerung mit einigem Schrecken zugetan war. Zugetan, weil er schließlich eine Schönheit darstellte, in deren Schatten die Ortschaft stand und gewissermaßen durch ihn, den Berg, geschmückt schien. Mit Schrecken jedoch, weil in den vergangenen Jahren immer wieder Lawinen abgegangen waren, die zwar nie den Ort erreicht hatten, aber doch einige höher gelegene Bauernhöfe, wobei in einem schrecklichen Winter fünf Jahre zuvor eine ganze Familie ausgelöscht worden war.

Natürlich war Simon bewusst, wie wenig ein Kreuz imstande sein würde, Lawinen zu bändigen, sondern dass dies einzig und allein vernünftige Schutzmaßnahmen taten. Maßnahmen, die er selbst zusammen mit Neudegger förderte und dazu einen befreundeten Jesuiten und Fachmann auf dem Gebiet der Lawinenverbauung ins Dorf geholt hatte.

Und doch sollte diese Erstbesteigung auch dazu dienen, dem Berg seinen Schrecken zu nehmen. Ihn auf eine gewisse Weise zu domestizieren.

Es war noch Nacht, als Simon und Emmy losmarschierten. Die Sterne funkelten wie kleine, zittrige Prinzessinnen und kündigten einen klaren, hellen Tag an, der sich dann auch wirklich mit aller Pracht Geltung verschaffte. Ein Tag wie aus einer Geschichte von Adalbert Stifter, meinte Simon, der viel darum gegeben hätte, wäre er auch Stifter einmal begegnet, wie er Bruckner begegnet war und dessen durchgestrichene Null als Meisterwerk hatte erkennen dürfen. Freilich war Simon ein dreijähriges Kind gewesen und ein vom Vater ungeliebter Bauernbub, als der Autor des *Bergkristalls* im Alter von zweiundsechzig Jahren verstorben war.

Aber mit diesem Gefühl, nicht nur das in zwei Teile zerlegte schmiedeeiserne Kreuz samt dem Blitzableiter am Rücken zu tragen, sondern eben auch das Stiftersche Landschaftsgefühl – die Einsicht, dass eine gestalterische Würde in allem war, im Großen wie im Kleinen –, marschierte Simon den Weg hoch. Hinter sich, manchmal vor sich, manchmal neben sich Emmy, die, sobald das Licht es zuließ, erste Bilder mit ihrer kleinen Kamera einfing. Und dies mit der größtmöglichen Beiläufigkeit tat, um dem Natürlichen dieses Aufstiegs das Natürliche zu lassen.

Und so marschierten sie durch den leicht ansteigenden Wald, mit ihren genagelten Haferlschuhen, dicken Jacken und jenen Wollhandschuhen, die eine besonders emsige Beterin aus dem Dorf für den Herrn Pfarrer gestrickt hatte. Zwei gleich große Paar Handschuhe, die erstaunlicherweise dem groß gewachsenen Mann genauso wie der eher zierlichen Frau passten. Marschierten in den Tag hinein, in das Licht, das durch die Äste der immergrünen Bäume brach. Bereits hier war die Anstrengung beträchtlich. Aber ebenso der Wille und die Kraft.

Später gerieten sie aus dem verschneiten Wald hinaus in den Bereich der Hochlage, die sich auftat wie ein riesiger weißer Falter und den Blick freigab auf den Gipfel, der unter dem reinsten Blau in Form eines spitzen Bogens aufragte.

So steil sich dieser Anstieg auch darstellte, hatte man doch das Ziel vor Augen und war solcherart zusätzlich vom Eifer beseelt. Freilich war die Kälte beträchtlich. Simon konnte es an der kleinen Wetterstation sehen – eine Kombination aus Barometer und Thermometer –, die er an seinem Gürtel montiert hatte. Zehn Grad minus. Doch er fand es eigentümlich beruhigend, dass er die Kälte, die durch die verschiedenen Schichten aus Filz und Leder und Wolle zu seiner Haut vordrang, auf dem Messinstrument nicht nur bestätigt sah, sondern sie ihm dadurch gleichermaßen gebannt schien.

Die Route, die man gewählt hatte, war jedoch keine Kletterroute. Dazu fehlten den beiden die nötigen Fähigkeiten, um nämlich die Felswand auf der Rückseite des Berges hochzusteigen. Dort, wo der Berg eine vollkommen entgegengesetzte Gestalt zeigte, geradewegs, als wäre er ein ganz anderer. Ein brutaler und etwas einfältiger Berg, der alles tat, um die Menschen abzuschütteln. Nicht aber auf der Seite, die Simon und Emmy gewählt hatten.

Allerdings war es nötig, auf dem Schnee, der hier fest und eisig wurde, die achtzackigen Steigeisen anzulegen. Diese waren idealerweise vom gleichen Schmied hergestellt worden, der auch das Kreuz auf Simons Schulter gefertigt hatte. Außerdem nutzten sie – er, der Mann, und sie, die Frau: Priester und Fotografin – ein Seil, das sie an ihren Ledergurten befestigt hatten und das sie verband. Falls einer von ihnen stürzen sollte und die Gefahr bestand, weit abzurutschen. Und natürlich hatten sie beide einen Eispickel zur Hand. Eine Gerätschaft, die es noch gar nicht so lange gab und die wie die meiste Technik sich als ein Freund des Menschen herausgestellt hatte, zumindest schien es so. Auch diese beiden Eispickel stammten von jenem Schmied aus dem Dorf. Der es sich nicht hatte nehmen lassen, den hölzernen Schaft und stählernen Pickelkopf für Emmy etwas »weiblicher« zu gestalten – leichter und eleganter – als den für den Herrn Pfarrer.

Die Luft war kalt und der Himmel von sattem, klarem Blau. Keine Wolke nirgends. Doch der kräftige Wind, der von der Seite her wehte, nahm ihnen oft den Halt, ließ sie wanken. Erst recht, als sie den Grat erreicht hatten, der wie ein einziger langer, schmaler Fingerzeig hoch zur Spitze des Berges führte.

Doch sie kämpften. Marschierten vorwärts. Schritt um Schritt. Konzentriert und leidenschaftlich. Und dann war es geschafft, sie standen ganz oben. Auf der Spitze, die gar nicht so spitz war wie von unten gesehen, sondern durchaus eine kleine, fast ebene Fläche bildete. Wobei auf dieser Fläche eine wenige Meter breite Erhebung – ein Hügelchen – den allerhöchsten Punkt bildete. Und in diesen allerhöchsten Punkt hieb Simon Haue und Schaufel seines Pickels wie auch die Stahlspitze am Ende des Schafts und befreite die Stelle von Eis und Schnee.

Günstigerweise fand sich darunter eine Lücke zwischen zwei Felsteilen, wo Simon ins Erdreich eindringen und ein genügend tiefes Loch graben konnte, in das er den Längsteil seines Gipfelkreuzes einließ und fixierte.

All dies dokumentierte Emmy mit ihrer *büchernen* Kamera, während sie im Wind stand oder kniete und sogar bäuchlings lag, um die jeweils beste Perspektive einzunehmen. Vor allem natürlich, als das Kreuz endgültig stand, auch der Querbalken befestigt und der Blitzableiter angebracht war sowie am Fuße des Kreuzes die kleine »Wetterstation« als Verbeugung vor der neuen Zeit. Eine neue Zeit, die nach Simons Verständnis Gott nicht konterkarierte, sondern ihn aus dem Sumpf des Aberglaubens holte. Weil er fand, dass gerade all diese Messungen, diese Beweise und logischen Zusammenhänge einen intelligenten Plan vermuten ließen und nicht die Geistlosigkeit purer Zufälle. Und all das war durchaus geeignet, seinen eigenen Zweifel zu besänftigen.

Neben dieser Huldigung an die Wissenschaft platzierte er auch eine Huldigung an das Erinnern, indem er den kleinen Metallkasten befestigte, darin sich das Gipfelbuch befand. Wobei er Emmy die Ehre zuteilwerden ließ, sich als ersten Menschen auf diesem Berg einzutragen, sich selbst aber als den zweiten.

Und dann kam die Wolke. Oder Wolkenfront. Sie kam völlig überraschend, wie aus einer Lücke des Himmels geschleudert. Aber nicht mit Blitz und Donner und selbstverständlich im Einklang mit den Naturgesetzen. Es war nur ganz einfach etwas, mit dem Simon und Emmy nicht gerechnet hatten. Sie standen so plötzlich im vernebelten Dunkel dieser Wolke wie kleine Kinder, über die eine Decke geworfen worden war. Und die beim besten Willen nicht sagen konnten, wer das war, der sie in dieses Dunkel versetzt hatte.

»Na ja«, meinte Katharina, zog das karminrote Lesebändchen über die Seite, auf der das zweite Kapitel endete, und schloss das Buch, »ich wette mal, die beiden kommen sich deutlich näher. Zölibat hin oder her.«

»Ich bin eher darauf gespannt«, meinte Robert, »was da jetzt schiefgehen wird. Alles, was auf einem Berg spielt, führt doch in die Katastrophe, oder? Und ich glaube, dieser Simon sehnt die Katastrophe geradezu herbei. Sosehr er an Gott zweifelt, im Unglück scheint er ihm nahe. – Aber ich mag ihn. Man könnte sagen, er ist der Pfarrer, den ich nie hatte.«

Katharina lachte, erhob sich, legte das Buch zur Seite, nahm das Glas Cognac von der breiten Lehne und meinte, sie gehe jetzt zu Bett, um sich dort auf ihrem Computer diese sogenannte »nullte« Sinfonie von Bruckner anzuhören. Das interessiere sie doch. Von Bruckner kenne sie eigentlich nur die Fünfte und die Achte. Irgendwie sei der ganz Bruckner für sie verschollen gewesen.

Dann aber bat sie Robert noch, Sharp etwas zu trinken zu geben.

»Sharp?«

»Na, unser Vogel. Unser Patient.«

»Stimmt«, sagte Robert und griff zu einer bereitgelegten Pipette, mit der er etwas Energie spendende Flüssigkeit aus einem Glas zog.

Sharp hatte eindeutig den Kopf gehoben bei der Nennung seines Namens. Er begriff seine Rolle. Er begriff, wer er war, was er darstellte. In dieser Komposition aus zwei Menschen und einem Tier.

Und öffnete bereitwillig seinen Schnabel, als Robert die Spitze der Pipette an ihn heranführte.

Diesmal war es Robert, der noch einmal nach draußen ins Freie trat. Sterne waren kaum zu sehen. Nur ab und zu blitzte einer zwischen den vorbeiziehenden Wolken auf. Wolken wie Watte, auf die ein paar Leute aus der Volkshochschule ihre Becher zum Auswaschen der Pinsel geleert hatten.

Robert dachte: Gab's da nicht so einen Heimatfilm aus den Fünfzigerjahren, wo auch eine Alpendohle eine Rolle spielt? Also, die Dohle fliegt dem Förster zu. Oder es ist zumindest irgendein Rabenvogel, der dem Förster zufliegt. Oder ist es gar kein Förster, sondern ein Großgrundbesitzer? Jedenfalls war der Film bereits in Farbe gewesen, aber Farbe wie nach einem Chemieunfall.

Robert hatte diese Filme, als er Kind war, immer bei seiner Großmutter gesehen, wenn er dort zu Besuch gewesen war. Tolle Filme. Und eine tolle Großmutter. Also, die Filme waren eigentlich schrecklich, aber wie schrecklich, hatte er eben erst später begriffen, als er um Wörter wie Kitsch, Klischee, Sexismus und Heimattümelei wusste. Während ihm aber seine Großmutter weiterhin als »toll« in Erinnerung geblieben war.

Er nahm sich fest vor, Katharina davon zu erzählen, wie zufrieden er bei seiner Großmutter gewesen war. Mit Schokolade und Fernsehen. Und immer waren da auch Männer gewesen, die diese früh verwitwete Frau besuchten. Alle ausgesprochen freundlich. Robuste, aber herzliche Naturen. Eher … nun, sie waren wohl eher Arbeiter oder Postboten oder Ähnliches und keine Theologen oder Musiker, war sein Eindruck gewesen.

Ja, er würde Katharina davon erzählen, damit seine Kindheit nicht ganz so schwer und deprimierend und voll fürchterlicher Geigenklänge im Raum stand.

4

Als Robert erwachte, war es tiefe Nacht. Er hatte übrigens kein Smartphone, auf dem er nach der Zeit sehen konnte. Dieses Gerät im Leben fast eines jeden Menschen war ihm irgendwie abhandengekommen. Vielleicht hatte er alles Technische verworfen, vielleicht das Gerät bei seinem selbstmörderischen Aufstieg verloren. Jedenfalls hatte er nichts dergleichen bei sich gehabt, als Katharina ihn oben am Berg gefunden hatte.

Er erhob sich aus seinem Sessel. Die tiefe Nacht war nicht gänzlich finster, drüben aus dem Kamin drang das Licht der Glut und legte über die Schwärze der Gegenstände eine dünne Lasur von Rot und Orange.

So konnte er sich den Weg hinüber zu dem großen Verkaufstisch bahnen, wo zwischen Stößen von Bergsteigerbüchern der gelöcherte Karton mit der Alpendohle stand.

Robert betätigte den Schalter einer Tischlampe, griff nach der gefüllten Spritze, hob den Deckel und schob die stumpfe Plastikkanüle zwischen die Schnabelteile des Vogels, um dem Schlafenden ein paar Tropfen des Glukose-Hexentee-Gemischs zu verabreichen. Ohne, dass das Tier erwachte. Im Schlaf schluckend.

Er schloss den Karton wieder und sah hinüber zu der halb verdeckten Wanduhr, auf der schon lange niemand mehr nach der Zeit schaute und die den hinkenden Eindruck einer alten Bahnhofsuhr besaß. Aber sie ging, und sie ging genau, geradezu bockig genau, und zeigte an, dass es kurz vor fünf Uhr morgens war.

Robert zog sich an. Er war jetzt putzmunter. Zudem spürte er, dass das eigentlich genau *seine* Zeit war, so früh am Morgen. Dass ihm das schon immer die liebste Arbeitszeit gewesen war, worin auch immer seine Arbeit bestanden hatte.

Er trat ins Freie und drehte die Stirnlampe an, die er auf einem

Buch mit dem größenwahnsinnigen Titel *Die Wahrheit über alles, was je auf einem Berg geschah* entdeckt hatte. Der Lichtschein schlug eine gleißende Schneise über die verschneite Fläche. Robert griff nach einem Stück Holz, einer kleinen Spatenschaufel und einem Eiskratzer sowie einem Handbesen, alles Geräte, die er am Vortag für die Errichtung seines Schneemanns benutzt und am Rande der Hütte abgelegt hatte.

Dann begab er sich zu der Stelle, wo noch die Reste seines zerstörten Schneemanns lagen, und begann erneut damit, den Schnee aufzuschichten und aus dieser Aufschichtung die Teile eines nackten Mannes herauszuschaufeln, herauszukratzen, herauszufräsen, um wiederum dort frischen Schnee draufzuklatschen, wo er zu viel weggenommen hatte. Etwa im Falle des linken Oberarms, der ihm zuerst zu kräftig erschienen war, dann wieder viel zu dünn und es einiges an Hin und Her bedurfte, bis Bizeps und Trizeps genau die Größe besaßen, die dem Wesen dieser Figur nach Roberts Einschätzung entsprach.

So arbeitete er in der morgendlichen Finsternis, bevor eine Auflockerung des Dunkels den Aufgang der Sonne ankündigte. Eine Schwäche der Finsternis, *müdes Schwarz.* Gleich einem Gewebe, das fadenscheinig wurde: eine zu lange getragene Nacht.

Es war tatsächlich sehr viel wärmer als an den Tagen zuvor, allerdings besaß der Schnee noch immer ausreichend Festigkeit, um nicht unter Roberts Händen zu zerrinnen und aus seinem Schneemann einen »weinenden Mann« zu machen.

Aber es stimmte schon, der Föhn wehte warme Luft heran. Doch immerhin hatte Robert eine Position gewählt, die dank einer kleinen Felserhöhung etwas geschützt lag. Der Föhn blies ihn also nicht um, und auch nicht seine Figur, die im Licht der aufgehenden Sonne sich für einen Moment im Zustand der Errötung befand. Wenig später aber einen kalten bläulichen Ton annahm.

Robert hatte einiges zustande gebracht. Er war nicht unzufrieden mit dieser zweiten Version eines Schneemanns, dessen muskulöse Arme erneut in kubische Fäuste übergingen, die Brust aber stärker abstrahiert war, kantiger, tresorartig, der Kopf hingegen weicher, melodischer, romantischer, als würde er in heftigem Widerspruch zum restlichen Körper stehen. Was Robert durchaus beabsichtigt hatte.

Er war zufrieden, aber nicht hundertprozentig.

Und als er einige Schritte von seiner Figur entfernt überlegte, woran es liegen mochte, dass ihm die Hunderprozentigkeit verwehrt blieb, da …

Er sah es nicht. Er hörte es nur. Das ferne Geräusch einer Loslösung. Das Geräusch einer heftigen Bewegung. Das Näherkommen. Die Gewalt, die sich hier in Bewegung gesetzt hatte und sich gänzlich rücksichtslos ihren Weg abwärts bahnte. Trocken gesagt: eine Lawine. Fachlich gesprochen: ein abgehendes Schneebrett aus Triebschnee.

Natürlich, Robert war nicht vom Fach. Und er konnte die Lawine nicht sehen. Sie musste jenseits jener Felsformation abgegangen sein, die Robert Schutz vor dem Wind bot. Was ihn jedoch ängstigte, war der Umstand, wie sehr sich das Geräusch zu nähern schien. Nicht an ihm vorbeirauschte, sondern auf ihn zurauschte. Auf ihn, der wie erstarrt dastand.

War es nicht viel zu früh für eine Lawine? Kamen die nicht erst mittags?

Nun, das schien die Lawine nicht zu kümmern, es handelte sich eben um eine morgendliche Lawine, wer oder was auch immer sie ausgelöst hatte. Und die sich nun im Zuge ihres Herunterstürzens von der Schneebrettlawine zur Staublawine wandelte.

Und dann kam der Schnee. Der Schneestaub.

Robert sah nur, wie über die Kante des vereisten Felsens, hinter dem er zusammen mit seinem Schneemann stand, die Wolke aus Schnee brach und ihn und alles in Sekundenschnelle einhüllte. Er stand wie im dichtesten aller Nebel. Eingeweißt. Als befände er sich in diesem Schneebild von Claude Monet: *Schnee in Giverny.*

Rasch riss er seinen linken Arm hoch, zog den Zipverschluss ein wenig herunter und vergrub sein Gesicht im Inneren der Jacke. Den anderen Arm hielt er sich quer über den Kopf. Und er hielt den Atem an (er musste das irgendwo gelesen haben, wie gefährlich es sein konnte, das Gemisch aus Schnee und Luft einzuatmen – oder es war einfach sein Instinkt, der ihm diese Weisheit einsagte).

Er hielt also den Atem an, hatte die Augen geschlossen, den Kopf tief in den Anorak getaucht und sein Kinn fest gegen seinen Norwegerpullover gepresst. Seine Arme und Hände hatte er über sich zum Schild geformt.

Und in diesem Augenblick, in dieser erstarrten und komprimierten Form seiner selbst, kamen die Bilder zurück. Die Bilder seines letzten Kampfes, bevor er dann mit dem Boxen aufgehört hatte.

Er spürte es. Spürte, wie er damals im Ring gestanden hatte. Von seinem Gegner in die Ecke gedrängt und mit Schlägen bearbeitet. Das war nicht irgendein Kampf gewesen, sondern seine große Chance. Er war fast am Ziel angekommen. Dreiundzwanzigjährig, eins einundneunzig groß, knapp hundert Kilogramm schwer, kein bisschen Fett, ein ungemein beweglicher Modellathlet, ein eleganter Rechtsausleger, ein Boxer, von dem sein Trainer meinte, er hätte die Qualitäten eines *historischen* Boxers, womit gemeint war, er könnte die klassischen Tugenden eines George Foreman mit den klassischen Tugenden eines Muhammad Ali verbinden, das Leichte mit dem Schweren, die ungeheure Schlagkraft mit der schlichten Schönheit getanzter Bewegungen.

Und jetzt steckte er in dieser verdammten Ecke fest, einer Ecke so ungemein klein und eng, und kam einfach nicht aus ihr heraus, derart bearbeitete ihn der regierende Europameister im Schwergewicht, ein tätowierter Engländer mit einer K.o.-Quote von fast achtzig Prozent. Wer von ihnen beiden diesen Kampf gewann, würde die Chance auf einen Weltmeisterschaftskampf erhalten, auf das ganz große Geld, das ganz große Theater, den ganz großen Ruhm oder die ganz große Verzweiflung.

Großes Theater war es aber auch jetzt schon, hier in London, im tobenden und dampfenden Wembley-Stadion. Und bei ihm selbst auch große Not, wie er da in die Ecke gedrängt stand, einfach nicht herauskam und dem Hagel von heftigsten Schlägen ausgeliefert war. Hätte er die Kraft dazu gehabt, jetzt seinem Gegner etwas entgegenzurufen, er hätte gefragt: *What do you want? Pound a black hole in me?* Aber die Kraft hatte er nicht. Da war jede Menge Blut in seinem Mund, die am Zahnschutz vorbei auszuspucken ihm genug Mühe bereitete.

Dabei befand man sich erst in der dritten von zwölf Runden.

Robert ... nun, er hatte damals gewiss nicht Robert geheißen. Wenn aber doch? Ja, dann wäre Katharina nicht nur Buchhändlerin, sondern auch hellsichtig, wovon die meisten Buchhändlerinnen sowieso überzeugt sind. Robert also wusste, dass er nie und nimmer so lange durchhalten würde.

Er konnte kaum etwas sehen, weil eins seiner Augen fast vollkommen zugeschwollen war, bloß noch ein schmaler Schlitz, während das andere wie durch eine Wasserwand blicken musste.

Aber so schlecht er seinen Gegner erkennen konnte, eigentlich nur das strahlende Rot von dessen Boxhandschuhen, meinte er eigentümlicherweise links unten, in der dritten oder vierten Reihe dieses mit Zigtausenden Menschen besetzten Stadions, seine beiden Eltern wahrzunehmen. Und das war kein Trugbild. Sie waren ja tatsächlich gekommen, zum ersten Mal sahen sie sich einen Kampf ihres Sohnes an. Der Promoter der Veranstaltung hatte darauf bestanden, dass Roberts Eltern erschienen, und hatte seinen Wunsch durch eine großzügige Spende an die Stiftung Mozarteum Salzburg – als deren Vizepräsidentin Roberts Mutter fungierte – massiv untermauert.

Und da saßen die beiden also, zwei vergeistigte Personen. Der bebrillte, schüttere Vater, Leiter des Instituts für Moraltheologie an der Katholisch-Theologischen Fakultät Graz, die drahtige, ungemein gerade sitzende Mutter, eine bekannte Geigenlehrerin, körperlich gesehen beides Leichtgewichtler, sie eins siebzig, er vielleicht ein paar Zentimeter darüber, zumindest, wenn er mal seinen Kopf gerade hielt. Während ja ihr Sohn sich schon früh in Richtung auf die Schwergewichtsklasse entwickelt hatte. Etwas, was man sich familienintern mit den Genen eines Urgroßonkels mütterlicherseits erklärte, weil auch der entgegen jeglicher Familientradition erstaunlich groß und kräftig gewesen war.

Sie saßen da und genierten sich. Vielleicht hatten sie auch

Angst um ihren Sohn, der gerade recht hilflos in den Seilen hing. Aber es war wohl eher eine große Scham, die sie empfanden, ihn so zu sehen, derart zerstört, ein wankender Riese.

So gut er jedenfalls seine Eltern wahrnahm, die still und streng und steif aus der tobenden, geifernden Menge herausleuchteten, seinen Gegner sah er nicht. Wollte er jetzt zurückfighten, musste er sich schon auf seinen Instinkt verlassen, oder darauf, von einem guten Geist geführt zu werden.

Instinkt oder Geist, jedenfalls bemerkte Robert nun eine kleine, eine wirklich winzig kleine Pause im Schlaggewitter seines Gegners. Und in diese Pause schlüpfte er mit einer linken Geraden geradezu hinein. Sein eben noch an der linken Schläfe angelegter Boxhandschuh erreichte – in faustischer Weise den ungemein engen Korridor der Pause passierend – das vordere Schädeldach des Engländers, also die vordere obere Wand der Schädelhöhle, in welcher eine bedeutende Erschütterung stattfand. Ein Feuerwerk.

Ein Feuerwerk, das Wirkung zeigte. Der regierende Europameister wankte einen halben Schritt nach hinten, während sein Kopf, sein ganzer Körper dabei war, sich zu fangen, er allerdings seine Fäuste etwas senkte, sie gleichermaßen aus der Zone des Zuschlagens wie aus der Zone des Sich-Schützens nahm.

Dieser Zustand der Verwirrung und Schwäche des Champions würde kaum eine ganze Sekunde anhalten. Aber Robert spürte, dass er eine ganze Sekunde auch gar nicht benötigte, und schlug einen gewaltigen rechten Haken, der seinen Gegner völlig ungebremst in der linken Gesichtshälfte traf.

Jetzt trat Robert zur Gänze aus seiner Ecke heraus, die ihm so lange Gefängnis gewesen war, und folgte dem rückwärts schwankenden Gegner, um eine dreifache Schlagkombination anzubringen. Zack, zack, zack! Zwei Schläge gegen dessen Körper, ein linker Haken gegen den Kopf. Ein Haken, der so heftig war, dass es den Zahnschutz aus dem Mund des Engländers herausschleuderte. Man sah es, alle sahen es, wie dieses kleine Plastikteil in einem hohen Bogen über den Ring flog. Aus dem Ring heraus, in die Zuschauerränge, und zwar wie in Zeitlupe. Alles war jetzt für einen Moment wie in Zeitlupe: die aufgerissenen Münder des

Publikums; der Schweiß und Speichel, der gleich dem Zahnschutz durch die Luft segelte; der auf die Seite springende Ringrichter, dessen kleine schwarze Fliege im Wind von Roberts irrer Kombination aus drei Schlägen zu flattern schien; das Zucken in den Augen von Roberts Vater, dessen Kopf ein wenig in die Höhe ging, sodass er nun tatsächlich ein paar Zentimeter größer war als seine Frau, die virtuose Geigerin.

Zeitlupe! Auch akustisch. Man konnte die Uhren an den Handgelenken der Männer ticken hören und wie die Ohrringe der Frauen glöckleinhaft im Wind der Bewegungen schaukelten, man konnte hören, wie die Götter sich über die Dummheit der Menschen unterhielten, man konnte das Knirschen des Ringbodens vernehmen.

Auf Roberts linken Haken folgte ein rechter Uppercut, so, als hole er seine Faust aus irgendeiner unsichtbaren, energiereichen Sphäre seitlich seiner rechten Hüfte. Ein Aufwärtshaken, der den Engländer endgültig aus der Balance brachte und er in ein Wanken und Taumeln geriet. Er war im Fallen begriffen. Sodass Robert vor der Frage stand, ob er dem ohnehin stürzenden Gegner praktisch hinterherschlagen sollte. Was eigentlich gar nicht mehr nötig war. Im Gegenteil. Ein letzter Schlag würde alle Eleganz zunichtemachen. Nur noch simple Rohheit bedeuten.

Warum bloß war ein Verzicht, der einfache Umstand, etwas Bestimmtes *nicht* zu tun, so schwierig? Klar, das alles spielte sich im Bruchteil einer Sekunde ab, und dennoch steckte in diesem Bruchteil eine ganze Historie von ähnlich gearteten Augenblicken. Nicht nur Roberts Historie, die Historie einer ganzen Menschheit, die auf diesen *einen Schlag zu viel* nicht hatte verzichten können.

Robert schlug zu. Er setzte einen rechten Haken seiner Schlaghand hinterher, der die linke Gesichtshälfte des Engländers mit einer Wucht traf, die für einen Moment alles und jeden kristallisieren ließ. Eine übersättigte, verhärtete, erfrorene Welt.

Ein Schlag zu viel.

Und dann krachte der Körper des Engländers auf den Ringboden.

Erregte Reporter, Fassungslosigkeit des britischen Publikums, jubelnde Männer in der Ecke des Herausforderers.

Robert hätte die Arme recken, triumphieren können, aber er stand nur starr da und sah hinunter auf seinen Gegner. Er begriff sofort, mit diesem letzten, unnötigen Schlag alles zerstört zu haben. Er konnte geradezu die Scherben sehen, die er verursacht hatte. Als hätte er mit diesem letzten Schlag auch einen Spiegel getroffen, einen Spiegel, der das Leben war.

Wie sehr dieses Bild vom Spiegel stimmte, wurde sich Robert hier und jetzt, im Schneestaub einer Lawine stehend, vollkommen bewusst. Er erinnerte sich. Er erinnerte sich an die Hektik, die mit einem Mal entstanden war, die Rufe der Betreuer, die fieberhaften Bemühungen des Ringarztes, der sich über den regungslos Daliegenden gebeugt hatte, dann die Sirenen, die Sanitäter, die Rettungsgasse, später die Nachricht, der Engländer … wie hatte er bloß geheißen? Er sei ins Koma gefallen, und wie man ihn für hirntot erklärt hatte und er wenig später verstorben war.

Robert sah vor seinem geistigen Auge noch einmal seine Eltern, wie sie dort im Publikum saßen, inmitten der Aufregung absolut regungslos. Ihre Blicke aber verrieten nur eines: Verachtung.

Stimmt, er hatte nach diesem Kampf seine Karriere beendet. Sowenig ihm die Schuld am Tod seines Gegners gegeben worden war. Denn er hatte nicht etwa unsauber geboxt. Auch war von Verletzungen die Rede, die sich der englische Champion in einer vorangegangenen Titelverteidigung zugezogen hatte. Doch Robert wusste es natürlich besser. Er wusste, dass alles, das ganze Unglück, in diesem einen letzten Schlag begründet gewesen war. In der Eitelkeit des Bösen.

Robert hob den Kopf aus der Versenkung seines Anoraks und löste sein Kinn, das wie ein Futtertrog zwischen den Rentieren des Norwegerpullovers gestanden hatte. Der Schneestaub war herabgesunken. Das Licht des Tages kehrte zurück. Es war der letzte Ausläufer der Lawine gewesen, der hier als Wolke niedergegangen war und sich Teilchen für Teilchen abgesetzt hatte.

Alles war wie angezuckert. Robert selbst und auch Teile des *Bücherbergs*. Nicht aber die Schutzhütte, die zu weit entfernt stand, um noch etwas von diesem pulverigen Niederschlag abbekommen zu haben. Robert wischte sich die Flocken aus Gesicht und Bart und klopfte sich den Schnee von Armen und Brust herunter.

Katharina kam in diesem Moment aus der Hütte geeilt. Allein mit Jeans und einer Bluse bekleidet. Sie rief Robert zu, ob alles in Ordnung sei mit ihm. Es schwang echte Sorge mit. Nun, sie hatte diesen Mann schließlich nicht oben am Berg gerettet, damit er hier in nächster Nähe zur Buchhandlung …

»Alles okay«, antwortete er und vollzog eine beschwichtigende Handbewegung.

Wobei, ein wenig kratzte es ihn schon im Hals. Er würde gleich nach drinnen gehen, um etwas warmes Wasser … nein, am besten war, er würde sich jenen mirakulösen Kräutertee einverleiben.

Doch zuerst ging sein Blick hinüber zu seinem soeben geschaffenen Schneemann. Mit dem er, bevor die Lawine drüben am Hang heruntergebrochen war, zufrieden, aber eben nicht hundertprozentig zufrieden gewesen war und sich gefragt hatte, was es war, was ihn störte.

Jetzt aber störte ihn nichts mehr.

Natürlich war der pulverige Schnee auch auf die Skulptur niedergegangen und hatte dabei eine feine, aber doch entscheidende Veränderung der Gestalt bewirkt. Ihr einen zarten Hauch verliehen, eine zweite Haut, eine zweite Schneehaut, die sie schlichtweg melancholischer erscheinen ließ. Verzweifelter, aber auch leidenschaftlicher. Und genau so hatte sich Robert diesen Schneemann gedacht. Muskulös, kraftmeierisch, aber eben auch schwermütig, ohne dass der gewollte Gegensatz von Körper und Kopf verschwunden wäre. Nein, jetzt war er perfekt.

Blieb eine gewisse Verbitterung darüber, dass nicht er selbst diese entscheidende Veränderung bewirkt hatte, sondern Mutter Natur es gewesen war. Und zwar in der typischen Art dieser Mutter: wie nebenbei. Mit einem Achselzucken. Mit demselben Achselzucken, mit dem sie ganz unglaubliche Fischarten hervorbrachte, die Jahreszeiten erfunden hatte oder tektonische Platten verschob und damit Unglück über ungünstig gelegene Gegenden brachte.

So war die Natur. Ein achselzuckendes, geniales Wesen zwischen Feingeist und Monstrum.

Und eben auch für die Perfektionierung dieses von Robert geschaffenen Schneemanns verantwortlich. Weshalb Robert jetzt Katharina bat, das Objekt mit ihrem Smartphone abzulichten.

»Ist das wirklich Ihre größte Sorge?«, staunte sie.

»Ja, bitte. Solange er noch so steht, wie er dasteht, und nicht der dumme Föhn ihn ruiniert.«

Katharina betrachtete die Skulptur und musste zugeben, dass sie wirklich unglaublich schön war. Ein nackter Mann mit leicht verrenkten Armen und einem wie fremd von diesem Rumpf abstehenden Kopf, aber doch einer, der die Anmutung einer Madonna besaß. Einer von einem Schleier verhängten Madonna. Eine gotische Madonna, die im Laufe der Zeit und Epochen zu einem muskulösen Mann geworden war.

»Okay«, sagte Katharina, zog ihr Smartphone aus der Gesäßtasche ihrer Jeans und fotografierte den Schneemann von allen Seiten, nahm diverse Details ins Visier, stieg aber nach getaner Arbeit, so, wie sie war, also nur mit Jeans und Givenchy-Bluse bekleidet, allerdings auch Schneeboots an den Füßen, seitlich das kleine Felsstück hoch, um sich den dahinterliegenden Hang anzusehen, dort, wo das Schneebrett abgegangen war.

Sie schüttelte den Kopf und meinte, dass an dieser Stelle noch nie eine Lawine heruntergekommen sei, natürlich viel zu nahe an der Schutzhütte und dem *Bücherberg*, obgleich man bloß von einem Ausläufer von staubigem Schnee erwischt worden sei. Aber dieses Wenige war bereits zu viel, dieser Schneerutsch viel zu nahe gekommen. Katharina würde den Lawinenwarndienst des Landes Oberösterreich informieren müssen.

Das tat sie dann auch, nachdem man zurück in den Laden gekehrt war und den ersten Espresso des Tages zu sich nahm. Robert sich freilich auch eine Tasse Kräutertee zubereitete, diesen

Bläuling von einem Tee, dessen Geschmack eine gewisse Säuerlichkeit besaß, die aber von Süße durchzogen war wie zarte Linien auf einem Papier. Ein Tee, den Robert in kleinen, konzentrierten Schlucken trank. Sicher war sicher.

Und keine Frage, auch die Alpendohle wurde versorgt. Sie hatte sich in der gepolsterten Schuhschachtel aufgerichtet, wo sie etwas wackelig stand, machte aber keinerlei Anstalten, die Flügel auszubreiten und ihr Krankenbett verlassen zu wollen.

»Wenn das mit dem Schädel-Hirn-Trauma stimmt«, meinte Robert, »hat der Vogel vielleicht vergessen, dass er ein Vogel ist.«

»Na ja, Sie haben ja auch einiges vergessen.«

»Mich aber soeben, als ich da unter dem Schnee stand, erinnert. Zumindest, was meine Zeit als Boxer betrifft«, sagte Robert und erzählte Katharina davon, wie ihm, eingehüllt in den pulverigen Staub einer Lawine, die Bilder seines letzten Kampfes vor etwa einem Vierteljahrhundert ins Bewusstsein geraten waren. Die Fatalität eines unnötigen, alles zerstörenden Schlags.

»Im Ernst?«

»Wenn ich nicht halluziniere, dann würde ich sagen: ja.«

»Dann ist es freilich ein Leichtes«, erklärte Katharina, »Ihren wirklichen Namen herauszufinden. Dazu brauchen wir nur nach einem Schwergewichtskampf in London Mitte der 1990er-Jahre nachzusehen. Das kann uns das Internet verraten.«

»Stimmt, aber …«, sagte Robert, ließ jedoch den Satz in der Luft hängen. Es war ein deutlicher Widerwille in seinem Gesicht zu erkennen.

»Wir werden das tun müssen«, sagte Katharina.

»Okay, aber morgen erst. Bitte.«

»Was soll das bringen, es hinauszuschieben? Gar nichts. Ich sehe jetzt nach.«

Sagte sie und wechselte hinüber zu ihrer Verkaufstheke, auf der neben Registrierkasse und Kreditkartenterminal auch ein Laptop stand, den sie einschaltete und der mit dem Geräusch, wie jemand eine Kirsche oder eine Mandarine quält oder in einen Apfel beißt, zu neuem alten Leben fand.

Katharina tippte in die Suchmaschine mehrere Begriffe ein, die sich auf Roberts Erzählung bezogen: Wembley, Boxen, Schwergewicht, Europameisterschaft, Koma, Tod.

»Da ist es«, sagte sie, »das war 1996. Clifton Miller gegen Thomas Lipinski. Thomas Lipinski, na, das müssen Sie dann sein.«

»Thomas Lipinski?«, wiederholte Robert. »Das sagt mir gar nichts.«

»Warten Sie«, meinte Katharina, »ich rufe die Wikipedia-Seite für Lipinski auf.«

Und das tat sie. Allerdings wies die Seite, die sich nun öffnete, nicht den Namen Thomas Lipinski aus, sondern Max R. Lipinski. Das Foto hingegen, das gleich zuoberst zu sehen war, zeigte eindeutig den Mann, der hier im *Bücherberg* stand und sich nicht auskannte.

»Sehen Sie«, sagte sie, »das sind Sie. Darauf wirken Sie allerdings nicht wie ein Boxer.«

Die Fotografie, die rechts neben der einführenden Textebene zu sehen war, zeigte Max. R. Lipinski im Jahre 2014. Er trug einen Smoking, dazu eine Fliege, die fast gänzlich von seinem wilden Bart verdeckt war, ein Bart, der da noch etwas jünger wirkte als hier im *Bücherberg*, auch länger und ungestümer. Laut dem darunter stehenden Text war dieses Bild anlässlich der Verleihung des Bayerischen Maximiliansordens für Wissenschaft und Kunst aufgenommen worden, obgleich man den Orden nicht sah, sich aber denken konnte, dass er zusammen mit der Fliege unter dem Bart verborgen sein musste.

»Und wofür steht das *R*«, fragte Robert, als frage er nach einem fremden Leben, aber ebenso, als sei er in der Hoffnung, es könnte sich bei dem Buchstaben um die Initiale für den Namen *Robert* handeln, was dann also die Hellsichtigkeit der Buchhändlerin bewiesen hätte.

»Hier steht«, sagte Katharina, »dass Sie, als Sie noch Boxer waren, Thomas Lipinski hießen, aber nach Ihrem Wechsel zur Bildhauerei … aha, also *zur Bildhauerei*, was erklärt, wie Sie solche Schneemänner hinkriegen. Sie haben dann den Vornamen Max angenommen, als Verehrung für Max Ernst, den Surrealisten, und Max Liebermann, den deutschen Impressionisten. Das *R* aber, nun, das *R* soll für sich selbst stehen, als Zeichen des Möglichen.«

»Fein, der Name Robert«, meinte Robert, »ist immerhin eine Einlösung des Möglichen.«

»Das ist er«, sagte Katharina und las Robert sein Leben vor, so, wie Wikipedia es zusammengefasst hatte, meinte aber gleich, dass heute Abend *er* wieder dran sein würde, etwas vorzulesen.

»Am 25. April 1973 in Wien als Thomas Lipinski geboren, fünfzehnjährig mit den Eltern nach Graz umgezogen und dort erstmals mit dem Boxsport in Berührung gekommen.«

Katharina las vor, wie Lipinski bereits zwei Jahre nach seinem Einstieg ins Amateurboxen dreiunddreißig Siege bei nur zwei Niederlagen hatte vorweisen können und knapp achtzehnjährig Österreichischer Staatsmeister wurde, zwanzigjährig ins Profilager wechselte, von einem Hamburger Boxstall unter Vertrag genommen wurde und alsbald vom Cruisergewicht ins sehr viel attraktivere Schwergewicht aufstieg. Dort gewann er seine ersten elf Profikämpfe alle vorzeitig, bevor er eine schwere Niederlage gegen einen etwas in die Jahre gekommenen ehemaligen WBA-Weltmeister einstecken musste, technischer K. o. bereits in der zweiten Runde. Gewann dann aber erstens den Revanchekampf nach Punkten und konnte vor allem jenen anschließenden Zwölfrunder gegen einen favorisierten späteren Weltmeister für sich entscheiden. Ein Sieg, der ihm das Recht auf die Herausforderung des aktuellen Europameisters im Schwergewicht sicherte.

Das Wembley-Ereignis besaß in diesem Wikipedia-Eintrag seine eigene Rubrik, nicht nur, weil Lipinski den Kampf auf eine ungewöhnliche und sehr an den historischen Ali-Foreman-Fight erinnernde Weise gewonnen hatte, sondern vor allem natürlich aufgrund des schweren Niederschlags – und tatsächlich hatte ein Reporter einst geschrieben: »der Schlag, den Ali *nicht* ausführte« –, der zur Folge hatte, dass Clifton Miller ins Koma fiel, für hirntot erklärt wurde und bald darauf verstarb. Wobei auch hier von Verletzungen die Rede war, die sich Miller möglicherweise in einem bereits zuvor stattgefundenen Kampf zugezogen hatte.

Obgleich er also den Europameistertitel errungen hatte, trat Lipinski wenige Tage nach dem Kampf und dem Tod Millers vom Profisport zurück und entzog sich für einige Jahre gänzlich der Öffentlichkeit. Geriet auch tatsächlich schnell in Vergessenheit, bevor er dann sieben Jahre später unter einem neuen Vornamen und jenem mysteriösen und allein dem Phänomen der Möglichkeit gewidmeten *R* in einer Düsseldorfer Galerie erstmals seine Skulpturen ausstellte. Und zwar unter dem beinahe schon provokant einfachen Titel *Frauen, Männer, Tiere*, wobei tatsächlich Frauen, Männer und Tiere gezeigt wurden. Doch deren grundsätzliche Realistik war nicht bloß gebrochen mittels des Einfügens kleiner geometrischer Formen, sondern vielmehr durch die eigentümliche Materialwahl dieser Arbeiten, etwas, was zwanzig Jahre lang das Werk Lipinskis bestimmen sollte. Er verzichtete auf die herkömmlichen Werkstoffe eines Bildhauers und arbeitete mit so gut wie allem, was weder Stein noch Metall, noch Marmor oder Ton war. So hatte er lebensgroße Figuren aus Reis, Zucker und Salz geschaffen, aber auch mit Verderblichem gearbeitet, dem er zu Langlebigkeit verhalf, etwa in seiner Serie *Geräucherter Objekte*. Er hatte einen *Muskelmann* gebaut, aus dem Pilze wuchsen. Ein anderer, der den Titel *Messi* trug, bestand ganz aus Gras. Am berühmtesten waren wohl seine *Frauen aus Honig*, die man in zahlreichen Museen der Welt bestaunen konnte.

»Eigentlich«, sagte Katharina, »hätte ich Sie erkennen müssen. Es ist ja nicht so, dass ich noch nie von Ihren Arbeiten gehört habe. Vor allem von diesen Honig-Frauen, und dann gibt es da noch die Hunde aus Herbstblättern.«

»Hunde aus Herbstblättern? Ehrlich, das sagt mir nichts.«

»Nun, als Erstes ist Ihnen wieder Ihre Kindheit eingefallen«, erinnerte Katharina, »dann das Boxen. Und immerhin haben Sie da draußen einen Schneemann gebaut, der ganz wunderbar in ihr bisheriges Œuvre passt.«

»Das war spontan. Ich erinnere mich trotzdem nicht. Meine Hände erinnern sich.«

»Hier steht«, las sie weiter vor, »dass Sie mit einer bedeutenden deutschen Regisseurin verheiratet waren, Mona Schelling. Sie haben zusammen drei Töchter. – Meine Güte, an drei Töchter wird man sich doch erinnern können, wenn schon nicht an die geschiedene Ehefrau.«

Robert schüttelte den Kopf.

»Eigentlich«, sagte Katharina, »müsste ich Sie jetzt mit Max ansprechen. Oder Thomas, falls Sie doch lieber an Ihre Zeit als Sportler denken.«

»Weder Max noch Thomas, bitte. Bleiben wir bei Robert.«

»Ihre Entscheidung«, sagte Katharina, »aber was ist das nur, was Sie nicht wahrhaben wollen? Die Geschichte mit dem Boxkampf würde ich verstehen, erst recht, wenn ich an meine eigene Geschichte denke. Aber das scheint es ja nicht zu sein, sondern etwas, was danach kam.«

Noch einmal sah sie auf den Bildschirm und meinte: »Zuletzt haben Sie sogar eine Oper ausgestattet. Ausgestattet und inszeniert. *La Bohème* von Puccini.«

»Das ist wirklich eine Krankheit«, meinte Robert, »wenn sich bildende Künstler an der Oper vergehen. Ein Schnitzel glaubt ja auch nicht, sich als Suppe ausgeben zu können.«

»Wow, Sie können ja richtig witzig sein«, meinte Katharina, verließ nun aber den Wikipedia-Artikel und rief unter dem Begriff »Max R. Lipinski« die Rubrik *Bilder* auf.

Und da sah man ihn also, posierend in seinem großen Atelier, umgeben von Figuren aus Reis und gestampftem Mehl, von Hunden aus Herbstblättern und Frauen aus Honig und ein paar riesigen Gartenzwergen, die vielleicht aus Gartenerde, vielleicht aus Schokolade waren, in jedem Fall beeindruckend. Wie er hier Zwergen eine würdevolle Monstrosität verlieh.

Man sah ihn bei der Premiere seiner *La-Bohème*-Inszenierung, neben ihm der Bayerische Ministerpräsident, ja, auch mit seiner Ex-Frau Mona Schelling, aber nirgends ein Bild mit den drei Töchtern, dafür eins mit Peter Handke und eins mit Markus Lüpertz. Nach und nach auch ältere Fotografien, die nicht den Bildhauer, sondern den Boxer gleichen Nachnamens zeigten.

Katharina scrollte immer rascher nach unten, stoppte irgendwann und meinte zu dem hinter ihr stehenden Robert: »Ihr Leben ist eine Flut.«

»Ja, ich fühle mich auch ziemlich überschwemmt, wenn ich das alles sehe.«

»Und noch immer keine Erinnerung.«

»An den Peter Handke kann ich mich erinnern. Aber klar, den kennt man halt. Meine Frau aber, also Ex-Frau … nein, wie nie gesehen.«

Katharina rief noch einige Artikel zu den zuletzt erschienenen Fotografien auf, stellte aber fest, dass sich keiner davon auf Lipinskis Verschwinden beziehe.

»Gut«, sagte sie, »das ist ja auch noch nicht so lange her. Und vielleicht werden Sie von niemandem, nicht einmal von Ihren drei Töchtern, gleich nach ein paar Tagen vermisst. Trotz Ihrer Prominenz. Wahrscheinlich erst, wenn Sie zu Ihrer nächsten Vernissage nicht erscheinen.«

»Oder zu meiner nächsten Operninszenierung«, meinte Robert spöttisch. Dieser Umstand, sich als Bildhauer an die Oper zu wagen, schien ihm an sich selbst besonders verwerflich. Vielleicht aber eben nur, weil ihm dies wie ein Verrat an seiner Kindheit erschien, die er immerhin mit einer Fanatikerin der klassischen Musik hatte zubringen müssen.

Und genau das sagte er zu Katharina.

»Man könnte meinen«, entgegnete Katharina, »dass Sie auf solche Weise Ihrer Mutter eins ausgewischt haben. Die scheint ja noch zu leben. Und nun sind Sie so viel berühmter als sie geworden, nicht bloß als Boxer, sondern als Künstler. Einer, dem zugestanden wird, ein Hauptwerk Puccinis in der Bayerischen Staatsoper auf die Bühne zu bringen. Und zwar, wie ich hier lese, *fulminant.*«

»Sie haben recht«, meinte Robert, »könnte ich mich an all das erinnern, dann wahrscheinlich auch an die Freude, die es mir bereitet hat, mir den Ärger meiner Mutter vorzustellen.«

»Gut, aber belassen wir es mal dabei«, sagte Katharina, schloss den Laptop und erklärte, es sei heute noch viel an Arbeit zu erledigen. Immerhin würde ja in wenigen Wochen zeitgleich mit der

Öffnung der Schutzhütte auch ihr Laden wieder aufmachen. Und sie habe zuvor noch einige Renovierungsarbeiten geplant. So solle auf der rechten Wandseite ein neues Regal eingerichtet werden, wofür es nötig sei, zuerst einmal alle Bücher nach hinten zu bringen und die alte Konstruktion abzubauen.

»Und jetzt weiß ich ja«, sagte sie, »was für ein geschickter Handwerker Sie sind.«

Regale einerseits und Frauen aus Honig andererseits mochten nicht das Gleiche sein. Aber klar, Robert eignete sich ganz ausgezeichnet für die Arbeit, die nun anstand. Und die man zusammen würde erledigen müssen.

Zuerst also die Bücher, die nach hinten in Katharinas Wohnraum zu transportieren waren. Kleine und große. Schwere und leichte. Sehr gescheite und auch halb gescheite, wenn schon keine richtig dummen. Und keines, das nicht das Wort *Berg* in sich getragen hätte.

So gesehen waren es also eine Unmenge von Bergen, die Robert da von der Westflanke des Lokals in den rückwärtigen Raum transportierte, sich mitunter auch die Umschläge ansah, etwa einen Roman mit dem Titel *Traum von mehr bis minder schwierigen Erstbesteigungen*, was sicherlich auf Samuel Becketts Frühwerk *Traum von mehr bis minder schönen Frauen* anspielte. Wobei auf dem Buchrücken des Romans dann bloß noch von einem *Traum von schwierigen Erstbesteigungen* die Rede war, so, wie übrigens auch die Suhrkamp-Ausgabe von Becketts Roman an dieser Stelle den eigentlichen Titel zu einem *Traum von schönen Frauen* verkürzte.

Und in beiden Fällen die Reduktion des Titels einer Großzügigkeit gleichkam. Schöne Frauen und schwierige Erstbesteigungen.

Es dauerte bis in den Nachmittag hinein, bis alle Bücher nach hinten gebracht waren. Bücher sind einfach des Möbelpackers Fluch. Schon richtig, ein Klavier oder Kasten waren schwerer und sperriger, aber Bücher erwiesen sich nun mal als die Helden der Masse. Oder kannte man jemanden – auch wenn er kein Buchladen war –, der sich mit zwei, drei Büchern zufriedengab?

Draußen hatte Starkregen eingesetzt. Robert konnte durch die große Panoramascheibe sehen, wie Wind und Regen seinem vom Schneestaub einer morgendlichen Lawine perfektionierten Schneemann den Garaus machten. Es blieb nur noch ein dünnes Inneres übrig, die Wirbelsäule dieser Gestalt. Bevor auch diese gleich dem letzten Turm einer Sandburg in sich zusammenstürzte.

Robert dachte sich trotzig: Bald kommt wieder Schnee.

Und da hatte er absolut recht. Während er dabei war, Teile des alten Regals zu entfernen, und es draußen bereits dunkel geworden war, legte sich zwar nicht der Sturm, aber es wurde erstens wieder kälter, und zweitens waren es nun Schneeflocken, die herangetragen wurden. Schneeflocken, die die vom Wasser aufgeweichte Schneedecke zu restaurieren begannen. Allerdings nicht in der Lage waren, den Schneemann wieder aufzubauen. Da würde Robert schon selbst anpacken müssen.

Und dann war wieder einmal Zeit für das Abendessen.

Dieser Wechsel in die Schutzhütte und dort in die Küche und Vorratskammer erschien Robert bereits wie eine lang gepflegte Routine. Und ganz ehrlich, es tat ihm gut, dieser Frau, die ihn gerettet hatte – auch wenn er fürchtete, sich im Zuge dieser Rettung an etwas erinnern zu müssen, an das er nicht erinnert werden wollte –, dieser Frau also die Freude eines gelungenen Salats zu machen.

An diesem Abend sollte es ein Kartoffelsalat sein, den Robert als Beilage zu zwei Stücken Wiener Schnitzel servierte, wobei diese Schnitzel fix und fertig aus der Tiefkühlkammer kamen und aussahen wie zwei vereiste Eisbärentatzen. Während der Salat natürlich frisch zubereitet wurde. Und zwar in Form eines klassischen Erdäpfelsalats mit lauwarmer Marinade. Das Lauwarme war wirklich das Entscheidende. Es ergab sich aus einer Rindssuppe, in die die dünn geschnittenen, gekochten Kartoffeln untergerührt wurden. Keine Rindssuppe, die einem sich auflösenden Würfel zu verdanken war, sondern eine, die Robert schon nachmittags vorbereitet hatte, indem er ein saftiges Stück Rindfleisch, ein sogenanntes Schwarzes Scherzel, über zwei Stunden lang hatte kochen lassen. Viel Aufwand für die Marinade eines Erdäpfelsalats. Aber dieser Aufwand wurde wenigstens nicht wie im Falle des Schneemanns zunichtegemacht. Der Aufwand lohnte sich.

»Ich muss Ihnen nicht sagen«, meinte Katharina, »dass das der beste Kartoffelsalat ist, den ich je gegessen habe. Wie machen Sie das bloß? Wir müssen mal nachsehen, ob bei Ihren Kunstwerken auch irgendwie die Zubereitung von Salaten eine Rolle spielt.«

»Das wäre dann aber ein Scherz, oder?«

»Ja, wie Hunde aus Herbstblättern.«

Er nickte ernst.

Auch war es Robert, der im Anschluss an das Abendessen den Zirbenschnaps und schließlich den Cognac wieder zum Vorlesen an der Reihe war. Und der nun allen Ernstes während dieses Vorlesens einschlief – wie man das von übermüdeten Vätern kannte, die mit ihren schlafunwilligen Kindern nicht mithalten konnten.

Doch Katharina ließ ihn in Frieden, obwohl es eine durchaus spannende Stelle gewesen war, in die hinein Robert eingenickt war.

Draußen tobte der Schneesturm, im Roman ebenso.

Nun, man würde morgen weitersehen.

Katharina nahm Robert das Buch aus der Hand und legte es dorthin, wo auch die Dohle war, die jetzt in ihrem Karton wie in einem Nest saß. Auch sie war eingeschlafen. Man hätte meinen können, *Selbstporträt eines lächelnden Mannes auf der Spitze des Berges* sei ein wunderbares Schlafmittel.

Katharina drehte die Schreibtischlampe ab. Der ganze Raum strahlte vom Kamin rot wie die Wangen eines stark erhitzten Feuerschluckers.

Die Buchhändlerin ging nach hinten, legte sich ins Bett und schaute sich wieder ihre Norwegerserie an. Irgendwann in der Nacht, kurz bevor auch sie einschlief, faltete sie ihre Hände so fest wie weich über ihre fühlende Scham.

5

Auch an diesem Morgen erwachte Robert, als draußen noch Nacht war. Im Raum lag ein letzter rötlicher Schein aus dem Kamin. Sterbender Mars.

Robert erhob sich aus seinem Schlafsessel und blinzelte durch die weite Scheibe nach draußen ins Dunkel. Der Sturm hatte etwas nachgelassen, doch noch immer wehte es Schnee herunter und herbei und hüllte die Objekte und natürlichen Formen vor dem Haus mit pilzartigen Hauben ein.

Robert begab sich hinüber zu Sharp, um ihm etwas von dem stärkenden Brei zu geben, den man zubereitet hatte. Etwas mit Beeren und Cornflakes und Schmalz. Schmalz, das übrigens ebenfalls von dieser Bäuerin aus dem Tal stammte. Doch der Karton war leer.

Robert drehte das Deckenlicht an und sah sich um, aber kein Vogel, nirgends.

Er kann nicht weit sein, dachte sich Robert und überlegte, dass Sharp hinter einem der Bücherberge ein Versteck für sich entdeckt hatte. Weil so ein Bücherversteck in etwa einer Felsnische entsprach, wie Alpendohlen sie als sogenanntes Bruthabitat nutzten. Wie auch als Erholungsstätte.

Robert blieb also gelassen, das Problem von Vogelkot verdreckter Bücher ignorierend, zog sich seine Winterstiefel an, schlüpfte in seinen Anorak, nahm die Stirnleuchte von jenem Buch mit dem Titel *Die Wahrheit über alles, was je auf einem Berg geschah* und begab sich nach draußen.

Man könnte es so ausdrücken: Es juckte ihn in den Fingern.

Es juckte ihn ganz gewaltig, eine neue Schneeskulptur aus dem Schnee zu formen, zu schlagen, zu kratzen. Allerdings wählte er diesmal eine Stelle aus, die näher zur Schutzhütte lag und ferner von jenem Ort, der von einer Lawine eingestaubt worden war. So hilfreich diese Lawine in künstlerischer Hinsicht auch gewesen war.

Und während allein das Licht aus dem *Bücherberg* und das Licht von Roberts Stirn den Platz erhellten, begann er mit forscher, fordernder Kraft, Schneebrocken auf Schneebrocken zu schichten und dabei einen eineinhalb Meter hohen und mindestens zwei Meter langen Block zu schaffen. Einen Block, aus dem er die darin verborgene Figur herausholen würde, wie dies in der Bildhauerei üblich war (das war übrigens eine Idee, die Robert gerade durch den Kopf ging, dass nämlich alles im Universum einst die Form eines Quaders oder Kubus besessen hatte und dass all die runden Welten, die wir kennen, von Gott erst aus diesen quadratischen und rechteckigen Körpern herausgeschlagen worden waren. Weshalb das, was wir die *dunkle Materie* nennen, einfach das frei im Raum herumtreibende heruntergeschlagene Material dieses Werkprozesses darstellt. Ein Beweis für Gottes Fleiß. Aber eben auch ein mysteriöser Abfall, den wir uns nicht erklären, ihn bloß berechnen können. Wie in der Schule: Stelle dir einen Würfel mit folgenden Maßen vor und ziehe davon eine Gestalt ab, deren Anteil an der Gesamtmasse … und so weiter und so fort. Gottes Fleiß. Schrecken der Schule.).

Als Robert den Block fertiggestellt hatte und begann, Stücke von Schnee gezielt wieder zu entfernen, drang erstes Tageslicht durch das Wirrwarr des Schneetreibens. Ein Treiben, das sich nach und nach beruhigte und in ein Herabsinken überging. Ein sanftes Aufschlagen auf der Erde. Und schließlich ganz endete. Dafür zog jetzt der Nebel hoch.

Robert hätte zu Beginn seiner Arbeit gar nicht sagen können, was für eine Figur oder Gestalt es eigentlich sein sollte, die hier entstehen würde. Sicher war nur, dass das Objekt eine horizontale Position einnehmen würde. Sich vielleicht zu einer *Großen Liegenden* entwickelte. Aber die Große Liegende nahm dann doch immer mehr die Züge eines Vogels an, eines zwei Meter langen Rabenvogels, wobei es sich selbstverständlich um ein Porträt

Sharps handelte. Doch auch dieses führte nicht zu einem puren Naturalismus. Die Gestalt des Vogels war in einer Weise ins Expressive verschoben, als spiele Robert auf ein künftiges Ereignis dieses Vogels an. Ein dieses Tier veränderndes Glück oder Unglück, oder irgendwie beides. Ganz in der Art jener Anekdote, Picasso hätte auf den Einwurf, sein Porträt von Gertrude Stein würde doch gar nicht Gertrude Stein ähnlich sehen, geantwortet: Sie wird.

Das galt auch für das Porträt dieses Vogels: Er wird.

Während Robert noch am Gefieder arbeitete, das er mit einem Eiskratzer in den festgeklopften Schnee fräste, fiel sein Blick hoch zu dem Berg, an dessen Fuß er sich befand und der ebenfalls von dichtem Nebel eingehüllt war. Allerdings strahlte der von der aufgehenden Sonne in orangefarbenes Licht getauchte Gipfel durch den milchigen Dampf hindurch. Es sah so aus, als sei der Gipfel völlig losgelöst von seinem Untergrund. Frei schwebend. Frei schwebend und … etwas wankend.

Robert, der als Bildhauer gewiss sein Bildhauerleben lang in Titeln gedacht hatte, dachte sich jetzt: *Traum von einem mehr bis minder betrunkenen Berg.* Verkürzte diesen Titel dann aber – gewissermaßen auf dem schmalen Buchrücken seines Bewusstseins – zu einem *Der betrunkene Berg.*

Und versuchte, sich das Bild dieses nur wenige Sekunden im Wolkennebel sichtbaren, leicht nach rechts wie nach links schaukelnden, seine gerötete Gipfelnase in den Himmel streckenden Bergs gut einzuprägen. Er würde auch dem Berg eine Schneefigur widmen wollen. – Wobei Robert schon jetzt die Idee hatte, die orangene Färbung des Gipfels mittels dünner Karottenscheiben wiederzugeben, die er in der Art von Felsstücken in die Schneefläche pressen wollte. Was auch darum eine schöne Idee war, weil ja die Karotte ein klassisches Utensil bei der Herstellung von Schneemännern und deren Nasen darstellte. Stellte sich bloß die Frage, in welcher Weise die Betrunkenheit an einem statischen Kunstobjekt darzustellen war.

Mal sehen.

Der betrunkene Berg verschwand wieder hinter der Nebelwand, und Robert setzte seine Arbeit am Gefieder seiner Schneedohle fort.

Während er das tat und mit großer Geduld die Zähne des Eiskratzers immer wieder über die Fläche zog, so als *kämme* er den Vogel, meinte er hinter sich etwas zu spüren. Er ahnte eine Bewegung und wandte sich um. Da war aber nichts zu erkennen, bloß die Wellen und Hauben des frischen Schnees. Schneefrei nur die eine Stange mit den gelben, einseitig zugespitzten Schildern, die in verschiedene Richtungen wiesen und dem Wanderer erklärten, wie lange er wohin benötigte. Dahinter bloß die dichte Wand des Nebels.

Dann jedoch … Jetzt erkannte er eine Gestalt, die sich als dünner Fleck in dieser Phalanx fein verteilter Wassertröpfchen gespenstisch abzeichnete. Näher kam und größer wurde, um schließlich in einigen Metern Entfernung endlich in eine Kenntlichkeit überzugehen: eine junge Frau auf Skiern.

Sie war vollständig eingepackt in alpinistische Kleidung, mit so einer bunt verspiegelten Skibrille vor den Augen, die aussah, als sei hier ein Papagei zu einer Sichtscheibe zusammengepresst worden. Zudem hatte sie einen Helm auf, die Jacke hochgeschlossen und vor dem Mund das Gewebe eines Windstoppers. Derart vermummt hätte es sich eigentlich auch um einen kleinen, alten, sportiven Mann handeln können. Aber Robert sah und spürte das *Jungfrauliche* dieser näher kommenden Person mit großer Deutlichkeit.

Und so war es auch, als sie jetzt in nächster Nähe vor ihm stand, die Skistecken in den Schnee rammte, die Skibrille über den Helm schob und sich ihren Windschutz herunterzog. Eine junge Frau mit einem auffallenden Augenpaar. Selbst hier im diffusen Dunst setzte sich das Auffallende dieses Augenpaars durch. Die Augen besaßen etwas Grafisches und Geschnitztes, eine spitze Schärfe, eine attraktive Präzision, einen schönen Schwung und eine anziehende Strenge. Die Augenfarbe selbst mutete im Moment Grau an, Samtig-Grau, das Grau von Federn, würde sich aber – wie Robert bald feststellen konnte – unter geänderten Lichtverhältnissen und verschiedenen Blickwinkeln mal ins Bläuliche, mal ins Grünliche verlagern. Doch diesen Grundton von Grau und diesen Eindruck des bei aller Strenge Samtigen stets beibehalten.

»Guten Morgen«, sagte sie mit der Stimme einer Frau irgendwo zwischen fünfundzwanzig und dreißig. Ganz so jung war sie vielleicht doch nicht.

Sie stellte sich mit ihrem Namen vor, Linda Hellmund. Niemand hieß so, der von unten aus dem Tal stammte, auch wenn sie wahrscheinlich von dort hochgekommen war.

Robert nickte und sagte, er sei Robert. Auf die Nennung seines Nachnamens verzichtete er.

Die sichtbar athletische Frau schaute nun doch einigermaßen verblüfft auf die gewaltige Alpendohle aus Schnee. Das war schwerlich etwas, mit dem sie hier oben hatte rechnen können. Sosehr diese Figur aus jenem Stoff gefertigt war, der in winterlichen Bergen die Verhältnisse bestimmte.

»Wundern Sie sich nicht«, sagte Robert, »das ist so ein Hobby von mir.«

»Interessantes Hobby. Sind Sie der Buchhändler …? Also ich dachte, es ist eine Buchhändlerin, Frau Kirchner, die uns benachrichtigt hat.«

»Wegen der Lawine?«

»Natürlich wegen der Lawine«, sagte Frau Hellmund. Und erklärte, im Auftrag der oberösterreichischen Landesregierung beziehungsweise des Lawinenwarndienstes gekommen zu sein. Sie sei frühmorgens aufgebrochen und habe von der Bergstation der Seilbahn aus den Weg zur Schutzhütte genommen.

»Da kommt Frau Kirchner schon«, sagte Robert und zeigte hinüber zur Türe des *Bücherbergs*, aus der soeben, mit Wide-Leg-Hose, Hemdbluse und Haartuch bekleidet, Katharina heraustrat.

Hellmund löste sich von ihren Skiern und trat auf Katharina zu. Die beiden Frauen unterhielten sich, während Robert letzte Hand an seine Dohle legte.

Diesmal würde es Frau Hellmund sein, eine aus Hamburg stammende Lawinenspezialistin, die auf die Bitte Roberts hin – und sie kam dieser Bitte gerne nach – den Schneemann in Form einer expressiven Alpendohle mit ihrem Smartphone fotografierte.

Richtig, wer in Hamburg auf die Welt kam, wurde mit einer Menge Dinge konfrontiert, aber kaum mit Lawinen. Doch nach einem Studium der Geologie und Meteorologie war sie als Expertin für Windanalysen an das Davoser Institut für Schnee- und Lawinenforschung gelangt und dort zur leidenschaftlichen Skifahrerin und Tourengeherin geworden. Aber eben auch zur Spezialistin für Lawinendynamik, wobei ihre Forschung so weit ging, Erkenntnisse über das Entstehen von Schneelawinen auf lawinenartige Ereignisse der Ökonomie, auf soziale Umwälzungen, regionale und globale Seuchen, den Krieg, aber etwa auch Entwicklungen der Mode oder der Sprache zu übertragen.

Man hatte sie nach drei Davoser Jahren nach Österreich geholt, nach Oberösterreich, um hier als Lawinenexpertin die Abteilung Wasserwirtschaft der Landesregierung zu beraten. Und von Linz aus jeweils dann in die Berge zu reisen, wenn man sie rief.

Katharina hatte gerufen (auch wenn es eigentlich nur eine Meldung gewesen war).

Und Linda war gekommen.

Nach einem ersten Gespräch und dem Fotografieren von Roberts monumentaler, an einem langen Morgen entstandener Alpendohle – deren Vorbild sich nach und nach seinem Abbild annähern würde, siehe Gertrude Stein –, betrat man das Innere des Buchladens. Die Espressomaschine leuchtete in freudiger Erwartung des einzigen Sinns und Zwecks, warum sie auf der Welt war.

Und in der Tat, Sharp saß jetzt auf der oberen Kante eines Holzstuhls und machte den Eindruck, ein dressierter Vogel zu sein. Katharina erklärte Frau Hellmund, wie dieses Tier in den Buchladen gekommen war. Sie erklärte aber nicht, wie Robert in den Buchladen gekommen war. Hellmund musste es einfach hinnehmen, dass hier eben auch ein Mann war, obgleich sie darüber informiert worden war, dass die »Buchhändlerin in den Bergen« ihren Laden alleine führte und um diese Zeit die Einzige am Berg war.

Was nun mal nicht stimmte.

Bei frischem Espresso sprach man über das Ereignis, über die am Tag zuvor morgendlich abgegangene Lawine auf der Westflanke des Geländes. Dort, wo sich Derartiges eben noch nie zugetragen hatte, der Hang eigentlich zu flach war. Und es nun in erster Linie Robert war, der diesen Abgang bezeugen und ihn beschreiben konnte. Die Geräusche einer sich lösenden Masse, das ferne Grollen, das nahe Grollen, das Eingestaubtwerden.

Linda Hellmund hatte in ihrem Rucksack einige Instrumente sowie diverse Behältnisse mitgebracht, um Proben des Schnees zu nehmen. Und sie würde den ganzen Tag mit der Untersuchung des Hangs und der Spur, die die Lawine gezogen hatte, beschäftigt sein. Weshalb ihr Vorgesetzter sie auch instruiert hatte, die Nacht in der Schutzhütte zuzubringen und erst am Folgetag wieder abzusteigen und ihren Bericht zu verfassen. Was bedeutete, dass man an diesem Abend zu dritt eine Mahlzeit einnehmen würde. Und hätte Katharina nun in Titeln gedacht – und als Buchhändlerin dachte sie ja tatsächlich mitunter in Titeln, wie auch Bildhauer das gerne taten –, sie hätte gedacht: *Salat für drei.*

Hellmund erwies sich als eine drahtige Person. Ihre unter dem T-Shirt sich abzeichnenden Schultern sowie die aus den kurzen Ärmeln ragenden Oberarme verrieten, dass sie in Davos nicht nur das Skifahren, sondern auch das Klettern auf Bergen erlernt haben dürfte. Sie besaß die Figur einer kleinen Schwimmerin, aber einer, die in den Bergen schwamm. Sie war die winter- und bergfesteste Person, die Hamburg je hervorgebracht hatte.

Und sie war eben eine Meisterin der Lawinen, die als Expertin auch immer wieder an Rettungseinsätzen teilnahm und bereits drei Menschen aus einer Lawine geborgen hatte, zwei davon lebend. Sie sagte gerne, dass *ein* Toter im Leben einer Retterin vollkommen reiche. Das war gewissermaßen ihre Bitte an das Schicksal. Den Rest ihres Lebens nur noch Lebende aus dem Schnee ziehen zu dürfen.

Sie konnte natürlich nicht ahnen, wie sehr das Retten und Gerettetwerden bereits Thema im *Bücherberg* gewesen waren. Und musste sich vorerst damit begnügen, dass der Mann, der so famos Figuren aus dem Schnee zu formen verstand, einfach nur Robert hieß und ohne jegliche offizielle Funktion hier am Berg zu sein schien. Somit auch nicht der Ehemann der Buchhändlerin war oder etwa der Pächter der Schutzhütte. Ohne Funktion, aber nicht ohne Tätigkeit, wenn man die Umgestaltung der Buchhandlung wie die Zubereitung des Abendessens bedachte. Ganz abgesehen davon, dass er im Umkreis der beiden Gebäude grandiose »Schneemänner« in die Landschaft zu setzen verstand.

Nach dem Espresso begannen alle drei zu arbeiten. Was bedeutete, dass Robert und Katharina den Rest der alten Bretter von der Wand schraubten und damit anfingen, ein modulares Regalsystem zu installieren. Es war erneut kein Nachteil, dass Robert in seinem bisherigen, wenn auch verdrängten Leben Bildhauer gewesen war. Denn dieses System setzte sich aus unterschiedlich großen Regaleinheiten zusammen, die frei zu kombinieren waren. Und es war nun Katharinas Wunsch, eine Zusammenstellung vorzunehmen, die insgesamt den Umrissen jenes Berges entsprach, der draußen vor der Türe in den Himmel ragte. Keine leichte Arbeit. Eine Arbeit, für die nötig war, ein räumliches Empfinden zu entwickeln, welches ein wenig komplizierter war, als in einem IKEA-Restaurant eine Portion Potato Wedges zu bestellen.

Währenddessen begab sich Linda Hellmund hinüber zu besagtem Hang, diesmal nicht mit Skiern, sondern mit Schneeschuhen ausgerüstet, im Rucksack ihr kleines Lawinenlabor. Sie fotografierte das Gelände, nahm Proben und vollzog Abmessungen. So stieg sie hoch zum linienförmigen Abriss und skizzierte die flächige Sturzbahn. Sie war sogar in der Lage, eine neue Vermessung des gesamten Hangs und dessen Umgebung über das Austrian Positioning Service und mittels eines GALILEO-Satelliten durchzuführen. Um Korrekturdaten zu erhalten. Denn darum schien es ja hier ganz wesentlich zu gehen. Eine Korrektur bezüglich der Gefährlichkeit dieses Hangs vorzunehmen. Umso mehr, als Hellmund keinerlei Spuren entdecken konnte, die darauf verwiesen, irgendjemand, der ein Mensch oder Tier war, hätte dieses Schneebrett ausgelöst. Das hatte das Brett ganz alleine geschafft.

So entstand an diesem Tag ein exaktes Bild von den Verhältnissen des realen Hangs, so wie drinnen im Buchladen ein stark abstrahiertes Bild des realen Bergs draußen vor der Tür, ein Berg, der das Oronym »Kogel« in seinem Namen trug.

(Vom Standpunkt des Erzählers dieser Geschichte besteht das Problem, dass hier zwar unentwegt die Benennung von Menschen und Tieren zur Sprache kam, sogar, wie ein abgestürzter Vogel heißen sollte, es aber nie geschah, dass die handelnden Figuren den Namen des Bergs erwähnten, dem Robert demnächst ein karottenbestücktes Porträt widmen wollte. Außer, dass eben von einem Kogel die Rede war. So war es zumindest bisher gewesen. Und so war es ja auch in Simon Schindlers Roman.)

Beide Arbeiten, die an der Lawine wie die am Regal, erfolgten bis zum Einbruch der Dunkelheit, bevor man sich hinüber in die Schutzhütte begab. Dort konnte sich Linda aus den sechsunddreißig Schlafplätzen einen auswählen, was ihr so vorkam, als sei sie Schneewittchen und die sechsunddreißig Zwerge und die Zwerge gerade nicht im Haus, weshalb sie sich unter all den Bettchen für eines entscheiden durfte.

Nachdem diese Entscheidung getroffen war – so in der Art eines geworfenen Würfels – und sie ihre Sachen ausgepackt hatte, ging sie zu Katharina in den großen Gastraum, um an einem der Tische ihren Laptop aufzustellen und die Daten ihrer Messungen einzutragen sowie einen ersten Bericht zu verfassen. Faktum war schon jetzt, dass der Hang ein anderer geworden war, sich seine Topografie verändert hatte. Was wirklich eigenartig war. Das hier war ja kein Vulkan, kein Erdbeben war registriert worden, man war auch nicht am Meer, keine neue Insel hochgetaucht, nicht einmal ein Felssturz war zu verzeichnen. Dazu kam, dass in den vergangenen Jahren keinerlei menschliche Eingriffe vorgenommen wurden, kein Lift war errichtet, kein Wanderweg an dieser Stelle ins Erdreich geschlagen worden. Auch sonst nichts. Möglich also, dass die bisherigen Messungen einfach nicht gestimmt hatten. Und in der Tat ergaben die Korrekturänderungen durch den GALILEO-Satelliten ein neues Bild. Der Satellit hatte einen Neigungswinkel errechnet, der den Hang doch um einiges steiler erscheinen ließ als in den bisherigen Angaben. Und sicher nicht –

um es nochmals märchenhaft auszudrücken –, weil irgendwelche sechsunddreißig Zwerge im Zuge von Bergbauarbeiten die landschaftlichen Verhältnisse verändert hatten.

Während Linda für die oberösterreichische Landesregierung die Daten über eine Lawine zusammenstellte, die es eigentlich nicht hätte geben dürfen, arbeitete Katharina an einer Buchrezension für ihre eigene Webseite *Bücherbergs Bergbücher*. Und lobte gerade eine Neuerscheinung, die sich – wahrlich nicht zum ersten Mal – mit jener sagenumwobenen Expedition auf den Nanga Parbat im Jahre 1970 beschäftigte. Bei dieser hatten Reinhold Messner und sein Bruder Günther zwar den Gipfel erreicht, doch beim dramatischen Abstieg über die Diamir-Wand war Günther zu Tode gekommen. Sein Bruder hingegen überlebte. Und wurde praktisch aus seinem Überleben heraus der Bergsteiger aller Bergsteiger, *die* Ikone einer völlig unsinnigen, aber die Menschheit begeisternden Tätigkeit.

Die ungeklärten Umstände dieses Vorfalls regten die Fantasie aller Interessierten an. Vor allem auch die Fantasie der direkt beteiligten Expeditionsteilnehmer. Es war, als sei die Wahrheit immer und stets ein Produkt jeweiliger Einbildung. Ein ganz persönlicher Knoten, der auch nur persönlich zu lösen war.

Katharina lobte dieses Buch genau darum, weil es all diese Knoten völlig unverschämt zu einem einzigen verband – ohne die Absurdität der Verknotung zu leugnen – und weil es die eigentliche Wahrheit ganz tief im Zentrum des Knotens vermutete, als eine Art Geisterteilchen.[2]

Zur gleichen Zeit befand sich Robert in der Vorratskammer der Küche und war ein wenig ratlos. Er wartete auf Inspiration. Er stand zwischen den Lebensmitteln und hatte für einen Moment

2 Wobei dieses Geisterteilchen eine Wahrheit zutage förderte, die aus dem schlichten Schluss bestand, dass Menschen ebenso moralisch wie technisch immer zu der einen Entscheidung tendierten: nämlich der falschen. Dass das Falsche die eigentliche Begabung des Menschen sei. *Sad but true*. Und dass darum alle recht hatten und keiner, was genau genommen total deprimierend war. Aber durchaus einige Spannung, viele Bücher, Anwälte und die Satire ins Leben gebracht hatte.

das Gefühl, als würde er inmitten außerirdischer Früchte verweilen, deren Namen er nicht einmal kannte. Es war eine große Schwärze in seinem Kopf. Und aus dieser Schwärze blitzten mit einem Mal drei Gesichter auf. Drei Gesichter junger Frauen. Und auch wenn er nicht sagen konnte, wer diese Frauen waren, empfand er augenblicklich eine tiefe Zuneigung, die sich wirklich nicht anders erklären ließ, als dass es sich um seine drei Töchter handeln musste. Drei Frauen, die alle um die zwanzig und nicht weit auseinanderzuliegen schienen. Wie in rascher Folge auf die Welt gekommen.

Er empfand die tiefe Zuneigung gleichermaßen wie einen bedrückenden, beklemmenden Schmerz. Etwas, das ihm die Luft nahm. Obgleich die drei Gesichter ihn anlächelten. Aber es war das Lächeln … wie auf einer Fotografie. Das war das absurd Widersprüchliche, dass diese Gesichter über eine Realität verfügten, eine kleine Bewegung, man konnte es auch am Haar sehen, alle drei dunkelblond, zwei mit langen Haaren, eine mit kurzen, und wie ihre Haare in einem leichten Wind hin- und herwogten, einerseits, andererseits aber doch dieses Lächeln statisch blieb, vergangen anmutete, wie eben jede Fotografie auf etwas Geschehenes, Zurückliegendes verwies.

Und dann waren sie wie mit einem Fingerschnippen wieder verschwunden, und auch die Schwärze war verschwunden, während die Innigkeit und der Schmerz, die Robert gefühlt hatte, in Verbitterung übergegangen waren. Bloße, reine Verbitterung. Aber zugleich auch in die ebenso plötzliche Erkenntnis, heute ein Sauerkraut zuzubereiten. Einfach ein Sauerkraut, das er aus der Verpackung nehmen und das er in einer Selchsuppe zusammen mit fein geschnittenen Zwiebeln und fein geschnittenen Speckwürfeln dünsten und dem er schließlich mittels einer rohen, grob geriebenen Kartoffel zu einer »molligen Bindung« verhelfen würde.

Die Formulierung »mollige Bindung« geisterte eine Weile durch sein Hirn. Als handle es sich um einen seine Verbitterung besänftigenden Zauberspruch.

Zum Sauerkraut als der eigentlichen Sensation gab es dann

noch fertige Semmelknödel und jeweils ein Paar Debrecziner. Und natürlich einen Salat. Einen grünen Salat mit einer Ingwer-Sesam-Marinade. Der war nicht schlecht, der Salat, aber diesmal war es das Sauerkraut, das auf Katharina eine begeisternde Wirkung ausübte.

Linda hingegen war einfach keine große Esserin. Und das, obwohl sie einiges an körperlicher Leistung an diesem Tag vollbracht hatte. Aber sie schien sich eher von etwas zu ernähren, was eine Tablette war, die sie zweimal täglich in Wasser auflöste. Das Sauerkraut und die Knödel rührte sie nicht an, blieb ganz beim Salat, wusste aber immerhin den Umstand einer geriebenen Ingwerwurzel zu schätzen. Wenigstens kaute sie nicht ewig an einem Salatblatt herum, dafür aber an den geviertelten Kirschtomaten, die Robert in diesen Salat geschnitten hatte.

Katharina, verzückt ob Sauerkraut und Salat, sah kritisch zu der jüngeren Frau hinüber. Die ihr prinzipiell nicht unsympathisch war. Aber dieses hungerkünstlerinnenartige Dünne-Mädchen-kauen-ewig-an-einem-einzigen-Bissen-Theater ging ihr doch sehr auf die Nerven.

Immerhin kam auch dieses »dünne Mädchen« nicht umhin, nach dem Essen einen Zirbenschnaps zu sich zu nehmen. Und nach dem Zirbenschnaps mit hinüber in die Buchhandlung zu wechseln, wo sie in das Ritual eingeführt wurde, welches aus einem Glas Cognac und dem Vorlesen eines Buches über das Selbstporträt eines lächelnden Mannes Ende des 19. Jahrhunderts bestand.

Nachdem man Linda in wenigen Worten berichtet hatte, was in dieser Geschichte bisher geschehen war, wurde sie auch gleich dazu angehalten, die Lesung des heutigen Tages vorzunehmen.

Sowenig sie eine gute Esserin war … nun, sie war auch keine geübte Vorleserin, wirklich nicht, verlas sich einige Male und verzichtete auf Betonungen, wie Robert und Katharina es durchaus taten. Lindas Art des Vorlesens hatte etwas von einer Autofahrt auf einer sehr geraden Strecke, obwohl der Text in diesem Moment ziemlich dramatisch war, also eigentlich kurvenreich. Somit das Geradefahren unpassend. Aber die Stimme selbst war nicht ohne

Reiz. Sie besaß jenen Charme, den eine gewisse Erfahrung und eine aus der Erfahrung gewachsene Illusionslosigkeit mit sich bringen. Die Stimme einer jüngeren Frau im Gewand einer älteren.

Illusionslos und gerade fahrend trug Linda Hellmund also vor.

Simon und Emmy saßen fest. Dort oben auf dem Gipfel des Berges, den sie soeben als erste Menschen bestiegen, ein christliches Kreuz montiert, technische Geräte angebracht, sich ins Gipfelbuch eingetragen und all das fotografiert und damit für die Nachwelt erhalten hatten. Wie auch den Beweis, überhaupt den höchsten Punkt erreicht und nicht etwa nach der Hälfte umgedreht und sich den Rest bloß zusammengereimt zu haben.

Um diesen Beweis aber vorlegen zu können, würden sie auch zurückkehren müssen. Was im Moment jedoch gar nicht ging. Der dunkle Nebel umgab sie derart machtvoll, dass sie kaum das Kreuz erkennen konnten, wenn sie nicht mit ihren Nasen daran stießen. Was klarerweise auch für sie beide selbst galt.

In dieser Situation den Abstieg zu wagen wäre lebensgefährlich gewesen, weil man schwerlich hätte sagen können, wohin man gerade trat und möglicherweise vom sicheren Grat abgekommen wäre. Sich in die Gefahr begeben hätte, abzustürzen oder in einen der lawinengefährdeten Hänge zu geraten.

Sie würden warten müssen. Und sie warteten.

Nachdem der dichte Nebel sich endlich verzogen hatte und für einen kurzen Moment den Himmel wieder freigab, machten Simon und Emmy sich rasch zum Aufbruch bereit. Aber ebenso rasch folgte ein heftiger Schneesturm. Anfangs nur ein paar Flocken, wie kleine Luftgeister, die eine Art von weißem Schatten warfen, der sie selbst, die ja unsichtbar waren, verriet. Aber auf die wenigen folgten bald viele, dazu blies ein Wind von solcher Kraft, dass Simon und Emmy nach einigen Metern wieder auf die Spitze des Berges zurückkehrten und sich dicht an das schmiedeeiserne Kreuz knieten. Wobei Emmy trotzdem nicht darauf verzichtete, auch in dieser Situation ein Foto zu schießen. Und wenn es das Letzte sein sollte, was sie tun konnte.

Das Einzige, was ihnen wirklich Schutz bot, war die feste Decke, in der die Teile des Kreuzes eingepackt gewesen waren. Eine Decke, die aus dem Keller des Pfarrhauses stammte und in welcher der scharf süßliche Geruch gelagerter Zwiebeln steckte. Immerhin eine Decke, die Simon über sich und Emmy werfen konnte. Wodurch sie aber gezwungen waren, sich eng aneinanderzupressen, um einen offenen Spalt zu vermeiden.

Es war ein gänzlich ungnädiger Sturm, der da um den Berg herum tobte und keinerlei Anstalten machte, sich zur rechten Zeit zu legen. Dann nämlich, wenn ein Rückmarsch bei Tageslicht noch möglich war.

Und so erkannten Simon und Emmy durch das Gewebe der Decke, wie das ohnehin schwache Licht schwächer wurde.

Einmal sagte Emmy, sie wundere sich, dass er, Simon, kein Gebet sprechen würde.

»Soll ich denn?«, fragte er, was kaum eine richtige Antwort auf ihre Frage war.

»Nein, Sie müssen nicht, aber wir könnten uns Gedichte aufsagen. Sie werden doch einige kennen, nicht wahr?«

Natürlich tat er das. Wie auch Emmy. Nicht nur Goethe, Schiller und Hölderlin, sondern auch Grillparzer, von dem Emmy meinte, man müsste diesem Mann einen Planeten widmen.[3]

Simon wiederum war in der Lage, einiges von Heine zu rezitieren, nicht gerade der katholischste Lyriker, und gleichfalls von Baudelaire, auch nicht sehr christlich, allerdings ebenso etwas von Annette von Droste-Hülshoff, der sich Simon gerade wegen ihrer Zerrissenheit zwischen tiefer Gläubigkeit und vielfachen Zweifeln verbunden fühlte. *Bald liegst du starr wie Eis,/Der Würmer Spott,/Den Elementen preis;/O möge Gott/Die Seele heben!*

Das war nun wahrlich kein Gedicht, welches Mut machte. Und doch hatte es etwas ungemein Lebenspendendes, hier unter einer

3 Der Autor des Nachwortes des *Selbstporträts eines lächelnden Mannes auf der Spitze des Berges* verweist mit einigem Vergnügen auf den Umstand, dass sich Emmy Neudeggers Wunsch auf gewisse Weise dadurch verwirklicht habe, dass ein 1993 entdeckter Asteroid nach Grillparzer benannt wurde. Kein Planet zwar, aber doch ein Stein im Weltall.

Decke sitzend, am harten Boden aus Schnee und Eis, Atem an Atem, all diese Gedichte … sie wie Bänder zwischen dem einen und dem anderen zu spannen und ein wenig zu vergessen, dass draußen die Nacht kam.

Und als sie kam, legte sich endlich der Sturm. Mit der gleichen Plötzlichkeit, mit der er gekommen war, verebbte er. Als hätte jemand »Aus!« gerufen und sich die Natur seinem Ruf gebeugt. Zumindest war das der poetische Gedanke Simons, der konterkariert wurde von der naturwissenschaftlichen Gewissheit eines im Zuge von meteorologischen Umständen innerhalb der Troposphäre herbeigeführten schlichten Wechsels des Wetters von »stürmisch« zu »nicht stürmisch«.

Als nun Simon und Emmy die Decke von sich herunterzogen und die vielen kleinen daranhängenden Schneewechten abbeutelten, zeigte sich ein derart klarer und gläserner Nachthimmel, wie sie noch nie einen erlebt hatten. Sie erkannten das breite Band der Milchstraße, diese gewaltige, schwindelerregende Häufung, zu der man selbst gehörte.

Emmy griff nach ihrer Kamera. Und obgleich sie skeptisch war, dass irgendein halbwegs vernünftiges Bild entstehen könnte, wenn sie mit ihrer Detektivkamera versuchte, die Milchstraße abzulichten, tat sie es trotzdem.

Doch einen Abstieg zu wagen, davon kamen die beiden ab. Denn dass all die Sterne so gut zu sehen waren und Einblick in eine gigantische Schöpfung boten, war leider auch dem Umstand zu verdanken, dass sich in dieser Nacht der Mond nicht zeigte. Es war ein großer Fehler gewesen, ausgerechnet zu Neumond auf den Berg zu steigen. Denn ohne das Licht des erdnahen Begleiters blieb der Weg den Grat hinunter in völligem Dunkel. Es wäre einfacher gewesen, Sterne zu zählen, als nach unten zu marschieren. Zudem hatten sie auf die umständliche Mitnahme einer Petroleumlampe verzichtet, die bei diesen schwierigen Verhältnissen aber auch wenig genutzt hätte. Darum blieben sie, wo sie waren, beschlossen, die Nacht auf der Spitze des Berges auszuharren. Und zwar so, dass sie nicht erfrieren würden. Zu welchem Zweck sie begannen, nahe dem Kreuz eine Grube auszuheben, um die herum ein kreisrunder Schutzwall entstehen sollte.

Dann aber erinnerte sich Emmy, auf einer Serie von alten Daguerreotypien frühe Bilder von den Bewohnern der Zentralarktis gesehen zu haben. Und darunter die Errichtung eines Schneehauses. Etwas, was man Iglu nannte, ein Haus *im* Schnee und *aus* Schnee.

So, wie ihr auch wieder einfiel, dass ihr der Besitzer dieser auf versilberte Kupferplatten projizierten Fotografien – ein Forschungsreisender und Freund ihres Vaters – von der erstaunlichen Wärmebildung in solchen Konstruktionen berichtet hatte. Wozu allerdings nötig war, nicht nur eine geschlossene Kuppel zu bauen, sondern den Schlafplatz im Inneren höher zu legen als den Eingangsbereich, damit die erwärmte Luft nicht entweichen konnte.

Weder Simon noch sie hatten je etwas Derartiges hergestellt und waren auch nicht in der Lage, richtiggehende Blöcke aus dem Schnee zu sägen, um diese dann spiralig anzuordnen. Aber sie schütteten die soeben gegrabene Grube wieder zu und bauten aus Brocken von Schnee eine Kuppel, die tatsächlich hielt. Danach schufen sie ein tief gelegenes Eingangsloch, durch das sie in das vollkommene Schwarz im Inneren ihres frisch gebauten Hauses gelangten.

Ihre Fingerkuppen schmerzten wie zerstochenes Fleisch. Alles schmerzte, nicht zuletzt ihre Lungen. Und doch war augenblicklich eine etwas höhere Raumtemperatur spürbar. Eine Wärme, die nach einiger Zeit sogar knapp über dem Gefrierpunkt zu liegen schien. Das präzise zu sagen, hätte Simon nach draußen gehen müssen, um die kleine Wetterstation vom Gipfelkreuz … Aber so genau brauchte er es nun nicht zu wissen.

Die neuen Verhältnisse änderten freilich nichts daran, dass die beiden – nachdem sie bei gänzlicher Blindheit den letzten Rest ihres Proviants verzehrt und die letzten Schlucke aus einer mit gewässertem Wein gefüllten Flasche getan hatten – sich erneut unter die Decke legten. Nun auch so, dass ein Stück des Gewebes sich unterhalb ihrer frierenden Körper befand. Dazu war es erneut nötig, sich so eng wie möglich aneinanderzupressen. Richtig eng. Es ging eben nicht anders. Es war ganz einfach angeraten und vernünftig und notwendig.

Priester und Fotografin. Aber eben doch auch Mann und Frau. Und zwar wirklich so, als wären sie die letzten Menschen auf Erden, wo sie doch gerade die ersten Menschen auf diesem Berg gewesen waren.

Selten noch waren sich zwei Menschen derart der Nähe des anderen bewusst geworden. Denn immerhin hielten sie sich gegenseitig am Leben. Zugleich war der Tod ungemein nahe. So trieben sie gemeinsam zwischen den Sphären und durch die knisternde Wirklichkeit ihrer Träume. Dann wieder erwachend, aufschreckend, wieder halb versunken, mit einem Mal aber auch begreifend, wie unklug es wäre, richtig einzuschlafen. Im wahrsten Sinne *weg*zuschlafen, für immer aus dem Wachsein und damit aus dem Leben zu geraten.

Und plötzlich lagen ihre Lippen aufeinander. Simons Priesterlippen und die Lippen einer jungen Frau, die vierzig Jahre später …

Das Nachwort des Herausgebers erzählte es: Wie vierzig Jahre später die dann schon über sechzigjährige Emmy Neudegger – übrigens befreundet mit Picasso und Modigliani – aufseiten der Internationalen Brigaden als bekannte Fotografin in den Spanischen Bürgerkrieg zog.

Zwischen diesem Kuss hier und dem verteufelten Krieg, der 1936 begonnen hatte, lag so viel an Geschafftem und Erlittenem und Verändertem und für unmöglich Gehaltenem, dass man sich diese vierzig Jahre eher als ein Jahrhundertgemälde vorzustellen hatte. Wobei ja immerhin eine richtige Jahrhundertwende zwischen diesem Kuss und dem Krieg dort in Spanien lag.

Dieser Kuss fühlte sich an wie die Mutter aller Berührungen. Dabei blieb es allein bei diesem einen. Es geschah keine andere Intimität als die ohnehin nötige, so eng wie möglich aneinanderzuliegen. Doch der Kuss lieferte das Gefühl vollkommener Harmonie. So, als würden die feinen Berge und Täler der Lippen sich wie der lebendige Abdruck des einen vom anderen ineinanderfügen. Sodass also rein gar nichts an Luft dazwischen passte und eine absolute Geschlossenheit entstand.

Die Berührung mochte vielleicht zehn Sekunden gedauert haben, aber in ihr steckte in etwa jene Unendlichkeit, die sich da über den Köpfen der beiden, jenseits einer dünnen Schale aus Schnee, ausbreitete.

Sosehr Unendlichkeit – Unendlichkeit des Raums – ein Begriff war, der Simon blasphemisch vorkam.

Sie küssten sich also in dieser Nacht kein zweites Mal. Ein zweites oder drittes Mal oder gar die Übertreibung weiterer Annäherung hätte alles zerstört. Vor allem die Kraft des Überlebens, die aus diesem einen Kuss hervorgegangen war.

Und als schließlich ein erster Lichtstrahl am Morgen durch die kleine Öffnung des Iglus drang und eine gelbgoldene Schneise bildete, so, als wäre ein Stück des barocken Altars von Simons Kirche hereingebrochen, da waren sie beide noch am Leben. Etwas steif wohl, mit schmerzenden Gliedmaßen, aber nicht einmal von Erfrierungen an Fingerspitzen und Zehen gezeichnet, sondern … Das Nachwort von 1997 sprach ironischerweise und in Unkenntnis eines späteren Wortverbots von »Eskimo-Amateuren«.

Sie lebten. Sie traten ins Freie. Sie redeten kein einziges Wort. Ein letztes Foto, dann machten sie sich an den Abstieg.

Der Berg, der ihnen so viel Mühe bereitet hatte, er lag jetzt vor ihnen wie ein herabhängender weißer Vorhang.

So endete das Kapitel, und Linda legte das Buch zur Seite. Dann fragte sie: »Und das ist wirklich alles autobiografisch?«

»Soweit man das von einem Roman behaupten kann, schon«, sagte Katharina und erklärte, bereits über jene Emmy Neudegger recherchiert zu haben. Emmy, die tatsächlich eine bekannte Fotografin der Zwanziger- und Dreißigerjahre geworden war.

Nach dem Tod ihres Vaters hatte sie sämtliche Anteile aus ihrem Erbe an der Fabrik an die dort beschäftigten Arbeiter und Arbeiterinnen abgetreten und war zuerst nach Prag, später nach Paris gegangen, wo sie nicht nur mit den schon erwähnten und deutlichen jüngeren Malern Picasso und Modigliani befreundet gewesen war, sondern auch mit der gleichaltrigen Varietékünstlerin und Schriftstellerin Colette, der sie in den frühen 1930er-Jahren einige betörend schöne und betörend elegische Fotografien gewidmet hatte. Bevor sie dann in jenen Spanischen Bürgerkrieg gezogen war, aus dem das Gespenst des Faschismus schlüpfte und sich nie wieder aus der Welt verabschiedete.

Emmy Neudegger, die nicht geheiratet und keine Kinder in die Welt gesetzt hatte, dafür aber ein fotografisches Werk, als deren erster künstlerischer Höhepunkt die geradezu surreal anmutenden Bilder eines im Jahre 1895 bestiegenen Berges gelten, verschwand 1938 in den Wirren jenes Krieges.[4] Wobei das angeblich letzte Foto, das man auf dem Film ihrer Kamera, die man in einer Unterkunft in Corbera d'Ebre fand, ausgerechnet einen jungen Priester zeigt. Kein Kriegsbild, sondern das eigentümlich zarte, ein wenig verwaschene Porträt eines jungen Geistlichen in einer verrückt gewordenen Welt. Ein Geistlicher aufseiten der Republik.

Was für ein Zufall!

»Na, die Frau hätte ebenfalls einen Roman schreiben können«, meinte Linda etwas nachlässig und meinte auch, dass sie müde sei. Das Vorlesen habe ihr nach diesem harten Tag den Rest gegeben. Wie auch der Schnaps und der Cognac. Jedenfalls werde sie jetzt hinüber in die Schutzhütte gehen und sich in ihr Zwergenbett zurückziehen.

4 Im Nachwort zu Simon Schindlers autobiografischem Roman wird darauf verwiesen, dass manche Szenen aus Hitchcocks berühmtem Film *Ich kämpfe um dich* aus dem Jahre 1945 von diesen frühen Fotografien Emmy Neudeggers inspiriert scheinen, einerseits jene Skifahrt mit Ingrid Bergman und Gregory Peck, andererseits die von Salvador Dalí gestalteten Traumsequenzen. Eine Annahme, die auf dem Umstand fußt, dass in Hitchcocks Nachlass Kopien genau dieser 1895 entstandenen Fotografien Emmy Neudeggers gefunden wurden. – Eine steile These, aber eine hübsche Vorstellung, wie hier eine Verbindung zwischen dem Jahrhundertregisseur Hitchcock und einer zwischenzeitlich vergessenen Pionierin der Fotografie bestand.

So wurde Roberts Schlafplatz wieder frei, während sich Katharina nach hinten zu ihren Norwegern begab. Zur dritten Staffel einer möglicherweise nie endenden, zumindest *gefühlt* nie endenden Serie.

6

Und wieder war Nacht, als Robert erwachte. Er machte das Licht an und schlüpfte in seine …

Die Skiwäsche, die er trug, erinnerte ihn doch sehr an eine Astronautenkleidung. Die Unförmigkeit, die sich nun mal aus den meisten Schutzkleidungen ergab. All diese Skihosen und Anoraks, diese dicken Mützen, dicken Handschuhe, dicken Brillen und eben auch die gasdichten Schutzanzüge der Männer und Frauen, die für uns alle das All eroberten, zumindest einen winzigen Hinterhof des Alls. Oder die Leute in Taucheranzügen mit ihren Flaschen auf ihren Rücken, als führten sie eine eiserne Lunge mit sich. Sie alle zeigten vor allem eines: Menschen, die sich an Orten befanden, für die sie eigentlich nicht geschaffen waren. Was zu einer ästhetischen Einbuße führte.

Ganz anders zum Beispiel eine Dohle in den Alpen, darum ja auch Alpendohle. Obgleich es natürlich umgekehrt eher komisch war, wenn Alpendohlen sich in Buchhandlungen aufhielten.

Sharp hockte jetzt im Schaufenster, auf einem gut gestützten, aufrecht stehenden Bildband, der die Dolomiten zeigte, und blickte nach draußen. Vielleicht aber war es so, dass er sein Spiegelbild betrachtete. Er wirkte jedenfalls wie ein gelungener Teil der Auslagendekoration.

Doch als Robert, der auf seiner Stirn wie üblich eine Leuchte montiert hatte, die Ausgangstüre öffnete, hob Sharp von den »Dolomiten« ab und flog durch die Türe ins Freie. Was Robert auch gar nicht zu verhindern suchte. Der Vogel musste selbst wissen, ob es an der Zeit war, sich den Widrigkeiten einer Landschaft hinzugeben, die ja nun wirklich *seine* Landschaft war.

Sharp hatte sich offenkundig gut erholt. Mit perfektem Flügelschlag verschwand er im nachtgeschwärzten Morgenhimmel.

Robert hingegen stapfte durch den vielen Schnee, der während der Nacht gefallen war, hinüber zur Toilette, jenem Wasser sparenden Trennklo auf der Rückseite der Buchhandlung. Wo es erstaunlich warm war, obgleich natürlich keinerlei Heizung den kleinen Raum erwärmte. Ein Pragmatiker hätte wohl gesagt, dass die Scheiße selbst die Wärme erzeugte. Jedenfalls saß Robert eine Weile auf dem Lokus und blätterte im Schein seiner Stirnleuchte in einem nicht mehr ganz aktuellen Magazin, das zuoberst auf einem Stoß von Illustrierten gelegen hatte.

Es mochte ein böser Zufall sein – also ein Zufall mit einer bösen Absicht –, dass er beim Durchblättern dieses Hochglanzjournals, das sich der Mode und der Kunst, vor allem aber den in der Mode und der Kunst agierenden prominenten Menschen widmete, dass er dort auf sich selbst stieß. Stimmt schon, er war der eigenen Person bereits auf der im Internet platzierten fotografischen Flut begegnet, aber hier und jetzt, in dieser kapselartigen, windumwehten Bergtoilette sitzend, erschreckte ihn das plötzliche Auftauchen seines bärtigen Antlitzes mehr noch als zuvor auf dem Bildschirm von Katharinas Computer. Es war wirklich so, wie in einen Spiegel zu schauen und angesichts der eigenen Visage zu erschaudern. Dabei sah er nicht schlecht auf diesem Bild aus. Aber er fand sich extrem unsympathisch. Es war eine lächerliche Überheblichkeit in seinem Gesicht. Ein Gesicht, das schon wieder mal aus einem Smoking und irgend so einer Preisverleihungsfliege herausstand.

Die eigentliche Irritation ergab sich aber daraus, dass hinter ihm, dort, wo auch ein Altkanzler, prominenter Kunstsammler und zwischenzeitlich für seine Liebe zu Russland berüchtigter Lobbyist posierte … ja, da standen drei junge Frauen. Und es waren eben genau jene jungen Frauen, die Robert in einer Art von Ohnmachtsanfall in der Küche drüben im Schutzhaus ins Gedächtnis geschossen waren. Und da war es schließlich zu lesen: sein Name und der Name des Altkanzlers sowie der Hinweis, dass es sich bei den jungen Frauen um die Töchter des bekannten Bildhauers handeln würde. Töchter aus der geschiedenen Ehe mit der berühmten … die soeben eine dritte Ehe mit dem Vorstandschef von …

Ein kindischer Impuls verführte ihn zu dem Gedanken, dieses Bild, auf dem er so arrogant und selbstverliebt in die Kamera blickte, herauszureißen und sich damit – wie das hin und wieder in den Toiletten von Berghütten geschah, wenn grad das Toilettenpapier knapp geworden war – den Hintern auszuwischen. Aber dazu hätte er erst das Bild seiner drei Töchter abtrennen müssen, natürlich, wenn schon nicht das des umtriebigen, russlandverliebten Altkanzlers.

Auch diesmal war es so, dass Robert seine Töchter nicht erkannte. Nicht hätte sagen können, wie sie hießen, wer die Älteste war, wer die Jüngste, welche dazwischen lag. Was sie taten, außer die Kinder berühmter Eltern zu sein. Aber er konnte festhalten, dass sie ihm so viel sympathischer waren als der Anblick der eigenen Person. Dass der Anblick der drei jungen Frauen ihn rührte. Rührte und … erneut schmerzte.

Er klappte das Magazin zu und schob es in die Mitte des Stapels. Dann griff er nach der weichen Klopapierrolle, die wie der gescheiterte Versuch einer Dauerschleife – ach ja, Gödel und Escher und der gute alte Bach – hier von der Wand hing.

Robert verließ das Toilettenhäuschen und grub seine bloßen Hände in den Schnee, die Flocken zwischen seinen Fingern und Handflächen verreibend und sich mit einer weiteren Fuhre auch das Gesicht erfrischend.

Danach ging er hinüber in die Schutzhütte, für die ihm Katharina die Schlüssel gegeben hatte. Als Koch stand ihm dies zu.

Und als der Koch, der er war, wusste er natürlich, wo die Karotten waren, die er jetzt aus der Vorratskammer holte und mittels eines Schälers in dünne, lange Scheiben schnitt und in eine Schüssel mit Wasser tat. Damit trat er wieder nach draußen und bestimmte die Stelle, wo sein Porträt eines betrunkenen Berges entstehen sollte.

Er stellte die Schale mit den Karotten neben sich in den Schnee und griff nach einer Schaufel, mit der er in der bekannten Manier einen quadratischen Block schuf, in dem gut und gern ein sitzender Mann von natürlicher Größe hätte stecken können. Aber es war freilich die Gestalt jenes schräg gegenüberliegenden hohen Gipfels, die er nun aus dem Schnee herausgrub.

Während er das Porträt dieses Gipfels aus dem Gedächtnis formte – wie dieser kurz im hochsteigenden Nebel des Vortags sichtbar geworden war –, wurde es nach und nach hell, sodass sich am Himmel eine frische Bläue abzeichnete. Und nirgends ein morgendlicher Nebel, sodass, noch während Robert an seinem betrunkenen Berg arbeitete, dessen reales Vorbild in aller Klarheit und von der aufgehenden Sonne karottenrot beschienen sichtbar wurde. Sodass man eigentlich im klassischen Sinn von einem Maler und seinem Modell hätte sprechen können.

In der Tat sah Robert hin und wieder nach oben, um sich der Form und der Strukturen des Gipfels zu vergewissern, wie auch der speziellen Rötung im obersten Drittel. Aber letztlich war er doch bemüht, nicht den heutigen, sondern den gestrigen Zustand wiederzugeben: das Schwebende, dadurch aber auch das Taumelnde des Gipfels, seine scheinbare Betrunkenheit.

Was ihm ganz gut gelang. Und zwar, indem er die aus Schnee geformte Gipfelskulptur nicht direkt und massiv aus dem Untergrund hochragen ließ, sondern ihr nach unten hin eine kugelige, also kogelige Form verlieh, die nur so weit auf dem Boden aufsaß, als es nötig war, um nicht umzufallen. Dadurch aber suggerierte, dass ein Fallen möglich wäre.

Gerade als er dabei war, die dünnen, langen Karottenscheiben in den oberen Teil seines »Schneemanns« zu pressen – denn auch als Berg handelte es sich natürlich weiterhin um einen Schneemann, so, wie ja auch im Falle einer weiblichen Figur weiterhin von einem Schneemann die Rede hätte sein müssen, einer Schneefrau als Schneemann –, trat Linda aus der Schutzhütte, eine Tasse in der Hand, aus der die Wärme von Teewasser hochdampfte.

Sie kam herüber und sah Robert zu, wie er letzte Hand an seine Skulptur legte und eine unterste Reihe von hälftig getrennten Karottenscheiben in einer Weise platzierte, dass sich ein feiner Verlauf ergab. Ein Verlauf, der den sonnenbeschienenen Teil von dem trennte, der noch im Schatten lag (beziehungsweise im Nebel wie am gestrigen Tag).

»Sie sind doch so lieb, nicht wahr?«, fragte Robert, als er fertig war und sich zu Linda umwandte.

Sie wusste, was er meinte, stellte ihre Tasse ab, griff nach ihrem Smartphone und machte mehrere Fotos von dem Objekt.

Es geschah nun, dass, während sie das tat, die aufgehende Sonne das Gelände der Schutzhütte und Buchhandlung erreichte und mit sichtbarer Geschwindigkeit den Schatten verdrängte und einen roten Schein über die Dinge legte. Was dann bei Roberts *Betrunkenem Berg* zu dem Effekt führte, dass die Karotten an zusätzlicher Leuchtkraft gewannen und somit eher der Eindruck eines brennenden Berges entstand. Eines infernalischen, lodernden Gipfels. Großartig anzusehen und großartig zu fotografieren.

Großartig!

Die Lawinenspezialistin war voller Euphorie und fragte Robert, ob sie eines dieser Bilder auf ihre Instagram-Seite stellen könne. Auch mit dem Versprechen, keinerlei Filter anzuwenden, wie das viele taten. Filter hatten diese Bilder wirklich nicht nötig.

»Nein, nicht, bitte!«, rief Robert mit Panik in der Stimme, als wären die Fotos, einmal auf Instagram gestellt, in der Lage, ihn und den Ort, an dem er sich befand, zu verraten. Was auch immer er zu verbergen hatte. Vor allem vor sich selbst zu verbergen hatte.

»In Ordnung, wie Sie wollen. Schade drum«, sagte Linda mit einem Seufzen. Sie war es gewohnt, ständig Bilder von sich und ihren Touren und nicht zuletzt den lawinengefährdeten Hängen mit der Welt zu teilen.

Mit einem Mal war ein Laut zu vernehmen, als würde jemand von weit oben etwas herunterrufen, etwas wie *Zurzeit ziemlich zornig!*. Dabei war es alles andere als ein Ausdruck des Zorns, sondern der Freude. Robert und Linda sahen nach oben, erkannten ihn, Sharp, wie er da einige Schleifen über dem Gelände zog, mit raschem Flügelschlag nach oben flog und dann für kurze Momente wieder abwärtssegelte und dabei ein *Zirrr! Zirrr! Zirrr! Zrrriiieh!* von sich gab. Um letztlich in einer weiten, steilen Kurve in Richtung auf den Schneemann zuzugleiten und mit seinen roten Beinen auf der Spitze der eben fertiggestellten Skulptur zu landen. Und ihr damit im wahrsten Sinne etwas aufzusetzen, was man ein i-Tüpfelchen nennt.

Und wie gut, dass Linda auf den Auslöser drückte, so wenig

dieses Bild einer echten Alpendohle auf einem künstlichen Schneeberg – einem Berg, der gleichermaßen im Licht der Karotten wie im Licht der tatsächlich aufgegangenen Sonne stand – auf ihren Instagram-Account gelangen und dort zur Begeisterung ihrer Follower führen würde.

Ausnahmsweise mal nicht.

Natürlich, Roberts Ersuchen, keine seiner Schneefiguren ins Netz zu stellen, besagte ja nicht, kein Foto der Buchhandlung, der Schutzhütte, des Berges, erst recht der Lawine auf ihrem Account zeigen und mit einem Hashtag versehen zu dürfen (Hashtag, das klang so, als wollte man nach einem Tag haschen, versuchen, ihn einzufangen für alle Zeit, anstatt, wie in der Realität, jeden Tag nach spätestens vierundzwanzig Stunden als verloren ansehen zu müssen). Aber die Lawine war ja genau genommen im Besitz der oberösterreichischen Landesregierung beziehungsweise von deren Abteilung Wasserwirtschaft, und irgendwie begriff Linda, dass Robert eben nicht nur seine Schneemänner nicht ins Internet übertragen sehen wollte, sondern so gut wie alles, was hier am Berg war und geschah. Nicht zuletzt eine Alpendohle namens Sharp, deren Privatheit zu schützen und zu respektieren war.

Dabei war Linda eine begeisterte Instagrammerin und verfügte bereits über gut dreißigtausend Follower, andererseits war ihr durchaus jener Verdacht vertraut, wie sehr die Abbildung eines Gegenstands dazu führen konnte, den Geist dieses Gegenstands zu vernichten. Dass das dauernde Fotografieren von allem und jedem letztlich zu einer Art von Auslöschung der Wirklichkeit führte.

Fragte sich nur, ob das für die Fotografie an sich galt, wie manche indianischen Kulturen glaubten, oder bloß dafür, diese Fotografie in die ganze Welt zu verschicken. Sie zu teilen und begierig unter die Leute zu bringen. Und genau damit zur Auslöschung beizutragen.

Da stand Linda also vor Roberts Schneemann, der ein Berg war, und fotografierte ihn. Während sie gleichzeitig bedauerte, wohl rein gar nichts von diesem Berg ihren Followern zeigen zu können. Follower, die immerhin ein mittelgroßes Fußballstadion hätten füllen können.

Ach! Heute mal nicht. Nicht hier, jawohl, und nicht jetzt! Nicht mit Robert und seinen fulminanten Schneemännern.

»Und was soll ich mit den Fotos dann anfangen?«, fragte Linda.

»Für mich aufheben«, antwortete Robert, »wäre das möglich?«

»Gut. Sie sagen mir halt, wenn ich Ihnen ein Album schicken soll. Und wohin.«

Er nickte. Dabei wusste er ja gar nicht, wohin Linda diese Fotos hätte senden sollen. Es war ihm einfach nur wichtig, dass seine Schneemänner festgehalten wurden, denn das war schließlich klar, dass ihre Lebensdauer begrenzt war. Zwar befanden sich »Dohle« und »Betrunkener Berg« in einem guten Zustand und würden es dank der derzeitigen Kälte auch noch eine Weile bleiben, aber bereits Roberts erste Figur, dieser vom Schneestaub einer Lawine perfektionierte nackte Mann, war schließlich ein Beweis dafür gewesen, was ein wenig warmer Wind und warme Luft mit einem Schneemann anzurichten verstanden. Das war überhaupt eines der traurigsten Bilder seiner Kindheit – Robert erinnerte sich jetzt wieder –, wenn die Schneemänner, die er im Garten seiner Eltern errichtet hatte, nach und nach zerflossen. Und wie sie dann nur noch schief, im wahrsten Sinne windschief, schrecklich abgemagert, verschmutzt vom Dreck der Stadt auf der matschigen, fleckigen Wiese standen. Wie fürchterlich dieser Anblick gewesen war, wenn die Karottennase aus dem Gesicht gerutscht war und schließlich auf dem Boden gelegen hatte. Und am Ende dann nur noch diese Nase, verschrumpelt, schwärzlich, auf die Existenz des Schneemanns und sein kurzes Leben verwiesen hatte. Biomüll, auch wenn man damals dieses Wort noch für einen Irrtum gehalten hätte.

Ja, er wollte einfach sicher sein können, dass diese Dohle und dieser Berg (und auch sein nackter Mann war ja glücklicherweise von Katharina fotografiert worden) festgehalten wurden. *Festgehalten* war genau das richtige Wort. Die Vorstellung, etwas am Leben zu halten, indem man es fotografierte. Also eigentlich das Gegenteil von Auslöschung.

Zusammen gingen Linda und Robert in den *Bücherberg*. Katharina stand bereits im Laden. Sie trug eine dunkelgrüne, transparente Bluse, durch die ihr gleichfalls dunkelgrüner BH schimmerte. Robert hatte etwas Schwierigkeiten, den üblichen dämlichen Männerblick zu unterdrücken. Linda übrigens auch.

Zur Bluse trug Katharina eine schwarze Jeans und hatte natürlich ein seidenes Kopftuch aus vielen starken Farben umgebunden, auf das Robert nun seinen Blick konzentrierte, den Blick ablenkte, gleich abgelenktem Licht.

Und auf die Kaffeemühle, die Katharina in der Hand hielt und in gleichmäßigen, ruhigen Bewegungen das Mahlwerk drehte.

Kurz darauf standen drei fertige Espressi auf einem Tablett in der Mitte eines Büchertischs.

Die drei nippten an ihren Tassen.

»Wo ist Sharp?«, fragte Katharina.

»Der fliegt draußen durch die Gegend«, erklärte Robert.

»Wirkt er verwirrt?«

»Gar nicht. Er scheint zu wissen, was er tut. Und er scheint sich von diesem Ort nicht ganz verabschieden zu wollen.«

Als hätte Sharp das gehört, konnte man jetzt sehen und hören, wie er mit dem für ihn typischen zirrenden Laut auf der Rückenlehne einer hölzernen Bank landete, direkt vor der Auslage des *Bücherbergs*.

»Na«, meinte Katharina, »dann sind wir also zu viert. Auch gut.«

Sie griff in die kleine Schale, wo sie das Futter für den Vogel mit Fett vermischt hatte, formte einhändig einen kleinen Knödel und ging nach draußen, hinüber zu Sharp, der ganz leicht mit den Flügeln schlug, ein Stück rückwärts auf der Holzleiste tänzelte, aber nicht abhob, sondern zusah, wie Katharina den kleinen Futterball in die gegenüberliegende Ecke der hölzernen Lehne drückte, sich umwandte und zum Laden zurückkehrte. Sharp wartete einen kurzen Moment, hüpfte dann auf die »Fettecke« zu und holte sich sein Frühstück.

(Es ist eine dümmliche und sexistische Behauptung des Erzählers dieser Geschichte, zu meinen, dass auch Sharp ein wenig irritiert war ob des Anblicks einer transparenten Bluse auf 1765 Metern Höhe, so, wie es natürlich sexistisch ist, bei Roberts abgelenktem Blick eine Analogie zu dem von großen Massen abgelenkten Licht herzustellen. Ach ja!)

Man trank nun einen zweiten Espresso und besprach den Tag. Eigentlich hatten Robert und Katharina vorgehabt, weiter an den Regalen zu arbeiten, während Linda ihren Rückmarsch hinüber zur zwei Stunden entfernten Bergstation antreten wollte, von dort ins Tal und vom Tal in die Stadt. Die Stadt, die Linz war und wo die Landesregierung und deren Wasserwirtschaft saßen. Wie auch das kleine Institut zur vergleichenden Lawinenforschung, das Linda leitete und das sich zwar in erster Linie mit Lawinen aus Schnee, Eis oder Geröll beschäftigte, aber ebenso das gesamte Prinzip lawinenartiger Geschehnisse zu erforschen versuchte (und dieses Institut war in der Tat das erste in Europa gewesen, welches das Überrollen des Kontinents mit einem in weiter Ferne geglaubten Virus vorausgesagt hatte, zu einer Zeit, da alle noch fröhlich und vergnügt durch die Gegend bummelten, während es nötig gewesen wäre, die Lawine zu sprengen. Bevor sie dann von selbst kam).

Es waren also Heimfahrt und Regalbau angesagt.

Doch Katharina erklärte jetzt, dass dieser Tag einfach zu schön sei, die Verhältnisse bestens und sie darum vorschlage, demnächst zu einer Gipfelbesteigung aufzubrechen.

»Dazu brauchen wir fünfundvierzig Minuten«, sagte sie zu Linda. »Und Sie könnten von dort auf Ihren Skiern den Weg zur Bergstation nehmen. Oder die südliche Abfahrt direkt ins Tal. Am Gipfel müssen Sie jedenfalls gewesen sein, wenn Sie schon mal hier hochgekommen sind.«

»Sie haben recht«, sagte Linda, »einen Gipfel sollte man nicht auslassen.«

»Also dann, abgemacht«, erklärte Katharina, »wir gehen in einer Stunde los.«

Es war nicht so, dass Robert gefragt worden wäre. Aber was

soll's, auch er wollte hinauf. Es war gewissermaßen etwas, was zu erledigen war. Ein drittes Mal die Stelle zu passieren, an der er erwacht war, ohne sich erinnern zu können, und an der ebenso Sharp erwacht war, woran auch immer der sich nicht hatte erinnern können. Ein drittes Mal an den Punkt zu gelangen, um ihn diesmal zu überwinden und oben anzukommen, dort, wo ein hohes, schmiedeeisernes Kreuz stand, 1862 Meter über … ja, worüber eigentlich? Klar, die Höhe über dem Meeresspiegel.

Und weil Katharina soeben genau diese Höhe erwähnte, fragte Robert, welcher Meeresspiegel eigentlich gemeint sei.

Katharina öffnete ihre Hände zu einer Geste des Unwissens. Weshalb es jetzt die lawinenverliebte, philosophische Geologin Linda war, die antwortete. Sie sagte, es handle sich bei der Bezugshöhe um den mittleren Pegelstand der Adria im zentralen Hafenbecken von Triest.

»Der mittlere Pegelstand von wann? Der von gestern?«, fragte Robert mit einem Grinsen.

»Nein, der von 1875«, erklärte Linda.

»Im Ernst?«

»Sehr im Ernst«, antwortete Linda, erwähnte aber auch, dass die Nachfolgestaaten Jugoslawiens sich auf einen Wert des Jahres 1900 beziehen würden. Während sich wiederum die Deutschen am Amsterdamer Wasserpegel orientierten. So viel zur Objektivität von Zahlen.

»Und wie hoch wäre der Berg jetzt, würde er in Jugoslawien stehen?«, fragte Robert und ignorierte, dass es Jugoslawien gar nicht mehr gab.

»Zwei Zentimeter kleiner«, antwortete Linda.

»Zwei Zentimeter«, wiederholte Robert nachdenklich und fügte ebenso nachdenklich an, dass dies somit das Resultat der fünfundzwanzig Jahre sei, die zwischen 1875 und 1900 vergangen waren, eine um zwei Zentimeter geschrumpfte Welt.

»Nun, es muss aber auch gesagt werden«, fügte Linda an, »dass sich die Alpen jedes Jahr gut eineinhalb Millimeter heben, also im Vergleich zum Mittelland.«

Robert darauf: »Dafür steigt wiederum der Meeresspiegel.«

Ein halb ernstes, halb unernstes Gespräch, welches Linda mit der Feststellung beendete, dass die Welt einer ständigen Veränderung unterliege und jede neue Messung einem vorkomme, als hätte man sein Kind wieder mal gegen den Türrahmen gestellt und über seinem Scheitel einen Strich gezogen. Oder aber festgestellt, dass Großvater und Großmutter deutlich geschrumpft seien.

»Nun gut«, mischte sich jetzt Katharina ein, »dann sollten wir losgehen, bevor der Schnee schrumpft.«

Eine Stunde später starteten sie, Katharina und Robert mit ihren Schneeschuhen an den Füßen, Linda mit ihren kurzen, breiten Tourenskiern, ihr Lawinenlabor am Rücken wie auch die umgesattelten Skifelle für den Aufstieg. So marschierten die drei hinein in den glitzernden Tag, wobei dieses Glitzern ohne schützende Sonnenbrillen kaum zu ertragen gewesen wäre. Die Sonne wirkte so groß und greifbar nahe, als sei sie ein riesiges Loch im Himmel, eine fantastische Wunde, durch die das helle Blut des Universums flutete.

Da der Weg zunächst abwärts führte, von Stangen seitlich markiert, war Linda natürlich rascher unterwegs, wartete dann aber am Rande einer Grube, wo sie ihre Skifelle an den Laufflächen befestigte. Der obligate Zyniker hätte das damit kommentiert, hier werde eine Angoraziege zu einem schmalen Streifen Steighilfe für den Menschen degradiert.

Von dieser Position aus ging es dann 196 Höhenmeter bergauf, angeführt nun von Katharina, die den Serpentinenweg in der Linie des Wanderwegs hochstieg, den sie auch unter der Schneedecke bestens erkannte, im wahrsten Sinne *inwendig*. Sie hätte auch blind hier hochsteigen können.

Es war sechzig Meter unterhalb des Gipfels, dort, wo auch der Grat begann, als man jene Stelle erreichte, an der Katharina kürzlich Robert entdeckt und gerettet und dann zusammen mit Robert auch Sharp entdeckt und gerettet hatte. Was Linda freilich nicht wissen konnte. Jedenfalls war der Platz noch immer markant: der kleine gefrorene Schneehügel auf der steil ansteigenden Fläche, dahinter die kleine Grube, *Roberts Grab*, wie Katharina es einmal genannt hatte.

»Hier haben wir den Vogel gefunden, unseren Sharp«, sagte Katharina zu Linda, während man eine kleine Pause einlegte. Wen sie sonst noch hier gefunden hatte, sagte sie nicht.

So standen sie einige Minuten und sahen in die Ferne, auf die benachbarten nördlichen Berge, von denen ebenfalls viele den Begriff »Kogel« oder »Gupf« in ihrem Namen führten und die Katharina nun der Reihe nach erwähnte. Was für ein ungeübtes Ohr so klang, als zähle sie die Figuren eines Kasperltheaters auf. Wie passend auch, dass einer der Berge *Großhirn* hieß, so, als handle es sich um den Bürgermeister oder Schlossbesitzer im Kasperltheater. Und ebenso passend, dass die Hütte und die kleine Buchhandlung auf die Entfernung hin etwas spielzeugartig Hingestelltes besaßen. Keine Seebühne, eine Schneebühne.

Nachdem nun die ehemalige Bühnenbildnerin Katharina Kirchner die Szenerie dieser Winterlandschaft erklärt hatte, setzte man den Weg fort. Sechzig Meter. Eigentlich eine Kurzstrecke.

Und dann, mit einem Mal …

Sie kam ungemein rasch, die Wolke. Ein dunkler, schwerer, gewaltiger Haufen, der in keiner Weise vorausgesagt worden war. Im Gegenteil, die Karten der Bergwettervorschauen waren vor Sonnensymbolen geradezu übergegangen. Und es war stets der Hinweis auf einen ungetrübten Himmel gefallen, immer wieder das Wort »ungetrübt«, als sei's ein Himmel frei von Depressionen. Und doch näherte sich von Osten her eine dunkle Wand, so rasch und wie aus dem Nichts heranziehend, wie das weder Katharina noch Linda, die beiden Bergfrauen, je erlebt hatten. Vom städtischen Bildhauermann ganz zu schweigen.

Es war nun dieser Bildhauermann, der meinte, man sollte lieber absteigen.

»Nicht schon wieder«, entgegnete Katharina und erklärte, dass es sich keineswegs um eine Gewitterfront handeln würde, die schließlich im Winter kaum vorkam.

»Die ist ganz schön finster, diese Wolke«, meinte Robert.

Na ja, sagte Katharina, das seien die dicken Wassertropfen, die das Licht der Sonne stark abschwächen. Feuchtes Ding eben. Würde man drüberfliegen, wäre das alles weiß, weil dann das Sonnenlicht drauffiele und es weit weniger fürchterlich aussähe.

Faktum war, dass Katharina nicht erneut umkehren, nicht erneut auf die Besteigung des Gipfels verzichten wollte.

Und auch Linda wollte weiter nach oben steigen, ohnehin war die Front viel zu schnell, und man würde auf dem Gipfel, oben beim Kreuz, sehr viel besser Schutz finden und sehr viel besser darauf warten können, dass diese überraschende, das prognostizierte Ungetrübtsein des Tages konterkarierende, wassersatte Wolkenansammlung vorbeizog. Manchmal spukt es halt.

So bestimmten die beiden Frauen weiterzugehen, nur noch sechzig Meter den Gipfel hinauf, der eine recht weitläufige Kuppe darstellte.

Doch die Wolke war schneller und erreichte auf der Hälfte dieses kurzen Weges das hochsteigende Trio. Und zwar mit einer erstaunlichen Heftigkeit und Dunkelheit und Kälte und Nässe. Schwarzgrauer Nebel, so dicht, dass die drei, die sicherheitshalber mit einem Seil verbunden waren – dabei aber doch durch einige Meter getrennt –, einander nicht mehr sehen konnten. Sondern eben nur ein Stück des Seils, das zwischen ihnen ein Band bildete. Vorne Katharina, dahinter Robert, Linda den Abschluss bildend.

Sowenig man sich in einer Lawine befand und auch nicht unter Wasser – obgleich die schwebenden Wassertropfen so groß waren, dass sie die eindringenden Lichtstrahlen geradezu verschluckten und es darum wirkte, als befände man sich in *gefangenem* Wasser –, verloren alle drei die Orientierung. Alle drei blieben sie stehen, verharrten in dem sie umgebenden Nebel, der sie wie ein kleines Weltall einhüllte, das kein Oben und Unten und kein Rechts und Links kannte. Die Seile an ihren Körpern hingen lasch durch, verzweifelte Hängebrücken.

Dazu Stille. Nur ein minimales Rauschen: gedämpfter Wind.

Ein jeder von den dreien war jetzt ganz für sich. Und was auch immer diese Wolke im Sinn hatte, oder bloß gänzlich zufällige Natur war, Linda, Robert und Katharina fielen in ihre Vergangenheit zurück. Nicht wirklich, nicht wie in einer Zeitmaschine, sondern gedanklich. Und erkennend.

Und immer war es Dunkelheit, die eine Rolle spielte.

Alle dreien fielen sie zurück. In der Dunkelheit dieses Berges stehend, zurück in die Dunkelheit ihres Lebens. Wie ein Springer von einem Turm, der sich rücklings in die Tiefe stürzt. Nicht aus Mut, nicht aus Langeweile, sondern weil ein Gedanke ihn vom Brett stößt.

Linda war jetzt wieder Kind. Allerdings war es der Moment, da ihre Kindheit endete. Ein Ende, das viel zu früh kam. Sie war neun gewesen, als es geschah, an einem Tag kurz vor Ostern, auf dem Heimweg von der Schule zu ihren Großeltern, bei denen sie seit dem frühen Tod ihrer Mutter lebte. Während ihr Vater um die Welt reiste und sie nur besuchte, um irgendein unnötig teures Geschenk abzuliefern. Etwa eine Uhr, die angeblich Agnetha Fältskog von ABBA gehört hatte, oder ein Dolce-&-Gabbana-Kleid direkt von der Mailänder Fashion Week, das Linda dann als Decke für ihren Teddybären verwendete, von dem sie sich auch mit neun nicht hatte trennen können. Sie würde später in ihrem Leben ironisch meinen, dass dieser Bär der beste Mann in ihrem Leben war.

Weshalb es ein zusätzliches Unglück bedeutete, dass sie dieses Stofftier gar nicht dabeihatte, als es geschah, damals auf dem Schulweg, als der Wagen vorbeifuhr und ein Mann heraussprang, sie hochnahm, ihr seine mächtige behandschuhte Hand vor Mund und Nase hielt, sodass sie zu ersticken meinte. Und sie dann auf die Rückbank des Wagens warf. Nicht anders, als sei sie selbst ein Stofftier.

Von da an war Dunkelheit, augenblicklich. Im Wagen mit seinen getönten Scheiben, eine getönte Scheibe selbst dort, wo der Fahrer saß wie auch der Mann, der sie in den Wagen befördert hatte. Sie hockte allein auf der Rückbank, schrie und weinte, vergaß aber nicht – das brave, ordentliche Kind, das sie war –, sich anzuschnallen. Ihr Großvater hätte es nie akzeptiert, hätte er erfahren, dass Linda das Schreckliche der Situation zum Anlass genommen hatte, auf das Angeschnalltsein zu verzichten. Sein Credo lautete, dass der zivilisierte Mensch sich selbst dann die Hand vor den Mund hielt, wenn er im Keller gähnte.

Und richtig, ein Keller war es auch, in den man sie brachte. Nicht der schlimmste Keller der Welt, keine alten Ziegel, keine Ketten an den Wänden, kein Rattenloch, keine verschimmelte Matratze, sondern ein mit Noppenschaum-Paneelen ausgekleideter, schalldichter Raum, in dem sie manchmal ihren eigenen Atem und ihr Herz klopfen hörte. Nicht schalltot, aber schalldicht. Mit einem Kinderbett in der Ecke, einer Toilette sowie einem Waschbecken mit einer modernen Armatur, deren Hebel zu bedienen ihr vorkam, als müsse sie ein wildes Tier bändigen.

Außerdem stand da noch ein Bildschirm, auf dem andauernd, auch wenn sie zu schlafen versuchte, Zeichentrickfilme liefen. Zudem zwei Kameras in den gegenüberliegenden Ecken des Raums. Und dann war da noch ein Mann, der ihr das Essen brachte und den sie bei sich »den Sadisten« nannte. Ein Wort, das sie eben erst gelernt hatte und das eigentlich für ihren Französischlehrer reserviert war. Aber der war weit weg. Und dieser Mann hier der Einzige, den sie zu sehen bekam. Und zwar richtig. Er trat also nicht maskiert ein. So konnte sie ihn so deutlich wahrnehmen, dass sie ihn hätte zeichnen können. Und zeichnete ihn ja auch, auf dem kleinen Block, den man ihr zusammen mit einem Bleistift hingelegt hatte, eigentlich nur, um ihrem Vater zu schreiben. Als Beweis für ihr Entführtsein und mit der Bitte, alles zu unternehmen, um ihr das Leben zu retten.

Dass nun aber dieser eine Entführer unmaskiert den Raum betrat, irgendein Fast Food auf dem Tablett … das kannte sie bereits aus dem Fernsehen, dass, wenn Entführer sich ihren Entführten mit bloßen Gesichtern zeigten, dies nur bedeuten konnte, dass ein Überleben der gekidnappten Person gar nicht infrage kam. Und weil sie bei aller Angst und aller fürchterlichen Einsamkeit dennoch eine typische Neunjährige war – das Alter, in dem es einen ständig juckt, der Wahrheit ins Auge zu sehen, bevor die Pubertät bei allem Aufbegehren eher zu Illusionen als zur Wahrheit neigt –, fragte sie also den Mann, wieso er keine Maske trage.

Worauf er unter seinem dicken, dunklen Schnurrbart süffisant lächelte und eine widerliche Geste machte, die zeigte, dass er kaum zur Fraktion *Kinder-und-Frauen-werden-geschont* gehörte. Um noch anzufügen: »Keine Angst, Tussi, du wirst nie dazu kommen, mich zu verraten.«

»Wetten doch!«, sagte sie kalt, während sie spürte, wie ihre Unterhose nass wurde, weshalb sie ihre Hände schützend über ihren Rock faltete.

Er aber merkte es, und sein böses Lächeln gewann an Schärfe, ohne dass er etwas zu sagen brauchte.

Immerhin brachte er ihr ein Essen, das ihre Großeltern ihr niemals erlaubt hätten. So amerikanisches, labberiges Zeug. Henkersmahlzeiten, wie sie bitter dachte. Und zwar in dieser für Neunjährige typischen Art sowohl tiefer Betroffenheit wie tiefer Gelassenheit angesichts eines im Grunde sinnlosen Lebens (kaum ein Pädagoge erkennt die erstaunliche existenzialistische Nüchternheit in dieser Phase eines jungen Menschen, die von Silbersternchen und Einhörnern, von Pokémonattributen, Cosplayattitüden und diversen Sexualitätsandeutungen überdeckt scheint – Neunjährige erkennen die Absurdität ihrer Existenz mit der Schärfe eines Mikroskops, das ein Teleskop ist. Sie erkennen die Idiotie des Lebens, aber ebenso, dass eine Philosophie daraus zu machen gleichfalls idiotisch wäre. Darum Einhörner und Cosplay. Aber letztlich verachten sie alles, was war, und vor allem, was noch kommen wird. Auch wenn sie das später wieder vergessen werden.).

Es war übrigens nicht wirklich ein Keller, in dem Linda gefangen war, aber es fühlte sich ziemlich unterirdisch an. Wie sie jedoch noch erfahren würde, befand sich ihr Gefängnis in Wirklichkeit an der entgegensetzten Sphäre des Spektrums, im Penthouse eines Hochhauses, in der letzten Ecke einer über das ganze Stockwerk reichenden luxuriösen Wohnung. Die Türe zu diesem Raum lag hinter einem riesigen Strichmännchenbild von A. R. Penck, und wirklich niemand, der in dieser Wohnung zu Gast war, hätte dahinter noch einen Raum vermutet.

Aber dieser Raum existierte, und in ihm war Linda. Linda, die wartete. Ja, auf ihren Tod wartete, weil sie schließlich ahnte, dass sie, gleich, was ihr Vater tat, gleich, in welcher Weise er die Forderungen der Entführer erfüllen würde, sterben müsste. Außer natürlich, der Sadist war so sadistisch, sie anzulügen, ihr Angst zu machen, wo die Angst ganz unangebracht war. Weil man sie nach der Erfüllung der Forderungen – und warum sollte ihr Vater, der es sich leisten konnte, ihr eine Uhr zu schenken, die Agnetha von ABBA getragen hatte, diese nicht erfüllen? – einfach freilassen würde. Und nicht viel darauf gab, dass sie einen ihrer Entführer gesehen hatte und ihn beschreiben konnte. Man bedenke, eine Neunjährige!

Vielleicht, vielleicht nicht.

Die Tage verrannen wie zäher Schleim, untermalt vom Gekicher und Gegröle und Gequake der Zeichentrickfilme, die sogar noch in ihre Albträume einsickerten.

Manchmal weinte sie, manchmal schrie sie, ein paarmal trommelte sie gegen die weichen Noppen der schalldichten Wand. Wobei ihre Wut auch der Langeweile galt, die sie empfand. Und wie wenig sie überhaupt noch sagen konnte, ob Tag oder Nacht war. Denn immer brannte ein Licht, aber es war schwach, es war mehr wie eine große Kerze, die sie an diese LED-Grablichter erinnerte, die sie von den Besuchen am Grab ihrer Mutter kannte.

Einmal machte der Sadist ein Foto von ihr, dann musste sie einen weiteren Brief an ihren Vater schreiben, den ihr der Sadist diktierte. Sie erklärte ihm, es sei ein ziemlich schlechtes Deutsch, das er ihr da ansage. Und darum wenig glaubwürdig, dass dieser Brief wirklich von ihr stamme.

»Soll ich dir eine runterhauen?«, fragte er.

»Das macht es doch nicht besser«, antwortete sie.

Er holte kurz aus. Sie zuckte zusammen. Aber er schlug nicht zu. Sondern drohte ihr, keine Cola zu servieren, wenn sie nicht schrieb, was er ihr diktierte.

Das mochte erbärmlich sein, aber die tägliche Cola war leider Gottes der absolute Höhepunkt eines jeden Tages. Das hatte der Sadist schon richtig erkannt. Also schrieb Linda im schlechten Deutsch ihres Entführers den Brief für ihren Vater, darin sie ihn erneut anflehte, alles zu tun, was von ihm gefordert wurde.

Warum sollte das denn auch so schwer sein?

Sie würde erst später erfahren, dass ihr windiger Vater bei einem seiner windigen Geschäfte schlichtweg die falschen Leute betrogen hatte. Welche nun etwas zurückverlangten – Unterlagen für eine biologische Waffe von höchster Effektivität –, was er gar nicht mehr besaß, weil er es eben bereits verkauft hatte. Da nützte es rein gar nichts, dass er den Entführern Geld anbot. Die brauchten kein Geld, hatten selbst mehr davon, als sie in ihrer aller Leben hätten ausgeben können. Hier ging es um mehr. Es ging um Macht, um Einfluss, vor allem ging es um Zeichen und Symbole. Um das Wahren von Gesichtern. Um Wiedergutmachung. Und wenn die Wiedergutmachung nicht gelang, dann musste eben ein Opfer gebracht werden. Und dieses Opfer würde sie, Linda, sein. Wenn ihr Vater es nicht schaffte, irgendwie doch an die bereits verkauften Unterlagen heranzukommen. Indem er also einen weiteren Betrug beging, um dadurch den alten auszulöschen.

Was aber nicht funktionierte. Umso mehr tat ihr Vater alles, um Zeit zu gewinnen. Zeit, die auch die Polizei benötigte. Eine Polizei, die es vermied, ihre Intervention offenkundig werden zu lassen, weil dies Lindas sofortigen Tod bewirkt hätte. Daran bestand kein Zweifel. Weshalb die Hamburger Behörde eine österreichische Kollegin um Amtshilfe ersuchte, eine Spezialistin für Entführungsfälle und gleichermaßen bekannt für ihre unkonventionellen wie einzelgängerischen Lösungen.

Man wählte diese Ermittlerin wohl auch darum aus, weil es sich bei der Person, die im Verdacht stand, die Entführung zu verantworten, um einen Deutschen mit österreichischen Wurzeln handelte. – Österreicher in Deutschland, das hatte stets etwas Bedrohliches, bei aller kindischen Begeisterung, die gerade die Deutschen für dieses aus einem einzigen reich verzierten Klischeetopf hochtauchende Volk besaßen.

Man kann sagen, dass in dieser Konstellation bereits alles angelegt war, was später dazu führen würde, dass Linda zur Spezialistin für speziell österreichische Lawinen wurde.

Sie würde nie den Tag vergessen, als die Türe ihres Gefängnisses aufging und nicht der Sadist eintrat, sondern eine Frau, die sie noch nie gesehen hatte. Linda erschrak zuerst wegen der Nase im Gesicht dieser Frau. Eine wirklich schöne Frau, das erkannte auch sie, die Neunjährige. Eine schöne, elegant gekleidete Frau mit einer jedoch stark verbogenen Nase, ähnlich der mehrfach gebrochenen Nase eines Boxers oder eines Menschen, der böswillig gegen sich selbst den Kopf gegen die Wand geschlagen hatte. Wobei es aber sichtlich keine frische Verletzung war, sondern eine alte.

Die Frau legte den gestreckten Zeigefinger gegen ihre hübsch geschwungenen Lippen unterhalb dieser Nase und gab Linda damit zu verstehen, nichts zu sagen. Dann nahm sie das Kind an der Hand und flüsterte ihm zu: »Halt dir die Hände vor die Augen, ich führe dich.«

Linda tat es, hob ihre linke Hand vors Gesicht und ließ sich an der rechten aus dem Raum leiten. Sie spürte den guten, festen Griff ihrer Retterin. Und gewiss handelte es sich um ihre Retterin und nicht etwa um die Stellvertreterin des Sadisten, der heute mal anderswo zu tun hatte.

Er hatte ganz sicher nicht woanders zu tun. Das erkannte Linda im nächsten Moment. Denn während sie an der Hand dieser Frau durch einen weiten, lichtdurchfluteten Raum trat, dazu der unangenehme Geruch irgendeiner erwachsenen Haltlosigkeit, öffnete sie ihre mittleren Finger zu einer Spalte, durch die sie hindurchlugte. Und da sah sie den Sadisten. Er lehnte zurückgeworfen in einem grünen Samtfauteuil, hatte den Mund weit offen und ein großes, blutiges Loch in seiner Stirn. Und es lagen auch noch andere Männer auf dem Boden. Zwei konnte sie zählen, einen dritten sah sie im langen, breiten Flur gegen die Wand gestürzt. Er hatte kein Loch in der Stirn wie die anderen, dafür war er merkwürdig verrenkt, sein Kopf wirkte, als sei er nicht aus dem Hals, sondern aus der Schulter herausgewachsen.

An diesem einen Toten vorbei gelangten sie durch die angelehnte Eingangstüre hinüber zu den zwei Aufzügen, die beide offen standen, da sie blockiert wurden. In einen davon stiegen sie ein. Stiegen ein und fuhren abwärts.

Und während sie fuhren, sagte die Frau: »Ich bin Lilli.«

»Und ich bin Linda«, antwortete Linda. Das war es auch. Mehr sagten sie nicht zueinander.

Sie gelangten in ein Tiefgeschoss, dorthin, wo die Garagen waren und wo ein Wagen wartete. Ein Wagen, in den Linda stieg. Aber nicht Lilli. Der Wagen war ein ganz normales Taxi mit einem ganz normalen Taxifahrer, was wohl die beste Tarnung war, wenn man soeben ein entführtes kleines Mädchen befreit hatte.

Die Frau, die Lilli war, sagte nur noch eines: »Jetzt hast du noch ein Leben vor dir, Linda. Mach was Gutes draus, wenn möglich. Versprochen?«

»Versprochen«, sagte Linda. Dann wurde die Türe geschlossen, und der Wagen fuhr davon, hinaus aus der Garage, hinein in den Verkehr. Der Fahrer sprach kein Wort. Ein dunkelhäutiger Mann in einem dottergelben Hemd. Nur einmal schimpfte er, weil vor ihm jemand zu langsam fuhr. Er schimpfte auf Indisch. Indisch, das sich ein bisschen Französisch anhörte. Vielleicht aber war es auch umgekehrt.

Dieser Mann brachte Linda zum Haus ihrer Großeltern, die beide bereits vor der Tür standen und ihre Enkelin mit Tränen in den Augen in die Arme nahmen. Nie war Linda auf solch innige Weise von diesen beiden in der Strenge beheimateten Menschen empfangen worden.

Drinnen im Haus wartete die Polizei, mehrere Kriminalbeamte in Zivil, auch eine Ärztin, die Linda untersuchte, ebenso eine Kinderpsychologin, zudem ein Phantomzeichner, der aber umsonst gekommen war. Denn der eine Entführer, den Linda hätte beschreiben können – ja, von dem sie sogar ihrerseits eine kleine Zeichnung angefertigt und in ihrer Socke versteckt hatte –, lag definitiv tot in dem Penthouse. Das konnte sie den Beamten jetzt schon sagen. Wobei sie mächtig stolz auf sich war, wie nüchtern, geradezu abgezockt sie ihre Entführung und die Tage ihrer Gefangenschaft beschrieb. Auch, dass ihr bewusst gewesen war, dass man sie letztlich umbringen würde. So oder so. – Ihre Kaltschnäuzigkeit würde von der Psychologin gewiss als ein Ausdruck ihres Schocks und als Mittel der Kompensation interpretiert werden. Faktum war, dass es ihr einfach guttat, so zu reden, wie sie redete.

Enttäuschend war nur, dass ihr Vater nicht da war. Er hatte sich offensichtlich abgesetzt, nachdem klar geworden war, dass eine Befreiungsaktion seiner Tochter bevorstand, und dass, wenn diese hoffentlich Erfolg haben würde, es besser wäre, von der Bildfläche verschwunden zu sein.

Aber weder Linda noch die sie befragenden Beamten sprachen über die Frau, die diese Befreiung im Alleingang bewerkstelligt und dabei vier tote Männer zurückgelassen hatte. Wobei sie dem ersten, dem an der Tür, das Genick gebrochen und die anderen drei, die allerdings ein wenig unter Drogen- und Alkoholeinfluss gestanden hatten und schon einmal schneller gewesen waren, mit ebenso vielen Kugeln liquidiert hatte. Drei Schüsse nur. Nicht, wie andere das taten, die zu einem Sicher-ist-sicher neigten und immer noch einen Schuss draufsetzen mussten.

Kein Wort also über eine Frau namens Lilli. Lilli, die längst wieder auf dem Weg heim nach Österreich war, als die Hamburger Polizei begann, in jenem Penthouse aufzuräumen, in dem Linda viele Tage gefangen gewesen war.

Natürlich, Linda würde diese Frau mit der markanten Nase und der eleganten Kleidung und der Ausstrahlung einer dieser Personen, die als Schutzengel in die Welt kommen, sie würde sie nie vergessen. Sie würde den Namen Lilli immer im Herzen tragen. Im Herzen und im Hirn, also dort im Herzen und im Hirn, wo möglicherweise die Areale der Seele waren.

Ja, so war das gewesen.

Sie hatte Lilli nie wiedergesehen, und auch nie wieder ihren Vater. Er wurde ein Jahr nach den Ereignissen in irgendeinem Golfstaat, wo er mit einer gefälschten Identität lebte, erschossen. Von Leuten, die kein Hehl daraus machten, dass dies als Strafe für seinen Betrug wie auch für seine Zusammenarbeit mit der Polizei anzusehen war. Während Linda im Weiteren jedoch völlig unbehelligt blieb.

Sie wuchs bei ihren Großeltern auf, entschlüpfte der Neunjährigkeit und wurde erwachsen, studierte die Erde und das Wetter, studierte Davos und das Wesen der Lawinen und landete schlussendlich – als gehe damit die eigentliche Prognose in Erfüllung – im Österreichischen.

Im Österreichischen und nun also auf diesem Berg, dem Robert noch am Morgen ein wunderhübsches Porträt gewidmet hatte.

Robert, ebenfalls im Dunkel der Wolke stehend, versuchte, seine Vorderfrau, Katharina, auszumachen, bevor er nach hinten zu Linda schaute, aber weder die eine noch die andere erkennen konnte. Er hätte rufen mögen, aber als er den Mund öffnete, war die Luft so kalt und beißend, dass er, anstatt etwas zu sagen, den Schlauchschal, der um seinen Hals lag, über Kinn, Mund und Nase zog.

Und auch er fiel nun zurück in der Zeit, aber lange nicht so weit wie Linda. Und im Gegensatz zu Linda war seine Erinnerung so, als erlebte er das, was da geschah, zum ersten Mal. Zumindest war er zunächst in der gleichen Weise verwirrt, wie schon zuvor in der Küche bei seinem Ohnmachtsanfall und später in dem Toilettenhäuschen, als er sich und seine Töchter in einem Zeitgeistjournal entdeckt hatte.

Dort, wo er sich jetzt befand, blickte er in einen Spiegel. In ein über die gesamte Raumlänge sich erstreckendes spiegelndes Glas eines modernen, stylishen Badezimmers. Er trug schon wieder Smoking und Fliege. Er wusch sich die Hände und befeuchtete sich das Gesicht. Er beobachtete, wie die Wassertropfen über seinen Bart perlten, als hätte jemand ein Glas Sprudelwasser über einen Dschungel gekippt.

Ihm war etwas schwindelig, vielleicht auch nur davon, den Kopf, seinen schweren Bildhauerkopf, zu rasch gehoben zu haben. Die Augen schienen etwas glasig. Aber er fühlte sich nicht krank, bloß erschöpft. Erschöpft vom vielen Reden. Na ja, vielleicht auch von der Zigarre, die er gerade geraucht hatte. Im Salon des Gastgebers. Ein Salon, in den er nun zurückkehrte. Ein moderner Salon, also nicht nur, was die Einrichtung betraf, sondern ebenso die Verteilung der Geschlechter. Hier rauchten auch die Frauen ihre Zigarren. Einige zumindest.

Und während man rauchte, wurde über Kunst und Geld und

Wissenschaft gesprochen, vor allem aber über ein Buch, das demnächst herauskommen sollte, und das ... ja, das von Roberts Ex-Frau geschrieben worden war. Keine Autobiografie, aber ein Roman, der mit Pauken und Trompeten von einem großen Verlag angekündigt wurde. Robert spürte den Ärger, den er empfand ob des hysterischen Getratsches, das diesem Buch vorausging. Wobei er nicht wusste, was ihn mehr ärgerte, die Frage, inwieweit die Figur des Bildhauers in diesem Roman sich möglicherweise auf ihn beziehe, oder doch viel eher die Äußerung einer bedeutenden Kritikerin, dass dieses noch gar nicht veröffentlichte Buch das Beste sei, was sie seit Jahren gelesen habe.

Sollte er in diesem Werk seiner geschiedenen Frau zur Sau gemacht werden, wenn auch zur fiktiven Sau, würde er das im Grunde nicht so schlimm finden. Sollte dies aber allen Ernstes auf eine herausragende Weise erfolgen, dann wäre das richtig schlimm. Es war nun mal von Bedeutung, welcher Wurftechnik es zu verdanken war, mit der man auf den Boden befördert wurde. Je besser die Wurftechnik, desto demütigender.

Er spürte somit diesen Ärger, auch wenn er darüber hinweglächelte, wobei leider sein Bart so dicht war, dass man dieses Lächeln nur schlecht sehen konnte. Er sagte: »Nein, ich werde diesen Mist nicht lesen. Ich halte sowieso nichts von Literatur. Theater, von mir aus, die Kunst natürlich, die Musik sowieso, selbstverständlich die Philosophie. Aber Leute, die Romane schreiben, tun das eigentlich immer nur, um sich zu therapieren. Mich interessiert aber nicht die Therapie anderer Leute. Egal, ob das meine Frau ist oder eine dieser Nachrichtensprecherinnen oder *Tatort*-Kommissare oder Moderatorinnen aus dem Frühstücksfernsehen. Oder wer auch immer sich berufen fühlt, die eigene Therapie öffentlich zu machen.«

»Na, es gibt aber auch echte Autorinnen«, entgegnete eine Frau, die gerade genussvoll an einer Britanicas paffte.

»Ja, Germanistikstudentinnen und Germanistikstudenten, die ein Leben lang über ihr Scheitern schreiben.«

»Nennen Sie ein Beispiel«, forderte die Frau.

»Ach, Sie wissen doch, was ich meine«, sagte Robert (auch wenn er hier natürlich nicht Robert war, sondern Max).

»Und Ihre Skulpturen haben dann also nichts mit Therapie zu tun?«, fragte ihn ein jüngerer Mann, der erwachsene Sohn des Gastgebers, der seine Beine wie dünne Schnüre übereinandergeschlagen hatte.

»Natürlich nicht. Sie sind Ausdruck einer Auseinandersetzung mit der Welt, nicht mit mir selbst. Wenn ich Frauen aus Honig schaffe, dann weder, weil ich mein Problem mit Frauen zu bewältigen versuche, noch, um meine Begeisterung für den Geschmack von Honig kundzutun. Sondern schlichtweg, um Frauen aus Honig zu schaffen, weil es Frauen aus Marmor oder Stein schon genug gibt. Und es Spaß bereitet, etwas Neues zu tun. Wenn Therapie, dann Therapie für meine Arme und Hände, mit denen ich diese Figuren schaffe. Und meine Beine, auf denen ich stehe, wenn ich das tue.«

»Aber die Filme Ihrer Ex-Frau finden Sie schon gut, oder?«

»Wollen Sie, dass ich ehrlich bin?«

»Eigentlich schon.«

»Nein, ich lüge lieber«, sagte Robert und grinste unter seinem Bart.

Er griff nach seinem Glas Whisky, den er hinunterschluckte, um auf diese Weise des Schwindels, den ihm das kubanische Monstrum beschert hatte, Herr zu werden. Was so seine Art war: einen Teufel durch den anderen auszutreiben.

Dann sagte er: »Nein, im Ernst, Monas Filme sind wahre Wunder, auch wenn diese Frau ein unerträgliches Miststück ist, also von meinem Ex-Ehegattenstandpunkt aus betrachtet, aber ihre Filme besitzen eine Magie … für mich ist sie der Cocteau unserer Tage. Dass sie jetzt aber ein Buch geschrieben hat, Himmelherrgott, was ist das nur, das alle dazu antreibt, ihr Leben zwischen zwei Deckel pressen zu wollen?«

»Sie werden auch noch eines schreiben«, prophezeite eine ältere Dame, deren ehemalige Schönheit durch einen Dunst aus Gelassenheit hindurchleuchtete. »Das verspreche ich Ihnen.«

»Nein, *ich* verspreche Ihnen, dass ich das nicht tun werde. Köpfen Sie mich, wenn ich es doch mache.«

»Gerne«, sagte die Dame.

Nach diesem schönen Abschluss brach die kleine Gesellschaft von Zigarrenrauchern- und -raucherinnen auf und begab sich zurück in die größere Gesellschaft, die sich in diesem Haus versammelt hatte, um irgendeinen Geburtstag … nein, der Herr des Hauses hatte den Nobelpreis für Physik erhalten, und das wurde nun von einer beträchtlichen Menge Gäste bejubelt und gefeiert. Von Physikern und Nicht-Physikern.

Manche Gespräche hörten sich an, als gelte es, ein mathematisches Problem in Gedichtform wiederzugeben. Andere dafür fanden eher auf Kindergartenniveau statt. Bei manchen hätte man das eine vom anderen nicht unterscheiden können.

Und dann sah er sie.

Robert sah seine Töchter. Und diesmal erkannte er sie auch. Dieses Resultat seiner Ehe mit einer fürchterlichen, aber auch fürchterlich genialen Filmemacherin, in deren Buch er wahrscheinlich zum Affen gemacht wurde. Aber diese drei Kinder, was waren sie nur für ein Glück.

Richtig, darum war er ja eigentlich hier. Als Vater, nicht als Bildhauer. Seine älteste Tochter, Miriam, arbeitete im Forschungsteam des siebenundsiebzigjährigen Nobelpreisträgers und war eine von einem Dutzend Personen, die dem Herrn Professor geholfen hatten, das Rätsel um die OMG-Teilchen zu lösen. Teilchen, die bei ihrer Entdeckung 1991 wegen ihrer ungewöhnlich hohen Geschwindigkeit als »Oh-My-God-Teilchen« getauft wurden, nun aber den Namen des Professors erhalten sollten, der ihnen auf die Schliche gekommen war. Und mit ihm eben auch Miriam, weshalb Robert gerne bei sich dachte, dieses superschnelle Teilchen könnte man auch Miriam-Teilchen nennen.

Und dort stand sie, Miriam, zusammen mit der Jüngsten, Kerstin, und der Mittleren, Tina. Sie wirkten so ungemein glücklich und vergnügt, und stolz natürlich, auch wenn Robert wohl wusste, dass Kerstin an ihrer Depression litt und Tina an ihrem Kinderwunsch, der sich nicht erfüllte. Was Robert insgeheim ganz recht war, wenn er an das arbeitsscheue Arschloch dachte, das seine Tina geheiratet hatte. Aber klar, Kinder tun, was sie tun. Sie haben dieses gottverdammte Recht, genauso zu scheitern wie man selbst. Oder halt einem alten Professor zu seinem Nobelpreis zu verhelfen.

Robert drängte sich durch die Menge zu seinen Töchtern, zu viert fielen sie einander in die Arme. Ihm kam vor, als könne er sie riechen, eben nicht einzeln und auch nicht ihre Parfüms, sondern einen Geruch wahrnehmen, der sie verband, jenen Babygeruch, der bei allen dreien der gleiche gewesen war. Wie Mutter Natur riecht, wenn alles gut gegangen ist und nicht gerade Tod und Elend das Leben bestimmen, sondern Geburt und Hoffnung.

»Das ist wirklich echt guter Scheiß, so ein Nobelpreis«, sagte Robert, »und wäre ohne dich nicht möglich gewesen.«

»Ach, Papa«, meinte Miriam, »ich bin doch nur ein kleines Rädchen im Getriebe großer Gedanken.«

»Blödsinn, ohne dich wäre das Team ein Haufen Rädchen, die nicht zusammenpassen.«

Und damit hatte er nicht ganz unrecht, weil es wirklich Miriam gewesen war, die eine Parallele innerhalb zweier zunächst widersprüchlicher Testreihen erkannt hatte. Sie hatte eine kleine Schleife gebunden – und diese sollte Jahre später tatsächlich als Schelling-Schleife bekannt werden, wenn auch nicht als Miriam-Teilchen –, die dem Widerspruch ein vereinendes Element beigefügt hatte. Wie das in der Physik halt so geht, wo ständig Brücken entstehen, mit denen eine unerklärliche Tiefe überwunden wird. Und manche Brücken eben die Form von Schleifen besitzen.

»Jetzt stoßen wir mal an«, sagte Miriam und winkte einem jungen Kellner, der ein Tablett mit gefüllten Champagnergläsern durch die Menge balancierte und eigentlich auf dem Weg woandershin war. Nun aber mit der Eleganz eines Eiskunstläufers eine scharfe Kurve zog und leichtfüßig vor dem Bildhauer und seinen drei Töchtern zu stehen kam.

Alle vier zogen sie ein Glas vom Tablett.

Man prostete sich zu.

Champagner gehörte für Robert zu den Getränken, die bei ihm gleich hinter Wasser rangierten. Er konnte Wasser einfach nicht leiden. Sosehr er um dessen Bedeutung für das Leben wusste, und sosehr es ihm Kraftstoff in seiner Zeit als Boxer gewesen war.

Er winkte den erneut vorbeieilenden Kellner zu sich und flüsterte ihm eine Bestellung ins Ohr.

Der Eiskunstläufer nickte und glitt davon. Um nur wenig später mit einem wuchtigen, kreisrunden Glas zurückzukehren, darin die honiggelbe Flüssigkeit eines vierzehnjährigen Iren in sanften, öligen Wellen gegen die gläserne Wand stieß.

O ja, das war *sein* Wasser, *Uisge Beatha*, das Wasser des Lebens.

Eingedenk des bekannten schottischen Trinkspruchs, nach dem *ein* Glas fabelhaft, zwei zu viel und drei zu wenig seien, konnte man Robert – so rettungslos verliebt und rettungslos verloren – zur Gruppe derer zählen, für die drei zu wenig waren. Obgleich er wusste, dass das sein Unglück war. Und damit waren gar nicht seine Leber oder sein Verstand gemeint. Sondern der Umstand, die vernünftige Gruppe derer, die *ein* Glas fabelhaft fanden, verlassen zu haben. Seine Liebe allein im Zustand der Maßlosigkeit leben zu können.

Das ging so weit, dass, wenn er nachdachte, welche Menschen ihm die liebsten waren, er jene auswählte, die so versoffen waren wie er selbst. Auch wenn er sonst rein gar nichts Gutes an denen finden konnte.

Natürlich war es anders bei seinen Töchtern, die er zum wiederholten Male mit seinen langen, mächtigen Bildhauerhänden umfasste, während er in der einen Hand noch immer sein Glas hielt, in dem seine Geliebte schwamm.

Er war bekanntermaßen ein *Tier*, jemand, der ungemein viel aushielt und viel vertrug, so, wie er früher ungemein viele Schläge hatte einstecken können. Aber auch Leute, die viel einstecken können, fallen irgendwann einmal um.

Es war kurz nach eins, als man aufbrach. Die Töchter – von denen die jüngste aus London angereist war, während die mittlere aus Hannover kam (für Robert die deprimierendste Stadt Deutschlands, was eben auch damit zusammenhing, dass Tinas Arschlochehemann sie dorthin entführt hatte) – übernachteten allesamt im Atelierhaus des Vaters, das nicht unweit lag, im benachbarten Stadtteil am Rande Münchens.

»Komm, Papa, lass uns ein Taxi bestellen«, meinte Miriam.

»Doch nicht wegen der paar Meter«, antwortete Robert.

»Es sind mehr als ein paar Meter, und du hast getrunken.«

»Ich habe immer getrunken und bin noch nie mit dem Taxi gefahren. Taxifahren ist sowieso das Gefährlichste.«

»Das ist Unsinn.«

»Komm, lass uns nicht streiten, Schatz«, sagte Robert. Und in der Tat, wie er sprach, war nicht die geringste Trunkenheit zu bemerken. Ein Mann wie ein Baum, und zwar ein gerader Baum. Er meinte: »Fahr halt du, Miriam. Aber ich lasse meinen schönen alten Mercedes sicher nicht hier auf der Straße stehen.«

»In Ordnung«, sagte Miriam.

Zu viert verließ man die Party, eine Feier, die der Lösung des Rätsels von Teilchen zu verdanken war, deren Auftauchen einst die Anrufung des Herrn bewirkt hatte.

Allerdings fehlte Gott, als man sich jetzt zu Roberts geliebtem alten Mercedes bewegte und Miriam die Schlüssel verlangte.

»Ach, komm«, meinte Robert, »du weißt doch, wie mein Wagen ist. Ein bockiges Pferd, das alle abwirft. Nur einen einzigen Reiter nicht. Mich.«

»Verzeih, Papa, aber das ist ein saudummer Vergleich. Also, ich rufe jetzt ein Taxi.«

Typisch Miriam, dachte er sich, die sich immer noch als die Älteste aufspielen musste, die Mutter vertretend, und also nicht nur auf ihre kleineren Geschwister achtete, sondern ebenso auf ihren Vater, der letztlich nicht aufgehört hatte, Boxer zu sein, mit diesem Hang zur Übertreibung. Weshalb er sich ja auch nicht damit begnügen konnte, einfach Frauen aus Stein oder Holz zu schlagen, nein, bei ihm mussten sie natürlich aus Honig sein. Jetzt abgesehen von jenen aus Trüffeln geschnitzten kleinen »Damen«, die in Reagenzgläsern voll mit teuerstem Whisky schwammen. Wenn er nicht selbst gerade schwamm.

Aber hier und jetzt fühlte er sich nüchtern wie nie. Und hatte wirklich keine Lust, von Miriam wie ein kleines Kind auf die Rückbank gesetzt zu werden.

»Hört zu, ich fahre, wartet ihr auf euer Taxi«, sagte er, zog den

Schlüssel aus der Tasche und sperrte den Mercedes auf. »Kommt eine von euch mit mir? Damit ich jemanden zum Reden habe und nicht beim Fahren einschlafe.«

Das war natürlich ironisch gemeint. Er wäre auch in hundert Jahren nicht am Steuer eingeschlafen.

Es war nun alles andere als überraschend, dass es Kerstin war, die kam und sich neben ihren Vater auf den Beifahrersitz setzte. So war es im Grunde immer gewesen. Sie war die, die Mitleid hatte, mit allem und jedem. Sie war es gewesen, die all die Spinnen und Käfer gerettet und einäugige Katzen und halb tote Amseln mit nach Hause gebracht hatte, sich immer vor die Kleinsten gestellt hatte, wenn die von den Größeren Prügel bezogen. Um dann selbst die Prügel zu beziehen. Ihre Mutter hatte einmal gesagt: »Auf diese Weise wirst du in deinem Leben immer ein blaues Auge kriegen.«

»Mama, ich habe zwei.«

Das stimmte, alle in der Familie hatten braune Augen, nur Kerstin nicht, wem auch immer sie dieses strahlende Blau zu verdanken hatte. Der Stammbaum erklärte es nicht, dort waren einfach keine Augenfarben verzeichnet.

Mag sein, dass Kerstins Depression daher ihren Ursprung hatte, immer alle retten zu wollen, was freilich nicht funktionierte. Wobei sie interessanterweise als Einzige nicht studiert hatte. Ebenso wenig war sie zur weltreisenden Aktivistin geworden oder in irgendeine Art von Seelsorge eingetreten, sondern hatte den Beruf der Optikerin erlernt.

Da saß Kerstin also neben ihrem Vater und griff ihm kurz auf die Hand, die Hand, die das Lenkrad hielt, und lächelte ihn an. In ihrem Blick war Vertrauen. Aber es war das Vertrauen einer zweifelnden Frau, die schon lange der Überzeugung war, der Sinn des Lebens bestehe gewiss nicht darin, dass die Dinge gut ausgingen.

Miriam draußen schüttelte den Kopf, während sie in ihr Handy tippte und ein Taxi bestellte. Tina stand daneben und schien einfach nur müde.

Robert fuhr los, nicht mit quietschenden Reifen, sosehr es ihn reizte, genau das zu tun. Aber nein, er fuhr kontrolliert, sachlich und souverän, so, wie er meinte, dass es seinem üblichen Fahrstil entsprach. Auch mit ein paar Whiskys intus. Wenn er etwas nicht vertrug, dann den Champagner, aber den hatte er ja weggeschüttet.

Oder?

Nein, vielleicht war es doch die Zigarre, an der er mindestens eine halbe Stunde gezogen hatte, die ihm fortgesetzt diesen leichten Schwindel bescherte, den er aber gut wegsteckte. Wie er eben immer schon Schläge weggesteckt und aus dem Wegstecken heraus die Kontrolle übernommen hatte. Sich nicht weiter durch den Ring hatte jagen lassen, sondern seinen Gegner durch den Ring jagte.

Wer aber war hier sein Gegner? Auf dieser geraden, um diese Uhrzeit so gut wie unbefahrenen Straße. Sein Mercedes? Ganz sicher nicht. Ihm war dieser Wagen so ungemein vertraut, ein sogenannter *Strich-Acht*, ein 240 D in der US-Ausführung. Er hatte dieses Auto praktisch von den Amis wieder zurückgeholt, was mehr gekostet hatte, als der Mercedes wert gewesen war. Doch diesem Wagen vertraute er, und der Wagen vertraute ihm. So, wie Kerstin ihrem Vater vertraute. Und zwar wider besseres Wissen.

Es war also eine gerade Straße, die durch ein städtisches Waldstück führte, allerdings besaß diese gerade Straße an ihrem Ende eine dumme Kurve, eine Kurve, die Robert geradezu auswendig kannte, an guten wie an schlechten Tagen. Leider war es ein schlechter Tag, genauer gesagt eine schlechte Nacht, Eis auf der Straße, zudem miserable Sicht, und auch wenn er diese Kurve auswendig kannte, kümmerte das die Kurve nicht. Darüber hinaus war Robert entgegen seinem anfänglich moderaten Tempo doch um einiges schneller geworden. Der Wagen kam ins Schlittern, drehte sich. Robert steuerte gegen, in der Art der Rallyefahrer. Doch es half nichts, der alte Mercedes hob ab, überschlug sich, landete auf seiner Oberseite, rutschte noch ein Stück über die Straße, bevor er wieder zurück auf seine vier Räder fand. Dabei aber leider von der Fahrbahn geriet, erneut aufstieg und zwischen mehreren Bäumen hindurchflog, um schließlich mit seiner rechten Flanke gegen den dicken Stamm einer Eiche zu prallen, die noch älter war als der Mercedes. Dort, wo Kerstin saß.

Keine Frage, Robert hätte alles dafür gegeben, sofort auch das eigene Leben, wäre es *seine* Seite gewesen, mit welcher der Mercedes sich um den Stamm der Eiche bog. Aber das Schicksal war der unbestechlichste Partner des Menschen, kein noch so hoher Geldbetrag, kein noch so heiliges Versprechen konnte es davon abbringen zu tun, was es tat.

Und als der Wagen endlich stand, schrecklich verbeult, allerdings nicht in Flammen aufging, da stellte Robert zwei Dinge fest: dass er selbst vollkommen unverletzt schien, er, dieser Mann wie ein Baum, den nichts so schnell umhauen konnte, und zweitens … er griff neben sich, er fasste die Hand seiner Tochter und sah zu ihr.

Wie schnell man doch wusste, dass eine geliebte Person tot war. Nicht nur, weil sie sich nicht rührte. Vielmehr begriff Robert die schreckliche Wahrheit, bevor er noch den leblosen Arm berührte und bevor er das Stück Metall sah – irgendein verfluchtes Mercedesteil –, das in Kerstins Brust steckte. Er spürte es, weil er es in sich selbst spürte. Aber nicht so, wie man gerne sagte, etwas in einem selbst sei gestorben, sondern eher wie eine Form von Geburt. Aber eine Geburt in die verkehrte Richtung, eine Geburt aus der Vergangenheit. Auch bei einem Mann. Als hätte er Wehen. Wehen, die in ein Gestern wiesen.

Rasch löste er seinen Gurt, beugte sich zu Kerstin, umfasste sie, drückte seinen Kopf gegen ihre Brust, direkt neben dem Stück Metall, das sich in diesen Körper gebohrt hatte. Nein, kein Herz schlug mehr, nichts, kein Ton, keine Bewegung.

Kerstin war tot. Die Einzige, die ihm vertraut hatte, die Einzige, die in dieses Auto gestiegen war, zu einem Mann, der Champagner und Whisky und eine Zigarre zu viel konsumiert hatte und mit der Gloriole seiner vom Boxer zum Bildhauer mutierten Grandiosität das Steuer dieses Wagens umfasst hatte.

Tränen rannen aus seinen Augen, strömten über sein Gesicht. Er fühlte sich, als sei sein Inneres explodiert.

So explodierte er eine Weile. Dann löste er sich vom erstarrten

Körper seiner jüngsten Tochter, stieg aus dem Wagen, war jetzt wie in Trance, bewegte sich von dem Wagen weg, aber nicht in Richtung Straße, wie er es hätte tun müssen, um Hilfe zu holen, sondern stapfte tiefer in den Wald hinein, geführt vom Mondlicht, das begehbare Schneisen zog. Er war ohne Handy. Er hatte es im Wagen zurückgelassen, anstatt damit augenblicklich Polizei und Rettung zu benachrichtigen. Wozu auch? Um den Tod seines Kindes sowie sein eigenes widerwärtiges Überleben feststellen zu lassen? Oder eher den Umstand, dass Eis auf der Straße gelegen hatte, dass er zu schnell in diese Kurve hineingefahren war, dass er viel zu viel Alkohol im Blut hatte und es überhaupt nichts genutzt hatte, ein Walross von Mann zu sein und im Schlaf eine genaue Skizze dieser Kurve anfertigen zu können. – Ja, im Schlaf! Möglicherweise war er sogar kurz eingenickt, bevor er die dumme Kurve erreicht hatte. Er, der in hundert Jahren nicht am Steuer eingeschlafen wäre. Aber vielleicht waren die hundert Jahre in diesem einen Moment vorbei gewesen. Er konnte es nicht sagen. Aber er ahnte es.

Ahnte es und kämpfte sich weiter durch den Wald, stumpfsinnig, bald auch völlig gedankenlos. Wie ausradiert. Am Leben noch, fortschreitend, aber ausradiert.

Er war ein zweites Mal zum Mörder geworden. So viele Jahre, nachdem er einen Mann k. o. geschlagen und damit dessen Ende herbeigeführt hatte, hatte er sein Kind umgebracht. Genau so musste man es ausdrücken, und nicht etwa relativieren, dass das ja nicht als Mord anzusehen war, sondern als tragischer Unfall. Denn es gab nun mal einen wahrhaft Schuldigen, und dieser war mitnichten die Straße, nur weil sie an besagter Stelle sich zur gefährlichen Kurve wandelte.

Er marschierte weiter. Endlich trat er aus dem Wald und geriet auf eine andere Straße. An deren Rand setzte er seinen Weg fort. Als stolpere er durch die Hölle.

Nach einiger Zeit bemerkte er einen Wagen, der neben ihm hielt. Ein Fenster glitt herunter, und vom Fahrersitz her fragte ihn eine Frau, ob alles in Ordnung sei.

Er sagte etwas wie: »Seien Sie vernünftig, und fahren Sie weiter.«

»Wieso? Muss man sich vor Ihnen fürchten?«, erwiderte die Frau, die einen Porsche fuhr, einen nagelneuen, der fischig glänzte. Eine Frau, die offensichtlich nicht zu den Ängstlichen gehörte. Vielleicht auch ein Faible für wuchtige, bärtige Männer hatte, die alleine über Landstraßen liefen.

Jedenfalls meinte sie, er solle nicht dumm sein und einsteigen, sie nehme ihn mit.

Und dann saß er neben ihr, und sie fragte ihn, wohin er wolle, und er sagte, das sei ihm egal. Er wolle nirgendwohin. Doch anstatt ihn wieder hinauszuwerfen – sich doch noch einer gewissen Gefährlichkeit dieses Mannes bewusst werdend –, nahm sie ihn einfach mit.

Sie erklärte, sich auf der Fahrt zu ihrem Chalet zu befinden, das drüben in Österreich liege, auf einer Alm mit mehreren solcher exklusiven Wochenenddomizile sowie einigen Berggasthöfen. Das Haus gehöre ihr und ihrem Mann, ein Mann, mit dem sie sich soeben heftig gestritten habe.

»Sie sehen«, sagte sie, »ich habe auch meine Sorgen. Der Kerl schläft mit meiner besten Freundin. Seit zwei Jahren fickt er diese Schlampe, die mir seit zwei Jahren mit ihren Kuhaugen ins Gesicht lächelt und mir gute Ratschläge gibt. Ich behaupte nicht, dass ich immer treu war, aber ich wäre nie auf die Idee gekommen, mir den besten Freund meines Mannes auszusuchen.«

Der Streit sei eskaliert. Weshalb sie jetzt mitten in der Nacht aufgebrochen wäre, um für einige Tage in die Berge zu fahren.

Und dann wollte sie von Robert wissen, was *ihn* dazu bewogen hatte, sich um diese Uhrzeit auf den Weg zu machen. Zu Fuß. Noch dazu im Smoking.

Stimmt, er trug ja seinen Smoking. Und die böse Ironie war, dass selbst dieser Anzug absolut nichts von dem Unfall abbekommen hatte.

»Ich weiß es nicht«, sagte er.

»Sie wissen es nicht, okay. Und wissen auch nicht, wohin Sie wollen.«

»Nein.«

»Na gut, dann nehme ich Sie eben mit, und wenn wir oben in

den Bergen angekommen sind … so zweieinhalb Stunden werden wir schon brauchen. Auch wenn jetzt kein Verkehr ist und wir immerhin in einem Porsche sitzen. Der gehört meinem Mann, das wird ihn am meisten ärgern, dass ich damit unterwegs bin. Jedenfalls können wir dann dort einen Kaffee trinken. Wir haben in diesem Chalet so eine Kaffeemaschine, mit der könnten Sie Gold brühen … Sie halten mich für verrückt, weil ich Sie mitnehme, oder?«

»Ja«, sagte er, sprach aber mit solcher Nachlässigkeit, dass seine Zustimmung einfach keinen Wert besaß.

Die Frau drehte Musik auf, langsamer Jazz, während sie selbst eher schnell unterwegs war – und redete. Sie redete viel, über ihren Mann, ihre Freundin, wobei es ganz offensichtlich war, dass ihr Zorn vielmehr Letzterer galt. Sie redete über ihre beiden erwachsenen Kinder, sie redete über einen bekannten Fußballer, der kürzlich in ihren Wagen gedonnert war, nicht in den Porsche, in ihren kleinen Fiat, und wie schwierig das jetzt mit dem Fußballer sei, der alles leugnete und alles verdrehte … Fußballer seien widerliche Menschen, die sich aber wie Götter fühlen würden und die ihrerseits über die kriminellsten Berater und die kriminellsten Anwälte verfügten und in ein unglaubliches Privileg geraten waren.

»Leute«, sagte sie, »die wie kleine dumme Buben einem Ball hinterherlaufen. Und das sind also die Genies unserer Zeit.«

Sie redete und fuhr durch die Nacht.

Und als die Nacht an ihr Ende kam und die Frau gut und gern einen halben Roman erzählt und dabei durchaus auch Kluges von sich gegeben hatte, zum Beispiel über Fußballer, war man am Ziel angekommen. Im Ziel und im Schnee. Vor dem Haus in eintausendfünfhundert Metern Höhe.

Und wirklich, dort, in diesem Ambiente aus ländlichem Stil, Massen von Holz, einem Kruzifix in der Ecke sowie einem Kamin, der eher aussah wie ein zu groß geratenes Architekturmodell von Mies van der Rohe, so ungefähr der *Barcelona-Pavillon*, aber auch einigen Möbeln, die das Ländliche ins Zeitgenössische erhoben, stand die angekündigte Kaffeemaschine, die den Eindruck machte, als könnte man nicht nur Gold damit brühen, sondern auch Silberkettchen zerkleinern.

Aber für Kaffee war es eigentlich noch etwas zu früh, nicht mal fünf Uhr, und die Frau zog Robert hoch ins obere Stockwerk, in ihr Schlafzimmer. Er ließ es geschehen, wie er es geschehen ließ, dass sie sein Hemd öffnete und seine Smokinghose und er bald nackt war und wie ein … nun, er stand nicht wie ein Häufchen Elend vor ihr, sondern wie ein Haufen.

Es war dieser Frau sehr recht, dass dieser Haufen nun über sie kam.

Robert drang in sie ein, aber es war die absolute Verzweiflung, mit der er das tat. Was die Frau jedoch vollkommen anders interpretierte. Gewaltig, nicht verzweifelt. Letztlich war es ihr gleichgültig, wieso es auf diese heftige Weise geschah.

Danach fiel sie in den Schlaf. Den besten, den sie seit Langem hatte, der Sex wie der Schlaf.

Nicht aber Robert, der mit offenen Augen hinauf zur hölzernen Decke starrte. Es war jetzt endlich eine vollkommene Leere in ihm. Er war nun nicht mehr nur ausradiert, sondern auch ausgelöscht. Er wusste überhaupt nicht, wieso er hier war und nicht woanders.

Er stand auf, ging in einen Nebenraum, griff in einen hohen Schrank und zog irgendwelche Kleidungsstücke heraus, die wohl dem Herrn des Hauses gehörten. Der glücklicherweise auch kein Zwerg zu sein schien. Denn Robert passte hinein, auch wenn alles eine Spur zu eng war. Er zog nur eine Wanderhose an, ein Unterhemd und einen alten, braunen Pullover, der merkwürdig zerschlissen war, vielleicht ein abgetragener Lieblingspullover. Dazu Socken und Turnschuhe, aber keine Jacke, obwohl hier Jacken aller Art hingen, auch Skianzüge.

In dieser viel zu leichten Bekleidung trat er nach unten und verließ ohne weitere Umstände das Haus.

Es war noch immer Nacht. Er marschierte los. Hatte keine Ahnung, wohin. Er ging in den Schnee. Er ging auf den Berg. Die Leere in seinem Kopf pfiff gleich dem Wind, der in seine Ohren drang.

Er ging und ging. Der Tag kam, und er sah den Gipfel, auf den er sich zubewegte. Er dachte noch: »Ich fühle mich wie ein Schneemann.«

Dann blieb er stehen und fiel um.

Gut dreißig Meter oberhalb dieser Stelle stand Robert nun im dicken, dichten, dunklen Nebel und hielt sich an dem durchhängenden Seil von der Art einer verzweifelten Hängebrücke fest. Fassungslos ob der Wahrheit, die ihm wie im Traum erschienen war.

Wäre es bloß ein solcher gewesen. War es aber nicht. Das wusste er nun. Erstaunlich nur, dass von diesem Ereignis, dem Tod seiner Tochter, seinem eigenen Verschwinden, keinerlei Meldung oder Nachricht im Internet aufgetaucht war. Dies hätte ja spätestens bei der Nennung seines richtigen Namens, seines Bildhauernamens, der Fall sein müssen. Andererseits lag das Ganze erst wenige Tage zurück, möglicherweise ging die Polizei von einer außer Kontrolle geratenen Entführung aus, bei der das eigentlich geplante Entführungsopfer tödlich verunglückt war. Kerstins Mutter Mona war schließlich nicht nur eine bekannte Filmemacherin, sondern seit einem Jahr mit dem Vorstandschef eines der größten Mischkonzerne der Welt verheiratet. Derartiges weckte Begehrlichkeiten. Vielleicht also hielt die Polizei Verlautbarungen zurück, weil sie noch herausfinden musste, inwieweit der verschwundene Max R. Lipinski quasi als Ersatz für seine ums Leben gekommene Tochter von den Entführern verschleppt worden war. Wollte man nicht annehmen, Lipinski selbst sei an der misslungenen Entführung des eigenen Kindes beteiligt gewesen. Immerhin, es gab Gerüchte bezüglich seiner finanziellen Schwierigkeiten.

Verdammt auch! Es fiel Robert wieder ein. Er hatte Geldsorgen, massive Geldsorgen, da er idiotischerweise in ein Unternehmen eines Freundes investiert hatte, der ganz sicher nicht sein Freund gewesen war und soeben daranging, in den Bankrott zu stürzen und dabei alle mitzunehmen, die er nur mitnehmen konnte.

Aber, Herr im Himmel, deshalb hätte er doch niemals das eigene Kind opfern wollen. Wer das vermutete, der …

Unsinn! Niemand vermutete das. Sollte man allerdings tatsächlich annehmen, dass er, Max R. Lipinski, ersatzweise entführt worden war, dann war das als ein schlechter Scherz anzusehen. Wer auch sollte für ihn bezahlen? Mona? Ihr Vorstandschefgatte? Das Whitney-Museum, das kürzlich eine seiner Honig-Frauen bei Sotheby's ersteigert hatte?[5] Gewiss nicht. Und auch sonst niemand.

Und dann dachte sich Robert: »Ach, wäre es nur so.«

Aber kein Entführer nirgends. Sondern nur eine eisige, nebelige Straße und auf ihr ein besoffener Mercedesfahrer von maßloser Selbstüberschätzung.

Robert zog sich seinen Schlauchschal nun auch über die Augen, als sei er wieder ein kleiner Bub, der meint, sich auf diese Weise vor der Welt verstecken zu können.

Nur wenige Meter über ihm stand Katharina. Auch sie fühlte sich in dieser Wolke wie begraben. Und ihre Vergangenheit stieg nun ebenfalls in ihr hoch. Kehrte zurück mit ungemeiner Deutlichkeit. So, als stehe sie wieder an der Reling des Fährschiffes, das soeben Venedig verließ. Sie versuchte, im gelblichen Schleier, der die Stadt einhüllte, das Haus zu erkennen, in dem sie mit ihrer Freundin gewohnt hatte. Die Freundin, die vorgab, heimkehren zu müssen. Eine Ausrede wohl. Man war in diesen Tagen in Venedig nicht so gut miteinander ausgekommen. Eine alte Geschichte war wieder aufgebrochen, ein kleiner Betrug der einen an der anderen, den man lange Zeit mit einiger Nonchalance weggesteckt hatte, bevor die Nonchalance ausgerechnet in der Lagunenstadt an ihr Ende gelangt war.

Katharina war jedenfalls froh, die Stadt zu verlassen, in der die feuchtheiße Luft stand wie unzählige kleine, schwitzende Männer,

5 Das Irreale bestand vielleicht darin, dass man eher für eine seiner Skulpturen ein Lösegeld bezahlt hätte als für ihn selbst. Das von ihm Geschaffene war so viel mehr wert als er, der Mensch.

eng an eng in einer Sauna ohne Ausgang. Sie war froh um die frische Brise, die sie hier an Deck umwehte. Froh um die Vorstellung, sich demnächst auf den Spuren von Patricia Highsmiths Roman *Die zwei Gesichter des Januars* zu befinden, obgleich derzeit Juli war und auch in Griechenland die Temperaturen auf über vierzig Grad stiegen. Und doch vermutete sie, dass es eine andere, bessere Hitze sein würde als die in Venedig, nicht ganz so *gelb*. Und um beim Bild mit den vielen schwitzenden, dicht stehenden kleinen Männern zu bleiben: Katharina stellte sich vor, dass dieselben kleinen Männer, wenn sie eng an eng in der griechischen Luft standen, zwar ebenfalls schwitzten, aber nicht wie in einer Sauna, sondern vom vielen Rauchen und Trinken und vom guten Essen, und dass dabei auf alle auch ein wenig Schatten fiel, der Schatten eines gnädigen Olivenbaums.

Als Katharina später auf dem Balkon ihrer Kabine saß und mit einem Glas Martini in der Hand hinaus auf die untergehende Sonne sah, klopfte es an der Türe, und ein Steward überreichte ihr die Einladung, am Kapitänstisch Platz zu nehmen. – Gab es so was wirklich, Kapitänstische? Sie hatte das eher für eine Fiktion gehalten, diese dumme kleine Geste des Auserwähltseins. Aber die Wirklichkeit dieses Schiffes, welches nach Patras unterwegs war, bot tatsächlich eine solche »Geste« an.

Was sich aber eher als Strafe entpuppte. Katharina saß zwischen zwei Männern – Geschäftsmänner, eine schlimme Gattung, eine Kreuzung aus Huhn und Hai –, die sich über Katharinas Teller hinweg unterhielten. Und zwar auf Italienisch, was Katharina zwar ganz gut verstand, darum aber auch begriff, wie sehr die zwei um ihre Aufmerksamkeit buhlten. Und dabei unentwegt ihren strengen Atem über Katharinas Essen ausstießen, als würden zwei Wolken kollidieren und einen Niederschlag verursachen. Um jetzt nicht zu sagen, die beiden hätten ihr ins Essen gespuckt.

Ihr verging der Appetit, und sie verließ unter einer entschuldigenden Ausrede den Tisch, um hinüber in die noch ziemlich leere Bar zu wechseln. Dort nahm sie an der Theke Platz und bestellte sich einen weiteren Martini. Sie befand sich schließlich noch immer im Aperitif-Modus. Allerdings orderte sie auch Oliven und

Nüsse und eine kleine Portion in Apfelessig eingelegter Okraschoten, deren Konsistenz glücklicherweise nicht an zu Tode gequälte Nacktschnecken erinnerte, sondern knackig und fest ausfiel. Jedenfalls waren sie geeignet, diesen Abend mit nicht ganz leerem Magen zu überstehen.

Nach und nach füllte sich die Bar mit den Passagieren, die ihr Abendessen beendet hatten. Katharina bemerkte auch die beiden italienischen Geschäftsmänner und wandte ihren Kopf in die Gegenrichtung. Dabei fiel ihr Blick durch eine der Luken nach draußen, dorthin, wo gerade Leute der Schiffsmannschaft vorbeimarschierten. Darunter auch ein junger Mann, dessen kräftiges schwarzes Haar im Schein der untergegangenen Sonne …

Richtig, sie kannte ihn. Wie hieß er doch gleich? Prokyon, nicht wahr? Nach jenem hellsten Stern im Sternbild *Kleiner Hund*.

Aber wie konnte sie das wissen? Wieso war ihr dieser Mann vertraut, ein fremder Matrose auf einem Fährschiff, auf dem sie zuvor noch nie gewesen war. Wie sie ja überhaupt noch nie in Griechenland gewesen war, eigentlich ein Skandal.

Sie schüttelte den Kopf, verzog ihre Lippen und setzte sich wieder gerade hin. Um leider festzustellen, dass einer der beiden italienischen Geschäftsleute sich neben sie gezwängt hatte, nun überrascht tat, als wollte er sagen, wie klein doch die Welt sei, sodann aber gleich auf die Idee kam, sie auf einen Drink einzuladen.

»Martini?«, fragte er mit Blick auf ihr leeres Glas.

Er sah eigentlich ganz gut aus, hatte aber etwas Widerliches in seinem Gesicht. Eine Gier, eine Durchtriebenheit, man könnte fast sagen, als trüge er eine Waffe in seinem Gesicht. Wie jemand, der sich auf einem ständigen Eroberungsfeldzug befand, gleich, was es da zu erobern gab. Und sich auch nicht vorstellen konnte, etwas nicht zu bekommen, was er begehrte.

Dennoch ließ sich Katharina einladen. Sie hatte sich dafür entschieden, sich von diesem Mann einwickeln zu lassen. Mit seinen Einladungen zu Martinis, mit seinen aufwendigen Gesten und seinen langen Reden über die italienische Politik, womit er sagen wollte, er sei Teil dieser italienischen Politik. Sie blieb dabei nicht stumm, aber wenn sie etwas sagte, steckte darin eine Ironie, die ihr Gegenüber allerdings dem Umstand zuschrieb, dass Italienisch nicht ihre Muttersprache war.

Ein Irrtum.

Ein Irrtum auch, zu meinen, dass jemand Eingewickelter sich nicht rechtzeitig auch wieder auswickeln konnte. Genau das aber geschah, als Katharina nach ihrem vierten Martini fand, sie sei jetzt müde genug, um in ihre Kabine zu gehen und sich dort noch zwei, drei Folgen einer TV-Serie anzusehen.

Der Italiener erklärte rasch, sie gerne zu ihrer Kabine zu begleiten.

Worauf sie – auf eine reale Krimiserie vergangener Tage anspielend – erwiderte: »Non c'è bisogno, non siamo per le strade di San Francisco qui.« Also, dass es nicht nötig sei, sie zu begleiten, schließlich befinde man sich ja nicht auf den Straßen von San Francisco.

Er kannte die Serie wohl nicht, war irritiert, wollte vom Barhocker herunterrutschen. Sie hielt ihn zurück und erklärte mit souveräner Bestimmtheit: »No!«

Sie ging, er blieb zurück. Dabei hätte sie jetzt nichts gegen einen Fick gehabt – also genau dieses hässliche Wort benutzend –, aber noch größer war eben ihre Lust gewesen, sich aus der Werbung dieses Mannes herauszuwickeln und ihn verdutzt zurückzulassen.

Und so kam es, dass sie gänzlich alleine in das eigentlich für zwei Personen bemessene Bett fand, sich ihren Laptop auf den Bauch legte, dazu ein kleines Fläschchen aus der Minibar holte, einen Schlaftrunk, und sich aus Freude an der eigenen Bemerkung von zuvor tatsächlich einen Film aus der schon historisch zu nennenden Fernsehserie *Die Straßen von San Francisco* ansah.

Polizisten und Kriminelle. Kriminelle und Polizisten. Und dazu eben immer diese unverkennbar steilen Straßen von San Francisco, über welche die Autos der Polizisten wie der Kriminellen rasen und dabei über die Rampen der Straßenkreuzungen fliegen.

Während einer dieser Verfolgungsjagden durch diese europäischste aller amerikanischen Großstädte und während Karl Malden noch irgendeinen Witz macht und Michael Douglas darüber lacht (hätte man je gedacht, dass Douglas einmal etwas anderes spielen würde als diesen Polizeiassistenten?), schlief Katharina ein.

Schlief fest und tief, während der Film weiterlief und sie im Schlaf unwillkürlich ihr Gerät zuklappte, es allerdings nicht von ihrem Bauch verbannte.

Das geschah dann von selbst, als Stunden später eine heftige Bewegung des Schiffs, die zu einer extremen Schrägstellung führte, eben nicht nur den Laptop von Katharina herunterbeförderte, sondern auch Katharina aus dem Bett. Sie schlug gegen die Scheibe, die zu ihrem Balkon führte, und verlor für einen Moment das Bewusstsein. Als sie wieder zu sich kam, lag sie im Wasser. Meinte für einen Moment, in einen bösen Traum geraten zu sein, also von einem Traum in den nächsten, bevor sie begriff, dass das hier wirklich geschah. Noch brannte das kleine Bettlicht und gab ihr einen Überblick über die stark veränderten Verhältnisse der schräg gestellten Kabine. Doch das Licht zuckte. Ein schreckliches Knarren durchzog den ganzen Raum, wie wenn sich etwas dehnt und auseinanderzureißen droht. Auch spürte sie die abwärtsführende Bewegung. Sie schaute hinter sich, durch die Scheibe. Sie begriff, dass dieser Teil des Schiffs bereits völlig unter die Meeresoberfläche geraten war. Noch hielt das Glas, aber durch die Ritzen war bereits jede Menge Wasser hereingeströmt. Wasser, das auch vom Gang her eindrang, sich auf sie ergoss.

Katharina versuchte sich aufzurichten und zog sich an dem fix am Boden montierten Bettrahmen in Richtung Türe. Das Licht war ausgegangen. Sie hing jetzt am Fußende dieses Betts und kam nicht richtig weiter. Da öffnete sich die Türe, ein Lichtstrahl drang ein, ein heller, bewegter Schein. Dann spürte sie die Hand, die nach ihr griff und sie hochzog.

Sie vernahm eine männliche Stimme. Der Mann sprach Griechisch, was sie nicht verstand. Und auch wenn sie ihn kaum erkennen konnte, während er sie durch die Türe und den Gang nach oben zog – genau genommen stiegen sie die Gangwand hoch –, wusste sie eben, dass es sich um jenen Matrosen handelte, der ihr zuvor, als sie an der Bar saß, aufgefallen war. Sein vom Sonnenlicht gefärbtes schwarzes Haar. Sowie der Umstand, dass sie einen Namen für ihn hatte. Den Namen eines Sterns, obgleich sie doch gar keine Ahnung von Sternen und Sternbildern besaß.

»Das kommt später noch, wenn du in den Bergen bist!«, tönte eine innere Stimme.

Eine besserwisserische Stimme, die freilich nicht half, aus diesem Schiff hinauszugelangen. Sehr wohl aber dieser junge Matrose namens Prokyon, der nicht nur kräftig genug war, Katharina mit sich zu ziehen, sondern auch die Geografie des Schiffs bestens im Kopf hatte.

Von überall waren Schreie und Rufe zu hören, aber niemand zu sehen. Endlich erreichten Prokyon und sie den zentralen Bereich einer breiten Treppe, der sämtliche Ebenen miteinander verband und hoch zum Oberdeck führte. Ein Oberdeck, das zu mehr als der Hälfte, und mit seiner Steuerbordseite voran, unter die Wasserlinie geraten war, sodass das Meerwasser in Strömen hereinschoss, Wasserfälle bildete, die sich zusehends vereinten und nach und nach das Schiffsinnere füllten.

Die Treppe hatte wie alles hier seine Funktion eingebüßt, wies aber immerhin ein Geländer auf, an dem sich Prokyon und sie aufwärtszogen, dabei gegen die einstürzenden Wassermassen ankämpfend. Noch bevor sie das oberste, nun fast senkrecht stehende Deck erreicht hatten, waren die beiden so vollständig von Wasser umgeben, dass sie zwar nicht mehr atmen, dafür aber tauchen konnten. Die letzten Meter, um aus dem sinkenden Schiff zu gelangen.

Wie hieß dieses Schiff bloß?

Das war nun wirklich die unwichtigste Frage, die man sich stellen konnte, während einem die Luft ausging. Und doch schien diese Frage Katharina, die jetzt durch das dunkle Wasser stieß – allein beschienen von Prokyons noch immer funktionierender Taschenlampe –, von verrückter Bedeutung. Sie dachte scharf nach, während sie sich an ihrem Retter vorbeidrängte. Und dabei in Panik geriet. In zusätzliche Panik, weil irgendetwas den Ausgang versperrte, irgendein Teil die eigentlich breite Öffnung verdeckte und nur einen dünnen Schlitz übrig ließ.

Ein Schlitz, der zu schmal war, um sich hindurchzuzwängen. Sie spürte, wie von hinten der junge Matrose eins ihrer Beine fasste. Dabei aber nicht versuchte, sie zur Seite zu drängen, so, wie sie ihn gerade zur Seite gedrängt hatte. Nein, er wollte bloß näher an das Teil geraten, das den Ausgang versperrte, um es mit aller Kraft wegzuschieben, wegzubrechen.

Und doch ...

Sie trat mit ihrem freien Fuß gegen seinen Kopf, als wehre sie einen Feind ab. Sie spürte, wie er augenblicklich losließ. Ja, sie spürte seine plötzliche Reglosigkeit, so, wie sie spürte, dass sein Körper sich entfernte, dass dieser Körper, vom Impuls ihres Schlages in Bewegung gesetzt, zurück ins Innere des Schiffes glitt. Bewusstlos.

Was hatte sie nur getan?

Es war jetzt neben der Panik eine schreckliche Kraft in ihr, die Kraft der Ertrinkenden. Mit dieser Kraft schlug sie gegen das blockierende Teil. Und tatsächlich, irgendetwas brach heraus. Wenn es nicht einer weiteren Bewegung des Schiffs zu verdanken war, wie es sich da streckte und bog. Ein Schiff namens ... Es fiel ihr immer noch nicht ein. Jedenfalls erweiterte sich die Lücke zu einer Größe, die es ihr ermöglichte hindurchzuschlüpfen, ins Freie zu gelangen, was aber bedeutete, noch immer unter Wasser zu sein. Allerdings sah sie jetzt die Lichter an der Oberfläche. Wenige Meter nur, die sie hochtauchen musste.

Trotzdem wandte sie sich noch einmal zu der Öffnung hin, mit einem Mal davon beseelt, ihren Retter zu retten, den sie soeben bewusstlos getreten hatte. Sie griff in das Loch. Aber da war niemand, den sie zu fassen bekam, natürlich nicht.

Es war an der Zeit. Wenn sie nicht gleich ... Sie stieß sich ab, trieb nach oben, im Stil der senkrecht hochsteigenden Brustschwimmerin, und brach wie eine kleine Boje durch die Haut des Meers.

Eine Boje, die nach Luft schnappte. Ja, es kam ihr wirklich so vor, als bestehe die Luft aus vielen kleinen Wesen, nach denen man schnappen musste, bevor man genügend davon erwischt hatte, um auch richtig atmen zu können.

Elisabet!

Richtig, das war der Name. Der Name des Schiffes, das nun begann, auch mit seiner Heckseite abzusinken, sodass der spitze Bug bald turmartig in die Höhe ragte. Eine versinkende Kirche.

Und in dieser versinkenden Kirche war der Mann, der ihr das Leben gerettet hatte. Ein Mann, der den Namen des hellsten Sterns im Bild *Kleiner Hund* trug und der nicht hätte zu sterben brauchen, wäre sie nicht auf den letzten Metern in solche Panik geraten und hätte nicht gegen seinen Kopf getreten.

Diese tödliche Gier nach Leben.

Katharina öffnete die Augen, die sie für einen Moment, in der dunklen, kalten Wolke stehend, geschlossen hatte. Und erkannte nun, wie es heller wurde, wie Streifen von Sonnenlicht das lockerer werdende Gewebe am Rand der Wolke durchstießen.

Aber was sie dachte, war: Meine Güte, so ist es also gewesen.

Denn das war ja nun um einiges schlimmer, als sie bisher geglaubt hatte. Was für ein Irrsinn, sich so lange eingeredet zu haben, dass ihren Retter alle Kraft verlassen und er es nur darum nicht geschafft hatte, rechtzeitig aus dem Schiff zu kommen. Während in Wirklichkeit …

Ihr Schuldgefühl, welches sie so stark empfunden hatte, war absolut berechtigt gewesen. Und hatte eben nicht allein dem Umstand gegolten, dass *sie* überlebt hatte, jemand anderer nicht.

Es war eigentlich wie immer, wenn man genau hinschaute. Umso genauer man hinsah, umso deutlicher wurde die eigene Schweinerei.

Die Natur dieser Wolke, in der alle drei gestanden hatten, war es somit gewesen, die darin Stehenden mit der Vergangenheit zu umfangen. Sie die Wahrheit erkennen zu lassen. Bei Katharina und Robert war es die Verantwortung für den Tod eines Menschen gewesen. Und für Linda? Sie hatte ihre Entführung ja nicht etwa verdrängt. Diese war ihr immer und stets bewusst gewesen, in allen Details. Es war etwas anderes, was ihr im bewusstseinsfördernden Schaum dieser Wolke klar geworden war: die Bedeutung des Namens Lilli.

Nicht, weil sie diese Frau vergessen hatte. Vielmehr hatte sie sich damals als Kind geschworen, dass, wenn sie einmal eine erwachsene Frau sein würde und ihrerseits zur Mutter wurde und eine Tochter auf die Welt brachte, dass diese dann Lilli heißen sollte. Dem Kind diesen Namen zu geben würde das Geschenk an ihre Retterin und gleichermaßen das Geschenk an dieses Kind sein, so heißen zu dürfen. Zu heißen wie eine ungemein starke, mutige und in ihrem Mut auch noch elegante und trotz der Zerstörung in ihrer Gesichtsmitte schöne Frau.

Ja, was sich Linda in diesem Moment, da die Wolke mit einem letzten Hauch an ihr und den anderen beiden vorbeizog – sich *aushauchte* –, bewusst wurde, war: Sie war schwanger.

Sie wusste es mit der allergrößten Gewissheit, auch wenn es noch keine zwei Wochen her war, dass sie mit diesem Mann Sex gehabt hatte. Eine Blödheit eigentlich, unverantwortlich gegen sich selbst, ohne Verhütung, betrunken, wie sie war, betrunken, wie er war, beide Teilnehmer einer Tagung der Österreichischen Gesellschaft für Meteorologie, die in Innsbruck stattfand. Er ein Referent aus Leipzig, der mehrfach eine ihrer Arbeiten zitiert und sich bewundernd über ihre Forschung geäußert hatte, weshalb man am späten Abend in der Hotelbar zusammengekommen war, um sich auszutauschen. Sich aber letztlich in seinem oder ihrem Zimmer – das wusste sie nicht mehr so genau – der puren Lust hingegeben hatte. Man könnte sagen: dem Wetter der Lust.

Am nächsten Tag war es ihnen beiden ein wenig peinlich gewesen, derart dem »kurzfristigen Zustand der Atmosphäre« verfallen zu sein. Sie gingen im Einverständnis der begangenen Dummheit auseinander. Er fuhr nach Leipzig zurück, sie nach Linz, das war's.

Nun, das war es eben nicht.

Natürlich, für das Ausbleiben ihrer monatlichen Blutung war es noch zu früh, aber sie spürte, dass in diesen wenigen Tagen ihre Brust größer geworden war, größer, empfindlicher, so ein leichtes Ziehen, als würde eine unsichtbare Hand einen Faden über ihre

Brüste spannen. Auch meinte sie erkannt zu haben, dass ihre Warzen eine Spur dunkler geworden waren, einen violetten Schimmer besaßen, der vorher nicht da gewesen war. Und man also wirklich sagen konnte, ihre Brüste hätten bereits begonnen, sich auf die kommende Tätigkeit vorzubereiten. Nur dass Linda selbst diese Veränderung, wie auch das Ziehen im Unterleib und den verstärkten Harndrang der letzten Tage, einem leichten Infekt zugeschrieben hatte. Nichts jedenfalls, was irgendwie damit zusammenhing, diese eine kurze, wilde Nacht mit diesem Mann, ein Klimatologe ersten Ranges, verbracht zu haben. Er um einiges älter als sie, verheiratet wohl, wie er kleinlaut zugegeben hatte, aber das war auch egal. Sie war ja nicht auf der Suche nach einem Gefährten oder Partner oder gar Ehemann. Wichtig war nur, dass sie sich hier und jetzt mit der Absolutheit einer nach innen gerichteten Hellsichtigkeit bewusst geworden war, dass ein neues Menschenleben begonnen hatte, in ihrem Körper heranzuwachsen. Es würde keinen Test brauchen, um diese Annahme zu untermauern. Esoterisch gesprochen: Die Wolke hatte ihr Klarheit verschafft. Auch und gerade ihr, der Wissenschaftlerin. Und ebenso darüber – so wenig man so etwas schon jetzt sagen konnte –, dass es ein Mädchen sein würde. Und Linda somit ihr sich selbst gegebenes Versprechen aus Kindertagen würde wahr machen können, ihr erstes Kind Lilli zu nennen.

So ziemlich das Letzte, woran sie nun dachte, war die Möglichkeit einer Abtreibung. Auch wenn ein Kind in ihr derzeitiges und eigentlich auch zukünftiges Konzept vom Leben schlecht hineinpasste. Aber daran hätte sie denken müssen, als sie mit diesem Mann ins Bett ging und gleich einem selbstvergessenen Teenager ungeschützten Sex hatte. Denn auch das hatte ja in keiner Weise mit ihrem Konzept vom Leben übereingestimmt. Sich so einfach dem Wetter hinzugeben.

Nun gut, über die Macht des Wetters braucht man sich keine Illusionen zu machen.

Die Wolke befand sich bereits in weiter Ferne, schien bloß noch wie ein kleines farbliches Missgeschick am sonst durchgehend blauen Himmel. Somit standen Katharina, Robert und Linda wieder auf einer glitzernden weißen Fläche, die steil nach oben zum Gipfel führte.

Keiner sagte etwas. Katharina in der obersten Position nahm als Erste das Seil wieder auf, tat einige Schritte und schuf auf diese Weise eine Spannung zwischen sich und Robert, der auf ihren Zug reagierte, sich ebenfalls in Bewegung setzte und damit auch Linda zum Weitergehen zwang.

So stiegen sie die verbleibenden dreißig Meter den Grat hoch, was sich auf diesem letzten Stück so anfühlte – sehr bewusst einen Schritt vor den anderen setzend, die Sonne wie eine liebevoll schlagende Hand im Gesicht, den pfeifenden Wind im Ohr –, als würde man die Spitze eines Achttausenders anvisieren und nicht die sanft hingeworfene Kuppe auf 1862 Metern, beziehungsweise nach jugoslawischer Rechnung zwei Zentimeter weniger.

Eine Höhe, welche die drei nun erreichten und vor dem schmiedeeisernen Gipfelkreuz zu stehen kamen.[6] Ein Kreuz, das über und über mit waagrecht auskragendem Raueis bedeckt war. Gegen die Luftströmung gewachsene Eiskristalle, die eine weiße Fahne bildeten. Eine weiße Fahne, die an dieser Stelle allerdings das Gegenteil von Aufgeben bedeutete.

Es war Robert, der die beiden Frauen fragte, ob es nicht angebracht sei, sich jetzt zu umarmen, auch wenn das hier kein Achttausender war, auf dem man stand.

»Sie haben recht«, sagte Katharina, »das gehört sich.«

Und das taten sie dann. Nicht einer den anderen, sondern alle drei gleichzeitig, einen Ring bildend, der in erster Linie von Roberts langen, kräftigen Armen eingefasst war. Wobei es aber spürbar nicht so war, dass hier ein Mann das Ritual einer Gipfel-

6 Es schien ein relativ neues Kreuz zu sein, das aber in einem traditionellen Stil gefertigt worden war. Mindestens zwei Meter hoch. Somit ganz sicher nicht das Kreuz, das einst Simon Schindler an diesem Ort aufgestellt hatte. Und doch meinte man, das Schindlersche Kreuz zu spüren. Wie einen umgekehrten Phantomschmerz, auch wenn es nicht ganz leicht ist zu sagen, was das Gegenteil von Schmerz wäre. Nicht jedenfalls Schmerzlosigkeit, was bloß die Abwesenheit von Schmerz bedeutet. Eher etwas wie Lust am Schmerz.

eroberung dazu benutzte, Frauen anzufassen. Dazu war er selbst viel zu gebrochen. Nein, es ging darum, die Schönheit und Würde eines Rings herzustellen, diese künstlerisch-menschliche Umsetzung jener geometrischen Figur, die wir den Kreis nennen.

Auf diese Weise trafen für einen Augenblick auch ihre drei Köpfe in der Mitte zusammen und bildeten, so gesehen, das Schmuckelement im Zentrum des Rings – dessen Krönung.

Zwei dieser Menschen befanden sich im Zustand der Erkenntnis größter Schuld und fatalen Scheiterns, einer aber im Bewusstsein kommenden Lebens. Und doch spürten sie ihre unheimliche Verbundenheit, wie Figuren in einem Roman, die begriffen haben, Figuren in einem Roman zu sein, und damit – gleich, wer ihre leiblichen Eltern in diesem Roman sind – aus der Feder ein und desselben Schöpfers oder ein und derselben Schöpferin zu stammen.

Und dann ein zirrender Ruf.

Sie lösten ihre Köpfe, lösten ihre Arme und sahen nach oben. Dorthin, von wo die Laute herkamen. Es war Sharp, dessen schwarzes Gefieder, seine ausgebreiteten, gespreizten Flügel, sein Gleiten auf den Strömungen der Luft noch weit stärker den Eindruck schufen, er stamme aus derselben Feder wie sie selbst. Resultat zu Papier gebrachten »gefärbten Wassers« und einer künstlerischen Idee.

Tusche!

Es war ziemlich kalligrafisch, was Sharp da oben aufführte, diverse Formen und Figuren in die Luft setzend und dabei seine Rufe ausstoßend.

Die drei auf dem Gipfel winkten ihm zu.

Sharp segelte nach unten und landete auf der Spitze des Gipfelkreuzes.

Katharina griff in ihren Rucksack, holte ein kleines Fläschchen und drei ineinandergestellte Becher heraus, verteilte die Gefäße und schenkte ein. Den obligaten Zirbenschnaps aus der Schutzhütte.

Es wäre übertrieben gewesen, zu sagen, *alle* drei seien Alkoholiker. Aber Alkohol hatte schon eine gewisse Rolle gespielt in ihren

Geschichten. Robert war schwer betrunken gewesen, als er seinen Mercedes in die Kurve gelenkt hatte, natürlich, Katharina auch nicht ganz nüchtern, als ein griechisches Schiff namens *Elisabet* sich ins Meer hinuntergebeugt hatte. Und Linda? Nun, ohne jenes Quantum, welches sie an diesem Innsbrucker Meteorologie-Abend zu sich genommen hatte, wäre sie wohl nicht mit jenem Vortragenden aus Leipzig aufs Zimmer gegangen.

Wie auch immer, man stieß an. Linda machte in der Folge noch einige Fotografien, denn der Blick war großartig, man sah bis hinüber zu den beiden berühmten Seen, auch die markante Gestalt eines der Lieblingsberge der Österreicher war erkennbar, sogar die Erhebungen im äußersten Südosten Oberbayerns. Alles blitzblank und fotofreudig. So entstanden Bilder, die Linda diesmal aber nicht bei Instagram einstellen würde, sondern nur bei sich selbst. Dann begann der Abstieg.

Und eigentlich … ja, eigentlich hatte Linda vorgehabt, sich an diesem höchsten Punkt von Katharina und Robert zu verabschieden, den Hang seitlich des Grats abzufahren und in der Folge über eine Latschengasse, vorbei an einer *Grube*, die so hieß wie der Berg – und die so aussah, als hätte der Berg hier seine Mütze verloren –, den Weg zur südlichen Abfahrt zu nehmen, also nicht wieder zur Bergstation zurückzukehren, vielmehr direkt hinunter ins Tal zu fahren.

So der Plan.

Aber etwas hielt sie zurück.

Was denn?

Das Kind in ihr, dessen sie sich so überdeutlich bewusst geworden war? Oder doch die Aussicht, noch ein paar Tage in den Genuss von Roberts Schneemann- und Abendessenkünsten zu kommen? Oder weil sie wissen wollte, wie *Selbstporträt eines lächelnden Mannes auf der Spitze des Berges* ausgehen würde? Oder weil sie mit der Lawine unten beim *Bücherberg* noch nicht abgeschlossen hatte?

Was auch immer es war, es setzte sich durch. Linda erbat sich ein paar weitere Tage.

»Letztlich haben Sie Zeit bis nach Weihnachten«, meinte

Katharina, bevor dann die Schutzhütte wieder für Gäste geöffnet sei. Und die ganze Gegend um die Hütte erneut zur Fußgängerzone werde.

Sie würden also zu dritt bleiben. Beziehungsweise zu viert.

Zwar fuhr Linda nun in gekonnten Schwüngen den steilen Hang abwärts, bog dann aber in den zur Schutzhütte führenden Weg ein und wartete an der Abzweigung auf Katharina und Robert.

Gemeinsam glitten sie hinüber zu ihrem Domizil.

Weiterhin schien die Sonne, war der Himmel wolkenlos blau, und doch konnte man riechen, dass sich das bald ändern würde. Schnee war im Anflug. Gewissermaßen noch weit hinter der Ecke verborgen. Aber sein eigener Geruch – metallisch, allerdings frisches Metall, soweit man Metall frisch nennen konnte – eilte ihm voraus.

7

Und er kam dann wirklich, der Schnee. Zunächst ruhig und flockig, so wie in diesen Coffeeshop-Bookstore-Ambience-Videos mit »Relaxing Jazz Music«, wenn man durch die hohen Scheiben einer Café-Bar sieht, wie da dicke Flocken sanft und gesellig in einer Dauerschleife sich auf irgendeine New Yorker Straße niederlassen. *Snow Jazz!*

Jazz wurde allerdings nicht gespielt im Gastraum der Schutzhütte, in dem Katharina und Linda zusammensaßen und sich unterhielten. Und sich dabei wirklich näherkamen, derart, dass Linda von ihrer erahnten Schwangerschaft sprach. Und wie sehr ihr dies in dieser dunklen Wolke stehend bewusst geworden war.

Katharina deutete an, dass auch ihr … sie sagte es wirklich so, die Wolke habe ihr die Augen geöffnet.

»Nur, dass es bei mir nicht die Erkenntnis war, ein Leben auf die Welt zu bringen, sondern eines genommen zu haben.«

Genauer wurde sie nicht und sagte auch nicht, sie sei eine Mörderin. Aber schuldig, das schon. Während Robert, der drüben in der Küche stand, durchaus der Begriff des Mords durch den Kopf ging, wenn er daran dachte, was er getan hatte, indem er betrunken und schlaftrunken und selbstherrlich diesen Wagen gesteuert und Kerstin in den Tod chauffiert hatte.

Er stützte sich gegen den großen Herd. Gedankenverloren und auch sonst verloren. Ihm fiel nun wieder ein, wie das gewesen war, wenn er für seine drei Töchter gekocht hatte. Die Erinnerung stieg auf, gleich dem Dampf aus dem Kochtopf, über den er sein Gesicht hielt und der kleine Wasserperlen auf seine Stirn legte.

Man konnte wirklich sagen, dass das Kochen das war, was er für die drei am liebsten getan hatte. Er hatte sie von klein an stets auf die fürsorglichste Weise mit Speisen versorgt. Angefangen von den üblichen Spaghetti mit Nichts oder Spaghetti mit Tomatensoße – was man erstaunlicherweise auch besser oder schlechter machen kann, nämlich das *Nichts*, wie Miriam, die spätere Teilchenphysikerin, gerne betonte –, bis hin zu jenen elaborierten Gerichten, die notwendig wurden, als die drei Teenager beinahe gleichzeitig zum Veganismus konvertierten.

In allen anderen Bereichen konnte man eigentlich nicht gerade behaupten, dass Robert ein guter oder zumindest engagierter Vater gewesen war. Dazu war er viel zu sehr mit seiner aus dem Boxen erwachsenen Bildhauerei beschäftigt gewesen. Genauso wie seine geschiedene Frau, die »Cocteau unserer Tage«, die zumeist in Frankreich und England und später auch in Hollywood ihre Filme gedreht hatte (Tina sagte einmal, es sei ihr ein Rätsel, wann und wie ihre Mutter es hinbekommen habe, drei Kinder in die Welt zu setzen, wo sie doch zur selben Zeit auch drei Filme gedreht habe). Sodass die Mädchen ständig von Au-pairs und ihren Großeltern mütterlicherseits umgeben gewesen waren und nur wenig von ihren in der Welt der Kunst viel beschäftigten Eltern gehabt hatten. Von denen zum Beispiel kein Einziger je einen Elternabend besucht hatte und auch nicht in der Schule gewesen war, als Kerstin im Zuge einer Auseinandersetzung mit einem um einen Kopf größeren Jungen diesem ein paar Zähne ausgeschlagen hatte. Da hatten sich die Eltern von einer Anwältin vertreten lassen. Eine gute Anwältin, die nachweisen konnte, dass der Junge ein gefährlicher Psychopath war und ein paar verlorene Zähne wirklich nicht das Problem waren, sondern eher die Amoklauf-Ankündigungen, die der gute Bub unter einem Pseudonym ins Netz gestellt hatte.

Nein, Robert wurde jetzt mit einiger Bitterkeit und stärker werdender Deutlichkeit – der sich verfestigende Wasserdampf – bewusst, dass er sehr viel mehr mit seinen Figuren aus Mehl und Honig beschäftigt gewesen war als mit seinen Töchtern aus Fleisch und Blut. Und doch hatte er eben mehrmals in der Woche – wenn er nicht gerade bei einer Vernissage in Köln, New York, Paris oder Tokio gewesen war oder als Leiter seiner Meisterklasse noch Arbeit gehabt hatte – ein wunderbares Abendessen für sein »Dreimäderlhaus«, später dann »Dreifrauenhaus« zubereitet.

Die Töchter waren zwar nach der Scheidung der Eltern bei ihrer Mutter geblieben, aber die Mutter war ja die meiste Zeit unterwegs gewesen, sodass es nie ein Problem bedeutet hatte, wenn Robert in schöner Regelmäßigkeit abends vorbeikam, um in der großen Küche zu kochen, oft assistiert von Monas Mutter, die ebenfalls im Haus lebte und die – man könnte sagen, sehr im Unterschied zu ihrer Tochter Mona – ihren Schwiegersohn lebenslänglich liebte. Vielleicht auch nur wegen dessen *Frauen aus Honig*, die sie sehr bewunderte. Sie war nicht wenig stolz darauf, für eine dieser Skulpturen Modell gestanden zu haben. Jedenfalls war sie ihm sehr viel mehr zugetan als Roberts eigene Eltern, die ihm niemals seine Zeit als Boxer verzeihen konnten. Die ihm eigentlich überhaupt nichts verzeihen konnten. Um es ganz hart auszudrücken: überhaupt auf die Welt gekommen zu sein.

Das war er aber und stand da also in der Küche und dachte daran, wie sehr Kerstin Mayonnaise geliebt hatte, die selbst gemachte Mayonnaise des Vaters, die er ausnahmslos mit einem Schwingbesen verrührt hatte, niemals mit einem Stabmixer. Und genau das, hatte Kerstin behauptet, würde sie auch schmecken, nämlich das Handgerührte, oder wie sie so gerne sagte: das Handverführte.

Nein, er würde niemals wieder in seinem Leben Mayonnaise machen. Davon konnte sich Kerstin zwar nichts mehr kaufen, von einer solcher Geste, einem solchen Verzicht, schon gar nicht das verlorene Leben, und doch würde er sich daran halten. So, wie er sich daran halten würde, sich in irgendeiner Weise zu bestrafen. Er wusste nur noch nicht, wie, aber er würde es schon noch erkennen. Wobei es freilich das Mindeste war, zurück nach München zu gehen und sich der Polizei zu stellen. Als der Mann, der diesen schrecklichen Unfall verschuldet hatte.

Aber nicht gleich. Er wollte sich noch einige Tage geben. Hier auf diesem betrunkenen Berg. Zusammen mit diesen beiden Frauen.

Also machte er sich endlich an die Arbeit. Er würde ein Risotto zubereiten. Und dazu einen Tomatensalat. Ja, im Lagerraum fanden sich aus der kürzlichen Gemüselieferung auch noch frische Tomaten, die Robert zwar viel zu fest vorkamen – als trügen sie einen durchsichtigen Panzer oder einen Panzer von der gleichen Farbe ihrer Haut –, aber er schnitt sie sehr klein zu, um ihnen etwas die Festigkeit zu nehmen. Zudem entdeckte er auch tiefgekühltes Basilikum, das er auftaute und so fein hackte, wie noch nie Basilikum gehackt worden war. Robert schlief beim Hacken geradezu ein. Als er erwachte, war da bloß noch ein Brei, mehr etwas wie grüner Schlagobers oder passierter Spinat. Glücklicherweise hatte er noch etwas von den Basilikumblättern übrig und wiederholte die Arbeit, diesmal weniger schlaftrunken.

Schlaftrunken? Das Wort hatte er doch schon einmal gedacht, oder?

Er griff jetzt nach dem Glas Weißwein, das er sich eingeschenkt hatte, und tat einen großen Schluck.

Mit dem Trinken aufhören! Wäre das nicht die richtige und vor allem passende Strafe gewesen? Angesichts des eigentlichen Grunds für diesen Unfall, der Kerstin das Leben gekostet hatte.

Ja, es wäre ganz sicher die richtige Strafe gewesen. Doch als er jetzt den Weißwein in den Risottoreis goss, goss er etwas von dem Wein auch in sein zwischenzeitlich leeres Glas.

Es war wie so oft bei einem Trinker, auch wenn er nur ein Abendtrinker war, dass er nämlich lieber sein Vermögen, seine Seele, ja, sogar sein Leben geopfert hätte, in die kalte Isar oder die kalte Salzach gesprungen wäre, um einen Hund zu retten, oder auch nur ein Kaninchen oder wen oder was auch immer, zu jeglicher Sühneleistung bereit gewesen wäre, aber ganz sicher nicht zu der, die Sauferei aufzugeben. Auch wenn er dafür tausend Ausreden bemühen musste.

So trank er also weiter, während er das Risotto fertig kochte und die Marinade über die Tomaten goss, damit sich auch die ein wenig ansaufen konnten.

Als man dann später beim Essen saß, erwies sich Linda – die am Tag zuvor noch wegen ihres Dünne-Mädchen-kauen-ewig-an-einem-einzigen-Bissen-Theaters aufgefallen war – als vollkommen verwandelt. Nicht nur lobte sie das Risotto überschwänglich, sondern aß mit großer Lust, schaufelte ihre Portion in sich hinein und erbat sich eine zweite. Offensichtlich hatte die Einsicht in die eigene Schwangerschaft ihren Appetit zauberhafterweise beflügelt, also nicht nur, weil es unvernünftig gewesen wäre, sich als werdende Mutter weiterhin wie ein Küken zu ernähren, sondern aus echter Begeisterung für die Kunst des Essens. Sie musste sich nicht zwingen.

Zwingen musste sie sich hingegen, auf den abschließenden Zirbenschnaps zu verzichten. Wie auch auf den Cognac, der eingeschenkt wurde, nachdem man hinüber in den *Bücherberg* gewechselt war. Aber sie blieb dabei. Alkohol war gestern. Sie tat, was Robert hätte tun müssen.

Während Robert eine kleine Passage aus Simon Schindlers Roman las, die dem Abstieg vom Berg und der Rückkehr der Fotografin und des Priesters ins Dorf gewidmet war, änderte draußen vor der Buchhandlung der Schnee sein Tempo. Um bei dem Beispiel von zuvor zu bleiben, also dem ruhigen Absinken des Schnees im Coffeeshop-Bookstore-Stil, konnte man nun sagen, der Jazz war ein anderer geworden. Nicht das sanfte Streichen einer Hintergrundmusik, sondern ein heftiger Big-Band-Sound, der durchaus auch experimentell und schräg sein konnte. Und der mit der Zeit derart wild wurde, dass Linda, als es kurz nach elf war und sie eigentlich geplant hatte, in die Schutzhütte zurückzukehren, in Katharinas Laden blieb. Nicht nur, weil sie den Weg hinüber zur Hütte scheute, sondern auch, weil sie einfach nicht alleine bleiben wollte. Und das ihr, der Lawinenexpertin! Einer Frau, die bereits mehrfach in Biwaks übernachtet hatte, die an senkrechten Felswänden herunterhingen. Und die in Schneehöhlen und Schneegräben geschlafen hatte und in ihrem Leben deutlich öfters alleine gewesen war als mit anderen zusammen.

Hatte das mit dem Kind zu tun, das in ihrem Körper wuchs? Lilli! Immerhin der Name einer Frau, für die Furcht wohl kein Thema gewesen war.

Und doch. Linda blieb. Und Katharina fand das auch gut und

richtig so und sagte ihr: »In meinem Bett ist Platz für zwei. Allerdings … ich schnarche, habe ich mir sagen lassen.«

»Ich glaube, Schwangere schnarchen auch«, meinte Linda.

»Ja, aber erst ab dem sechsten Monat.«

»Habe ich was versäumt?«, fragte Robert, der sich nicht auskannte.

Es war Katharina, die ihm mitteilte, was er versäumt hatte.

»Was für eine schöne Nachricht«, sagte er. Aber da war auch gleich wieder ein großer Schmerz in ihm.

Leben und Sterben.

Jedenfalls meinte Linda, sie sei sehr froh um die Möglichkeit, sich bald ins Bett legen zu können.

Das Bett im hinteren Raum, das in der Tat mehr als eine Frau beherbergen konnte, auch wenn man sich derzeit an einigen Bücherstößen vorbeiwinden musste.

Vorher aber verließ Linda doch noch den Laden, allerdings nur für den sehr kurzen Weg hoch zum frei stehenden Toilettenhäuschen. Der Wind, der jetzt ein Sturm war, schlug ihr die Flocken wie Sand ins Gesicht. Sie musste froh sein, dass dieses Häuschen auch bei Minusgraden einen wetterfesten, erstaunlich warmen Unterschlupf bot. Darin sie nun saß, auch sie mit einer Stirnlampe ausgerüstet, und auch sie …

Eigentlich hatte Robert das Zeitgeist-Journal, in dem über ihn berichtet wurde, in die Mitte des Stapels gefügt. Nun aber lag es mysteriöserweise erneut obenauf. Linda griff nach dem hochglänzenden Magazin und blätterte darin, wie man das eben tut, wenn man beim Arzt, beim Friseur oder auf der Toilette sitzt.

Und dann sah sie ihn. Robert mit Smoking und Fliege, dahinter seine drei Töchter, zudem jener ehemalige deutsche Bundeskanzler, der nicht aufhören konnte, sich ins Bewusstsein der Menschen zu spielen.

Sie hatte ihn gleich erkannt: Robert. Nur, dass er hier auf diesem Foto nicht Robert hieß, sondern Max. Max R. Lipinski. Der Bildhauer. Der mehrfach ausgezeichnete Bildhauer, wie sie in dem Bericht lesen konnte, immerhin Träger des Maximiliansordens, von dem sie aber noch nie etwas gehört hatte. Also, den Orden kannte sie schon, schließlich auch ein Wissenschaftsorden, nicht aber den Bildhauer. Die Kunst war ihr fremd. Immer schon gewesen. Unheimlich, weil überhaupt nicht berechenbar. Schlimmer als jedes Wetter.

Von den Skulpturen jedoch, die Robert aus dem Schnee geschlagen hatte, war sie doch recht angetan gewesen. Wie zuletzt auch von seinem Risotto. Was sich vielleicht alles mit ihrer … Klar, man konnte nicht für jegliches die eigene Schwangerschaft verantwortlich machen. Aber doch einiges.

Warum aber nannte er sich Robert, wenn er Max hieß? Das R.?

Sollte sie ihn fragen? Sollte sie Katharina fragen?

Mal sehen.

Sie blätterte noch ein wenig in dem Magazin, in dem man kaum die Werbung von den Artikeln unterscheiden konnte, beendete ihre Sitzung und kehrte zurück in den Buchladen, wo Katharina und Robert vor dem Kamin saßen und sich über jenen Priester unterhielten, der lange vor ihnen diesen Berg erstiegen hatte. Und der zwar nicht von einer bewusstseinsfördernden Wolke berichtet hatte, aber doch von der tiefen Einsicht in die Wahrheit, die einem mitunter die Natur und mit ihr das allgegenwärtige Wetter bescheren konnte.

Es reizte Linda jetzt doch zu sehr. Sie stellte sich vor Robert hin und sagte: »Sie sind dieser Bildhauer, nicht wahr, Max R. Lipinski. Ich hatte gerade in einem Magazin geblättert, und da sehe ich Sie plötzlich. Es stimmt doch, oder?«

»Ja. Das bin ich«, sagte er, wie man sagt: Köpft mich endlich!

»Und wieso dann der Name Robert?«, fragte Linda. »Wobei ich Robert fast so schön finde wie Max. Steht das R dafür?«

»Nein, das war meine Idee«, sagte Katharina. »Ich vergebe gerne Namen.«

»Ja, aber wieso?«

»Ich habe ihn oben auf dem Berg entdeckt«, erklärte Katharina trocken. »Einen Mann ohne Erinnerung und also auch ohne Namen.«

Katharina beschrieb, wie sie Robert gefunden hatte, in dünner Kleidung, bewusstlos, genau an der Stelle, wo sie später auch auf eine verunglückte Alpendohle stieß, die dann selbstverständlich ebenfalls einen Namen bekam.

»Katharina hat mich gerettet«, sagte Robert, »damit ich mich erinnern kann. Damit ich nicht davonlaufen kann vor der Wahrheit.«

Es sei an der Zeit, sagte er. Endlich. Und erzählte, wie ihn heute, in dieser Wolke stehend, die Geschichte eingeholt habe. Wie alles zurückgekommen sei, der Unfall, der Tod seiner Tochter, seine Flucht, seine Verdrängung, sein Versuch zu sterben, und wie Katharina dies vereitelt hatte.

Ja, wäre nicht Katharina gewesen.

»Ach, diese Wolke!«, sagte sie und meinte, dass ihr praktisch das Gleiche zugestoßen sei. Wie auch über sie die Vergangenheit gekommen war. Und wie sie hatte einsehen müssen, der entscheidenden Geschichte in ihrem Leben einen falschen Anstrich gegeben zu haben. Wie oben am Berg diese so überraschend aufgezogene Wolke die Macht besessen hatte, sie diesen falschen Anstrich erkennen zu lassen.

Prokyon!

Nachdem alles gesagt war, saßen die drei eine Weile einander still gegenüber. In gewisser Weise bildeten sie nun auch ohne Umarmung wieder eine geschlossene Ringform, nur dass diesmal weniger der Eindruck einer Schmückung als einer Verfinsterung vorlag, einer Eklipse, einer Sonnenfinsternis. Wozu freilich auch das Leuchten einer Korona gehört. Und dieses Leuchten war dem Umstand zu verdanken, dass keine Lüge mehr im Raum stand. Dass bei allem Schmerz ein Akt der Befreiung von jenem falschen Anstrich stattgefunden hatte.

Dies verlieh den Geschehnissen einen Sinn. Sich auf diesem Berg begegnet zu sein.

Dass nun aber in dieser Wolke nicht nur die Erkenntnis großer Schuld, sondern auch die Erkenntnis einer kommenden Geburt zutage gefördert worden war ... nun, das verwies auf jenen speziellen Effekt bei einer Sonnenfinsternis, wenn kurz vor und kurz nach der Verdunkelung es geschieht, dass die Sonne gerade noch durch ein Mondtal hindurchleuchtet und den Eindruck schafft, hier erstrahle ein Diamant.

Also doch noch eine Schmückung.

Ein kommendes Kind als *a real girl's best friend*.

Katharina und Linda verließen zusammen den Raum, um nach hinten zu gehen und sich ins Bett zu legen. Robert schlüpfte aus seinem Norwegerpullover und seiner Hose, griff nach seiner Wolldecke und deckte sich zu, während er zurück in die Tiefe des Lesesessels glitt, in dem gewiss schon ein paar Hundert Leute gesessen hatten.

Für einen Moment, so zwischen Wachsein und Schlaf, meinte er, all diese Menschen zu spüren. Und dazu auch noch die Menschen in den Büchern, über die jene, die hier gesessen hatten, gelesen hatten. Man kann sagen: Es fühlte sich an, wie wenn zwei Völker eins werden. Das Volk der Lesenden und das Volk der Erfundenen.

8

Diesmal erwachte Robert nicht von selbst so zeitig, sondern von dem Gehämmere an der großen Panoramascheibe, dort, wo die Dolomiten standen. Wobei es die ganze Nacht unruhig gewesen war, derart hatte der Sturm gegen das Gebäude des *Bücherbergs* getrommelt. Und hatte sich gegen Morgen hin auch nicht beruhigt. Aber der Klang, der Robert jetzt weckte, war heftiger, dringender, punktueller. Er stand auf, ging zur Scheibe, konnte aber im Dunkel nichts erkennen. Doch er ahnte bereits, von wem diese *pickenden* Schläge stammten.

»Ah ja«, sagte er, »sind wir also doch nicht ganz so winterfest wie gedacht.«

Dann öffnete er die Ladentüre. Es trieb den Wind und den Schnee herein. Und mit den beiden wurde auch Sharp ins Innere geweht, fing sich aber in der Mitte des Raums, der glücklicherweise recht hoch war, vollzog eine kleine Flugkunstfigur, die man vielleicht *Scharfer Looping* nennen konnte, und landete schließlich in jener Schachtel, die sein Krankenbett gewesen war und die sich noch immer auf der Verkaufstheke zwischen einem neuen Buch von Bernadette McDonald und einem alten Buch von Thomas Bubendorfer befand. Und in der Sharp nun aufrecht stand und mit einem verlangenden Blick seinen Kopf nach beiden Seiten neigte.

»In Ordnung«, sagte Robert, holte aus einem Regal eine verschlossene Tupperware, darin sich die Körner-Fett-Mixtur befand, und strich einen kleinen Knödel heraus, den er dann in eine Ecke von Sharps Karton drückte. Und natürlich an die Fettecken von Joseph Beuys denken musste, die ja schon mal für etwas anderes als Kunst gehalten wurden. Wobei auch er selbst einst mit Fett gearbeitet und eine Serie *dünner Männer* geschaffen hatte.

Somit war das hier eine Meixner-Ecke, in die Sharp seinen Schnabel bohrte.

Währenddessen bereitete sich Robert auf den neuen Tag vor. Es würde heute wesentlich schwieriger sein, seine Arbeit an den »Schneemännern« fortzusetzen. Und doch war er wild entschlossen, genau dies zu tun. Dem Wetter zu trotzen und zugleich diesem Wetter ein Denkmal zu setzen. Denn was er vorhatte, war, ein Porträt jener Wolke zu schaffen, die ihn und Linda und Katharina am Vortag eingeschlossen und zur Einsicht in das verholfen hatte, was wirklich geschehen war.

Also schlüpfte er in seinen Norwegerpullover, in seine Skihose, in seinen rot-weiß-roten Anorak mit der rückseitigen Aufschrift *All Austrians are Geniuses*, stieg in seine schweren Stiefel und öffnete die Ladentüre. Sharp duckte sich, als fürchtete er, von einem Windstoß erwischt zu werden, während er so hübsche Löcher in die Fettecke bohrte.

Es war wirklich höllisch, wie heftig der Sturm ging. Robert musste sich seine Skibrille vors Gesicht schieben, derart trieb es ihm den Schnee in die Augen. Dadurch wurde die Nacht aber nicht gerade heller. Immerhin funktionierte die Stirnleuchte und warf einen leuchtenden Kegel in das Tohuwabohu dieses wilden Morgens.

Robert griff nach der Schaufel und begab sich hinüber zu der Stelle, wo er seinen *Betrunkenen Berg* errichtet hatte. Welcher nun um einiges schiefer stand, seitlich gekippt war, sich allerdings nicht zur Lawine gewandelt hatte, Berg geblieben war, nur ein wenig betrunkener als noch am Vortag.

Seitlich des Berges begann Robert einen neuen Block zusammenzuschaufeln, diesmal wieder einen länglichen Kubus, so wie im Falle der überlebensgroßen Alpendohle. Die ja etwas weiter hinten stand und deren Zustand Robert durch das Schneetreiben hindurch nicht erkennen konnte.

Es war jetzt wieder so viel Wut in ihm, während er hier mit der Schaufel gegen den Block schlug, ihn zu einem Stück Marmorabbruch formte, um dann genau in diese Form einzudringen und die Wolke herauszuschälen.

War Wut der eigentliche Antrieb für seine Kunst, für sein Formungsbedürfnis? Nun, zumindest unter diesen Wetterbedingungen schien sie ein probates Mittel, um nicht aufzugeben.

Aber war es auch Wut gewesen, die etwa zu seinen doch eher zarten, transparenten *Frauen aus Honig* geführt hatte?

War es immer Wut?

Er kämpfte also gegen die harten Bedingungen, während er hier Stück für Stück aus dem Schneeblock schaufelte, grub, bohrte und sich somit der Gestalt einer Wolke annäherte, wobei es das Schneetreiben und die Dunkelheit mit sich brachten, dass Robert praktisch blind arbeiten musste. Aber das war ohnehin etwas, was ihm gefiel. Das Handicap. Auch wenn es eitel und vermessen war, das eigene Genie auf solch einschränkende Weise herauszufordern. Sich blind zu stellen, um zu malen. Sich taub zu stellen, um Musik zu machen. Sich naiv zu geben, um einen politischen Essay zu verfassen.

Aber gut, hier und jetzt konnte er gar nicht anders. Und die Wut trieb ihn an, tiefer in den Block hinein, näher an die Wolke.

Als es dann nach und nach heller wurde, wurde auch der Sturm schwächer und kam schließlich für einen Moment ganz zum Erliegen, sodass die Flocken wieder sanft zur Erde sanken. Und auch der echte Gipfel wurde für einen Moment sichtbar, allerdings ohne das Karottenrot einer aufgehenden Sonne. Die Sonne würde sich so schnell nicht mehr zeigen.

Linda und Katharina kamen eben aus dem Laden. Sharp nutzte die Pause, die sich der Sturm nahm, und flog hinter den beiden durch die geöffnete Türe.

Linda hatte bereits ihr Smartphone angehoben, um Roberts Wolke zu fotografieren.

»Einen kleinen Moment noch«, bat Robert, um an einigen Stellen über die Wölbungen der Konstruktion zu streichen, letzten Schnee wegzunehmen, letzten Schnee hinzuzufügen und mit dem Finger die Ritzen nachzuziehen. Und das alles diesmal mit bloßen, handschuhlosen Händen. Er musste den Schnee schon spüren. Auch wenn es wehtat.

Dann war das Ding fertig. Und sowohl Linda als auch Katharina erkannten, was es war. Also nicht nur irgendeine Wolke, sondern *die* Wolke. Einerseits wegen der Form, vor allem aber, weil es Robert gelungen war, die Dunkelheit der gestrigen Wolke nachzustellen. Dafür hatte er sich der Asche bedient, die er aus dem erloschenen Kamin geholt und in die oberste Schneeschicht eingearbeitet hatte.

»Das wird leider nicht allzu lange halten«, meinte er.

»Darum fotografiere ich es ja«, sagte Linda und begann, das Objekt von allen Seiten und aus den verschiedensten Positionen aufzunehmen.

Währenddessen stand Katharina daneben, die Arme verschränkt. In einer Hand hielt sie eine Teeschale, aus der eine Wolke von Wasserdampf hochstieg. Ein kleiner Windstoß brachte es mit sich, dass diese Tee-Wolke für einen Augenblick die Gestalt von Roberts Schnee-Wolke annahm.

Das war natürlich Einbildung, wie hier die Natur in Form des Dampfes von grünem Tee eine künstlerische Schnee-Wolke imitierte, im Zuge der Lichtverhältnisse sogar farblich. Doch Linda hatte Glück, dass sie die Kamera ihres Smartphones genau in diese Richtung hielt und abdrückte und auf diese Weise die »Einbildung« auf ein Foto bannte.

Dann aber auch vorschlug, ein Selfie zu machen. Von ihnen drei. Vor dem Hintergrund des Schneebergs. »Auch wenn Sie beide Selfies nicht mögen.«

»Aber nein, ich liebe Selfies«, sagte Katharina. Es klang total nach Lüge. Faktum jedoch war, dass sie sich in die Position begab, die ihr Linda zuwies.

Und Robert? Nun, er konnte nicht gerade behaupten, in seinem Leben kamerascheu gewesen zu sein. Eher schien es, als hätte er keine Möglichkeit ausgelassen, um vor eine Kamera zu geraten, mit oder ohne Honigfrauen.

Also stellte er sich hinter Katharina und Linda, die Schulter an Schulter standen, während er nun mit seinem breiten Brustkorb gegen das linke Schulterblatt der einen und das rechte der anderen drückte. Ganz leicht nur, natürlich, aber fest genug, um sich auch durch die viele, dicke Kleidung eine Vorstellung von den Schulterblättern der beiden machen zu können, der älteren wie der jüngeren Frau. So, wie umgekehrt die beiden Frauen sich eine Vorstellung von seiner Brust machen konnten, dieser Boxer- und Bildhauerbrust.

So standen sie. Erneut zum Ring verbunden.

Klick!

Ein Foto nur. Denn dieses eine war perfekt. Keiner hatte seine Augen geschlossen, keiner wirkte fremd, kein Gesicht war verzogen gewesen, aber ebenso wenig hatte einer von ihnen eine lächerliche Pose eingenommen. Wenn hier etwas an eine Fälschung erinnerte, dann nur die Wolke im Hintergrund, die wie echt aussah. Aber das war ja in Ordnung.

Kein weiteres Foto also. Sie kehrten zurück in den Laden, wo erst einmal der Kamin angefeuert wurde und es in der Folge Kaffee gab. Danach gingen alle an ihre Arbeit, Robert an seine Regalarbeit, Katharina musste für die Buchhaltung etwas tun, und Linda begab sich hinüber in die Schutzhütte, um mittels Satellitentelefon mit ihrem Vorgesetzten zu sprechen und ihre verspätete Rückkehr zu begründen. Die sich weiter verspäten würde, denn der Schneesturm hatte nur kurz pausiert, rasch noch einmal durchgeatmet und war nun ungleich stärker zurückgekehrt. Was wohl auch der Grund war, dass sich kein Kontakt hinunter ins Tal oder gar hinüber in die Bundeshauptstadt herstellen ließ, weder über das Satellitentelefon noch über Funk, auch nicht mittels der Außenantenne, die die Signale der Mobilfunkstationen der Umgebung verstärkte. Da gab es offensichtlich derzeit nichts zu verstärken. Der Sturm war drauf und dran, Buchladen und Schutzhütte von der Umwelt abzuschneiden.

Aber im Grunde war das Linda ganz recht. Sie hatte ja Zeit. Sie lächelte bei dem Gedanken, praktisch noch etwas über acht Monate Zeit zu haben, um pünktlich von diesem Berg herunterzukommen.

Auf eine unwirkliche Weise hatte dieser Sturm auch etwas Heimeliges.

Linda machte es sich gemütlich im Gastraum der Schutzhütte und bereitete sich ein kleines Frühstück – denn dass die anderen nicht richtig frühstückten, hielt sie plötzlich für unsinnig und ungesund und konnte gar nicht verstehen, was sie selbst so lange davon abgehalten hatte. Und während sie nun ein dick mit Butter bestrichenes, am Vorabend von Robert aufgetautes Brot verspeiste, besser gesagt, mehrere davon, und die Butter von Mal zu Mal dicker wurde – Butter war okay, weil nicht aus Rohmilch, sondern aus Rahm –, arbeitete sie daneben an ihrer Studie über Lawinen, und zwar an einem Lawinen-Mythos, der sogenannten Kugel-Theorie.

Obgleich diese Theorie von vielen abgelehnt wurde, etwa auch von einem bekannten österreichischen »Wetterpapst«, fungierte Linda gewissermaßen als Gegenpäpstin und forschte nach derartigen Ereignissen: wenn nämlich große Staublawinen den Endpunkt gegenüberliegender Hänge erreichten und von dort als Rolle, als Ballen oder eben als Kugel wieder zurückkamen. Und man sagen konnte, hier habe sich diese ikonische Darstellung der Lawine in Zeichentrickfilmen bewahrheitet.

Linda blieb bis in den Nachmittag hinein an ihrem Platz, stand nur hin und wieder auf, um sich ein weiteres Brot zu schmieren und sich eine Dosensuppe warm zu machen, die so gut war, dass es auch noch eine zweite sein durfte. Und dachte nicht ohne Vergnügen, dass sie nun auch an sich selbst ihre Kugel-Theorie würde untersuchen können.

Es begann schon dunkel zu werden, als Linda hinüber in den *Bücherberg* ging, wobei sie sich gegen den Wind stemmen musste. Dabei kam sie an Roberts porträtierter Wolke vorbei, die sich aber im Laufe des Tages stark verändert hatte. Es hatte die Asche weggeweht und sich ein neuer, weißer Belag festgesetzt. Zu der Seite hin, von welcher der Wind kam, war eine Grube entstanden, eine tiefe Einbuchtung, die so aussah, als handle es sich um den Abdruck einer riesigen Faust.

Ein Anblick, der sie frösteln ließ.

Sie ging rasch weiter, vernahm aus der Ferne noch einen gedämpften Ruf, der wohl von Sharp stammte und sich anhörte wie »zerkochte zaudernde Zikade!«, und betrat schließlich den Bücherladen.

Es war wie mit Schiffen und Flugzeugen. Je kleiner sie waren, desto stärker spürte man die hohen Wellen und Turbulenzen. Was bedeutete, dass man im *Bücherberg* den Sturm als ungleich stärker empfand als drüben in der stark ummauerten Schutzhütte. Es hatte etwas Kratzendes und Beißendes, dabei war die Buchhandlung nicht etwa aus Pappe oder Sperrholz, sondern genauso massiv gebaut wie die Schutzhütte. Aber es war in gewisser Weise ... wie heißt das bei Menschen? Näher am Wasser gebaut sein? Dieser Buchladen war halt näher am Schnee und am Sturm gebaut.

Es war halb sechs, draußen wieder Nacht, der Sturm ausdauernd, der Kontakt zur Außenwelt abgebrochen. Dafür war das Bücherregal, das die Gestalt des Bergs wiedergab (wenn auch nicht die des betrunkenen), fast fertig. Robert legte das Werkzeug zur Seite und machte sich auf den Weg hinüber zur Schutzhütte, um das allabendliche Mahl vorzubereiten.

»Und sparen Sie nicht bei der Menge«, rief ihm Linda nach, die mit Katharina am Ende der bumerangartig geformten Verkaufstheke saß und dabei half, eine alte Gebirgskarte, die Katharina bei einem Trödler unten im Dorf entdeckt hatte, zu reinigen, sie zu glätten und auf einem Stück Japanpapier zu stabilisieren. Und auch dazu beitrug, die handschriftlichen Notate darauf zu entziffern, bei denen es sich einerseits um eine simple Lebensmittelliste zu handeln schien, aber auch um ein Gedicht von Peter Rosegger.

Wobei Katharina behauptete, die Handschrift besitze tatsächlich Ähnlichkeit mit jener des österreichischen Schriftstellers. Linda gestand, sie habe nie etwas von Rosegger gehört, bevor sie begonnen hatte, sich mit Lawinen zu beschäftigen und damit auch notwendigerweise mit der österreichischen Heimatliteratur.

»Was so klingt«, meinte Katharina, »als sei das quasi kausal, direkt von der Lawine zur österreichischen Literatur.«

»Möglicherweise«, meinte Linda nachdenklich. Und meinte, wäre sie fünfzig Jahre älter, hätte sie vielleicht mehr Ahnung von Rosegger.

»Witzig, dass Sie das sagen, weil von Rosegger stammt ja die

Aussage, dass, wenn man nach fünfzig Jahren noch wisse, wer er war, dies genügen würde. Dabei sind es jetzt schon mehr als hundert Jahre. – Aber Hand aufs Herz, hätte er nur dieses eine Gedicht geschrieben, *Ein Freund ging nach Amerika*, das wäre Grund genug, sich an ihn zu erinnern. Auch wenn er sonst einigen Schmonzes verfasst hat.«

»Können Sie es auswendig?«, fragte Linda, während sie vorsichtig an jener Stelle auf der Gebirgskarte einen Schmutzfleck entfernte, wo sich die Nordseite des Dachsteins befand.

»Ich glaube … Ich kann es versuchen«, sagte Katharina.

Sie holte etwas Luft, als sei das Gedicht eine Hürde. Aber sie kam nicht mehr dazu, es aufzusagen. Sie würde die Luft für etwas anderes benötigen.

9

Es war ein gewaltiger Knall, der gleichzeitig mit der Erschütterung kam. Und ein leichtes Aufbäumen, bevor es abwärtsging. Ja, bevor das ganze Haus, der ganze *Bücherberg* so unvermittelt wie ein aus dem Gleichgewicht geratener Turmspringer nach unten stürzte. Meter um Meter in die Tiefe hinab. Aber nicht etwa den Hang abwärts, der sich ja weit von der Hütte entfernt befand, sondern in den Boden hinein, in das Loch, das sich mit großer Plötzlichkeit aufgetan hatte. Wobei allerdings diese Plötzlichkeit einem langen, naturgegebenen Plan entsprach. Der daraus resultierte, dass die Winterschutzhütte, in die Katharina mit ihrem Buchladen eingezogen war, unwissentlich an einer Stelle errichtet worden war, unter der sich ein Hohlraum befand. Ein Hohlraum, der länger existierte als die Menschheit und länger als das Land Oberösterreich, ein Hohlraum im Gestein, der gewissermaßen über eines besonders verfügte: Geduld.

Millionen Jahre, die vergangen waren, nur, damit im Zuge mehrerer leichter Erschütterungen der Erde, die auch die eine Lawine vor zwei Tagen ausgelöst hatte, der Boden unter der Hütte endgültig nachgab. Nicht darum, weil die Hütte so schwer war, sondern die Umschichtungen im Erdreich zu einem alles entscheidenden Riss geführt hatten, einer Schwäche. Einer Schwäche, die wiederum im Zuge des Sturms einen letzten, entscheidenden Anstoß erhalten hatte.

Robert, der Boxer, hätte gesagt, dass, wenn einmal das eine Auge des Gegners geschlossen war, es bald auch das andere sein würde. Und dass bei aller Erschöpfung die Fäuste, anstatt sie schützend auf Kopfhöhe zu halten, auf Höhe der Hüften herunterbaumelten. Es somit keinen übermenschlichen Punch mehr brauchte, um einen Mann k. o. zu schlagen.

Und so hatte der Sturm nicht seine allerletzte Kraft benötigt, um gegen jene Kuppe zu drücken, auf der Katharinas Bücherladen stand. Und wäre dieser Bücherladen etwas leichter gewesen, es hätte nichts genützt, der Boden wäre so oder so kollabiert.

Katharina und Linda schossen in die Dunkelheit hinein, zusammen mit dem ganzen Haus und der ganzen herumwirbelnden Einrichtung. Ein Haus, das aber erstaunlicherweise nicht in sich zusammenfiel, sondern nach vielen Metern auf dem Grund des Hohlraums aufschlug. Das Fundament hielt. Die Wände mochten eingedrückt sein, aber sie brachen nicht durch.

Und dann kam der Schnee.

Katharina und Linda, die hart auf den Boden geprallt waren, sich aber mit der Geistesgegenwart des im Paarlauf verbundenen Menschen an den Händen gefasst hatten – Hände, die eben noch säubernd über eine alte Gebirgskarte gestrichen waren –, vernahmen das Grollen. Und wie mit diesem Grollen Massen von Schnee in das Loch stürzten, es füllten, auf das Dach des *Bücherbergs* drückten.

Wer auch immer dieses Dach gebaut hatte – vielleicht jemand, von dem der Anorak mit der Aufschrift *All Austrians are Geniuses* stammte –, er hatte jedenfalls gute Arbeit geleistet. Denn selbst dieses Dach hielt dem Druck stand. Es knackte im Gebälk, einiges brach, knickte, es rieselte Staub herab, es wölbte sich, die Scheibe der kleinen Firstverglasung zersplitterte, aber das Dach im Ganzen hielt. Noch hielt es.

Und so, konnte man sagen, war dieses Haus zum Hohlraum im Hohlraum geworden.

Darin zwei Frauen in vollkommener Dunkelheit. Noch immer die eine die andere haltend.

Es war jetzt vollkommene Stille eingekehrt. Eine beängstigende Stille. Es wäre so viel besser gewesen, hätte man den Sturm gehört, der eben noch gegen diese Wände gepoltert hatte.

»Sind Sie verletzt?«, fragte Katharina.

»Ich weiß nicht … mein Bein«, sagte Linda mit einer Stimme unterdrückten Schmerzes.

Licht sprang an.

Licht sprang an, so wie damals auf der *Elisabet*, als ein Mann namens Prokyon Katharinas Kabinentür geöffnet hatte.

Aber jetzt war es Katharina selbst, die diesen Lichtschein bewirkte. Sie hatte sich von Lindas Hand gelöst, sich vorsichtig aufgerichtet und in der vollkommenen Dunkelheit entlang der fest montierten Verkaufstheke getastet. Die als vielleicht einziger Gegenstand exakt dort stand, wo sie auch zuvor gestanden hatte, nur dass es die Rosegger-Gebirgskarte irgendwohin verweht hatte. Und wohl auch das Nest Sharps samt der flankierenden Bücher.

Katharina griff in die Lade und holte eine Taschenlampe hervor. Was wirklich gut war, für alle Objekte im Haus einen fixen Platz zu haben. Eine Tugend, die sich nicht erst in einer Lebensphase der Vergesslichkeit bezahlt machte.

Sie nahm sie heraus, drehte sie an und schwenkte den Lichtkegel durch den Raum, in dem nun alles kreuz und quer lag, die große Panoramascheibe in Scherben, dahinter ein gähnendes Dunkel. Auf Roberts roten Lesesessel war die schwere Beleuchtungsschiene gefallen und hätte ihn möglicherweise erschlagen, hätte er sich noch darin befunden.

Katharina stieg hinüber zu Linda und sah, dass deren Fuß unter einem Regal begraben war.

»Scheiße auch!«, sagte Linda, die nun erkannte, was mit ihrem Bein war.

Doch gemeinsam schafften sie es, das Regal wegzuschieben. Linda konnte ihren Fuß bewegen. Da war nichts gebrochen, aber dort an der Stelle ihrer Hose, wo der linke Oberschenkel war, gewahrte sie einen großen Blutfleck.

Linda griff sich an den Bauch und sagte mit bitterer Ironie: »Na ja, auf ein Bein kann man zur Not ja verzichten.«

»Das bisschen Blut bringt Sie nicht um. Das verarzten wir«, bestimmte Katharina und bahnte sich den Weg in den rückwärtigen Wohnraum.

Ein Glück, dass die beiden Frauen nicht darin gewesen waren. Der Bereich, wo das Bett stand, die kleine Küchenzeile, die Einfraudusche, das alles war vollkommen zerstört. Dort hatte das Haus dann doch nicht gehalten. Mehrere Felsbrocken waren eingedrungen. Tonnenschwer. Hätte Robert diese Brocken aus Schnee formen wollen, es hätte viel dunkler Asche gebraucht, um ihre Farbe nachzuempfinden.

Das Glück wollte es aber auch, dass der Verbandskasten sich gleich neben dem Durchgang zwischen Laden und Wohnraum befand, in jenem Abschnitt, der nicht betroffen war. Der Boden verlief nur ein wenig schräg, nach rechts hin, was Katharina wieder ein sinkendes Schiff in Erinnerung rief.

Sie riss den Notfallkoffer aus der Verankerung und kämpfte sich zurück zu Linda, die sich etwas aufgesetzt hatte, die Beine gestreckt hielt. Katharina schob das Hosenbein über das Knie und betrachtete die Wunde.

Dann drückte sie Linda die Taschenlampe in die Hand und begann damit, die offene Wunde – die nicht gerade klein war, aber glücklicherweise nicht sehr tief führte – zu desinfizieren. Und legte in der Folge einen Verband an. Das alles tat sie mit einem merkwürdigen Ausdruck von Gelassenheit. Wie jemand, der das alles schon einmal erlebt hatte und also um die Unausweichlichkeit eines bestimmten Ausgangs der Geschichte wusste. Und wie wenig es darum nützte, sich aufzuregen.

Oder sie besaß einfach nur viel kühles Blut. Das hatten ja eigentlich alle ihre Liebhaber zu ihr gesagt: »Du bist so kalt.« Auch ihr Regisseur-Ehemann und ihr Manager-Ehemann.

Sie war aber gerne kalt, sie hatte sich nie nach Wärme gesehnt.

»So, fertig!«, sagte sie. Und meinte dann: »Wenn wir das überleben, haben Sie wenigstens eine tolle Geschichte, die Sie Ihrem Kind einmal erzählen können. Umso mehr, als dieses Kind auf gewisse Weise schon dabei war, als es geschah.«

»Lilli. Sie wird Lilli heißen.«

»So sicher, dass es ein Mädchen wird?«

»Ganz sicher«, sagte Linda.

»Linda und Lilli«, meinte Katharina sinnierend, um dann mit erneut kalter, fester Stimme zu erklären: »Und jetzt schauen wir, dass wir hier rauskommen, bevor uns die Luft ausgeht.«

Dabei reichte sie Linda ihren Arm und zog sie hoch und meinte: »Hoffen wir, dass die Lawine Robert nicht erwischt hat.«

Linda entgegnete, dass es wohl keine Lawine war, die all dies verursacht hatte. Ihr war rasch bewusst geworden, dass sich ein gewaltiges Loch aufgetan und sie in einen Hohlraum gestürzt waren, möglicherweise in den Abschnitt eines Höhlensystems, und dass in der Folge Teile des darüberliegenden Hangs abgerutscht waren. Somit auch eine große Menge Schnee. Schnee, der nun schwer auf dem Dach lastete. Aber eben keine Lawine im üblichen Sinne.

Sie sagte, der ganze Berg sei in Bewegung geraten.

»Betrunken«, meinte Katharina, die ja um den Titel von Roberts Schneeskulptur wusste.

»Sehr betrunken«, bestätigte Linda.

Sodann arbeiteten sie sich durch das Chaos, sahen nach oben, das Dach prüfend. Die Frage war, wie lange es dem Druck von Geröll und Schnee widerstehen könnte, vor allem, wenn weiterer Schnee nachrutschte. Abgesehen davon, dass es oben wohl nicht zu schneien und stürmen aufgehört hatte. Dennoch wäre es eine Möglichkeit gewesen, sich durch das Dach zu arbeiten und sodann eine Röhre in den Schnee zu graben, die nach oben führte. Wenn einem vorher nicht die Luft ausging. Luft, die hier im Laden wenigstens einige Zeit reichen würde.

So lange, bis Hilfe kam.

Wessen Hilfe? Roberts Hilfe? Hilfe von unten aus dem Tal oder von drüben von der Bergstation? Wo man hoffentlich die seismischen Wellen registriert hatte, die dieser Einsturz und Hangrutsch verursacht hatten. Ganz sicher sogar. Aber wie lange würde es bei diesen Bedingungen dauern, bis jemand kam? Das war kein Wetter für Helikopter. Und das war kein Wetter für schweres Gerät.

Beide Frauen hatten ihre Smartphones bei sich. Aber die Handys waren unter der Masse von Schnee und Geröll gleichermaßen von der Welt abgeschnitten.

In der Schutzhütte, die hoffentlich noch stand und in der auch Robert hoffentlich noch stand, befand sich Lindas *ideale* Bergausrüstung, etwa ihr LVS-Gerät zur Ortung einer verschütteten Person, ihre Lawinensonde, ihr Lawinen-Airbag, ihre Thermodecken und ihr kleines Notizheft, das durchaus als eine Art von Talisman fungierte. Und ja, auch die beiden Dosen Sauerstoffspray. Ganz abgesehen von Seil, Klemmen, Eisgerät und Stirnlampe. – Toll! Stattdessen befand man sich in einem Raum mit Büchern.

Mein Gott, sie war ja nur auf einen Kaffee herübergekommen und geblieben, um eine verwunschene Rosegger-Karte zu restaurieren.

Da sich vor der Front des Hauses der Hohlraum auszudehnen schien, die stark verbogene Türe aber nicht zu öffnen war, stiegen sie durch den Rahmen der zersprungenen Panoramascheibe, die umgestürzten Dolomiten überwindend. So gelangten sie tatsächlich in einen Felsraum, der aber nach oben hin vollkommen geschlossen schien. Kein Licht drang ein. Auch führte er nicht weit. Kein Ausgang, nur winzige Löcher im massiven Gestein.

Linda kletterte im Schein von Katharinas Taschenlampe ein Stück die Felswand hoch, konnte aber auch weiter oben keine Lücke erkennen, keinen Schacht, der die Chance auf einen senkrechten Ausstieg ermöglicht hätte. Keinen Spalt, der zwischen dem erhaltenen und dem eingestürzten Teil geblieben wäre. Beziehungsweise waren diese Spalten mit herabgebrochenen Schneemassen geradezu verkittet. Man konnte sagen, der Schnee hatte die Teile des Gerölls zu einer einzigen Masse betoniert.

Sie kehrten zurück in den *Bücherberg*.

»Es wird leichter sein«, sagte Linda, »wenn wir versuchen, uns vom Dach aus nach oben zu graben. Wenn wir nicht warten wollen. Und ehrlich, ich glaube, es bringt nichts, auf Rettung zu hoffen. Bis die hier sind ... ich meine, bei diesen Bedingungen.«

Wie gesagt, Dach und Dachstuhl hatten größtenteils gehalten, nur einige Streben waren geknickt, hatten sich aber ineinander verzahnt und auf diese Weise eine *wilde* Form von Gebälk geschaffen. Ganz oben im First befand sich eine kleine Luke, deren Scheibe eingedrückt worden war und von wo es Schnee herunterrieselte, der im Lichtschein von Katharinas Lampe fast so etwas wie eine »Spur« bildete, einen Wegweiser. Dort hinauf würde man müssen. Von dort würde man durch das Dach gelangen, um sich dann die hoffentlich nicht allzu vielen Meter durch den Schnee aufwärts zu graben.

Natürlich war es von größtem Vorteil, dass Linda – der ja noch kein großer Bauch im Weg stand, so besorgt sie um ihren im Moment noch kleinen Bauch war –, dass sie also zu klettern verstand. Und zwar auch ohne Seil, welches drüben in der Schutzhütte lag. Und trotz der Wunde an ihrem Bein, die sie aber bereits vergessen hatte, als wäre sie vom letzten Jahr.

Von Vorteil war auch, dass Katharinas Taschenlampe einen um neunzig Grad neigbaren Kopf besaß und dadurch abgewinkelt werden konnte. So konnte sich Linda mit einem Band das Gerät seitlich an die Schläfe montieren, woraus sich eine improvisierte Stirnlampe ergab. Denn Licht würde sie dort oben benötigen.

Zusammen mit Katharina errichtete sie auf der Verkaufstheke eine kleine Konstruktion aus mehreren Stapeln besonders dicker, fester Bücher, die insgesamt eine erstaunlich massive Plattform ergaben, von der aus Linda sich in der Art eines gesprungenen Klimmzuges in die Dachkonstruktion hochbefördern konnte. Was zu einem erschreckenden Geräusch führte. Das ganze Gebälk ächzte, dabei war Linda nun wirklich ein Leichtgewicht. Man hätte sich nicht vorstellen wollen, was geschehen wäre, hätte sich Robert hier hochgezogen. – Nun, das, was man sich gerne vorstellen wollte, war, dass Robert überhaupt noch lebte.

Doch das Gebälk beruhigte sich. Gewöhnte sich an den drahtigen, dünnen, dennoch schwangeren Menschen, der da in ihm herumturnte. Und Linda schaffte es tatsächlich, hoch zur Luke zu klettern, wo sie auf einem horizontalen Balken Platz fand.

Glücklicherweise hatte Katharina im Laden eine sogenannte Outdoor-Schaufel stehen. Denn so hilfreich die Bücher für den Aufstieg waren, damit wäre es schwer gewesen, in den Schnee zu stechen. Zudem besaß die Schaufel nicht nur eine aus dem Stiel herausschraubbare Säge, sondern auch eine abnehmbare Signalpfeife. Immerhin.

»Werfen Sie mir die Schaufel hoch!«, rief Linda hinunter zu Katharina.

Katharina hatte zwischenzeitlich eine weitere Taschenlampe entdeckt, mehr eine Miniatur, einen LED-Schlüsselanhänger, den sie sich nun zwischen die Zähne steckte. Sie nahm die gefährlich zugespitzte Schaufel, die über eine Beil- und eine Sägeseite verfügte, und warf sie mit dem Stiel voran in die Höhe.

Nicht hoch genug. Sodass sie zur Seite springen musste, um von dem herunterfallenden Teil nicht getroffen zu werden.

»Also, das fehlt noch«, sagte sie, »dass ich mich umbringe, bevor mich die Natur umbringt.«

Weshalb sie nun auf die Verkaufstheke und das massive Plateau aus Folianten stieg und damit die Strecke wesentlich verkürzte.

Diesmal gelang es, ohne sich umbringen zu müssen. Katharina warf die Schaufel, und Linda erwischte den Griff.

So lag nun also ein gutes Kilo Schaufel in der Hand der Lawinenforscherin. Samt Säge und Signalpfeife. Und dieses gute Kilo hob sie an, umklammerte den Stiel fest und entschlossen und begann, das Schaufelblatt in den Schnee über sich zu schlagen, der sich über der Öffnung der zerborstenen Firstluke ausbreitete.

Schneebeton!

Es war fraglos so viel schwerer, von unten als von oben durch den unheimlich verdichteten Schnee zu dringen. Linda war ja praktisch noch nie von dieser Seite ... man könnte sagen, sie war noch nie jenseits des Schnees in diesen eingedrungen, sondern immer nur von seinem etwas lockereren Diesseits aus.

Immerhin war der Schnee so kompakt, dass kein neuer Schnee nachrutschte, wenn Linda Teile herausschaufelte, sondern sie konnte wirklich eine Röhre graben. Allerdings kam sie nur langsam vorwärts. Die größte Schwierigkeit bestand darin, sich eine neue Möglichkeit zu suchen, Halt zu finden, nachdem sie tief genug, beziehungsweise hoch genug vorgerückt war. Weshalb sie die Röhre auch nicht vollkommen vertikal grub, sondern in einer leichten Diagonale. So konnte sie in den entstandenen Schacht einsteigen und sich wie in einem sogenannten Kamin mit Füßen und Knien höherstemmen, stets ein Stück weiter, sobald über ihr wieder Raum geschaffen war.

Ein mühseliges Verfahren, und es wäre von Vorteil gewesen,

sich abzuwechseln. Was aber unrealistisch war. Katharina mochte gut im Bergwandern sein, dies hier überstieg ihre körperlichen Möglichkeiten.

Woran Linda allerdings mit größter Gewissheit glaubte, war, dass diese Anstrengung in keiner Weise ihrem Kind schaden würde. Ein Sturz schon, natürlich, aber sie würde nicht stürzen. Sie war erschöpft, keine Frage, aber in dieser Erschöpfung steckte ein Höchstmaß an Konzentration. Die Konzentration war wie ein zusätzlicher Muskel, der keine Ermüdung kannte und die Dampfmaschine am Dampfen hielt.

Konzentration und Wille.

Dann aber …

Linda stieß gegen etwas Hartes. Etwas, das härter war als der ohnedies harte Schnee.

Linda spürte die aufsteigende Übelkeit, die ihr der Schrecken bescherte. Nach all der Anstrengung! Sie schaufelte die Stelle über sich frei. Ja, es war ein Stück Felsen, irgendein heruntergebrochenes Fragment, das sich über ihr abzeichnete. Und von dem sie nicht sagen konnte, ob es in etwa dem Durchmesser ihrer Röhre entsprach und es darum möglich wäre, daran vorbeizugraben. Oder ob das Objekt so groß war, dass es nötig gewesen wäre, einen gänzlich anderen Weg zu wählen. Sie würde es herausfinden müssen. Aber jetzt war ihr Verlust an Kraft doch so groß, gepaart mit Enttäuschung und Müdigkeit, dass sie eine Pause einlegen musste. Sie stieg den Kamin abwärts, glitt durch die Dachluke, sicherte die Schaufel an einem der Balken und kehrte nach unten zurück.

»Das ist absolute Scheiße dort oben«, sagte sie und erklärte Katharina die Situation und dass sie später versuchen wolle, irgendwie an dem Felsbrocken vorbeizukommen.

»Denken wir uns einfach«, erklärte sie, »dass er nicht sehr groß ist und ich nur etwas Pech hatte, genau auf seiner Linie zu liegen.«

Pech, meinte Katharina, sei ja ohnehin das bestimmende Element ihrer beider Situation, nicht wahr?

»Sagen Sie das nicht zu einer Frau«, meinte Linda, »die ein Kind bekommt.«

»Sie haben recht«, gestand Katharina, »jetzt ruhen Sie sich erst einmal aus. Kommen Sie.«

Katharina hatte zwischenzeitlich ein kleines Lager errichtet und aus dem Schutt im Nebenraum auch noch mehrere Lebensmittel gezogen, darunter günstigerweise eine Packung mit Energieriegeln, obgleich es wie ein Hohn erschien, dass auf der Verpackung damit geworben wurde, die Riegel würden zwanzig Jahre lang halten.

Wichtig war vor allem, dass Katharina eine Kiste Mineralwasser frei bekommen hatte, denn Schnee zu trinken wäre keine so gute Idee gewesen. Schnee war wie destilliertes Wasser, abgesehen davon, dass man eine Menge davon im Mund zergehen lassen musste, um auf einen Liter zu kommen. Mindestens eine kleine Schneeskulptur des Mannes oben, der hoffentlich noch lebte und gerade anderes zu tun hatte, als betrunkene Berge und gerettete Dohlen aus dem Schnee zu schlagen.

Zusammen vergruben sich die beiden Frauen in der Ansammlung aus Kartons und Büchern, über sich die Wolldecke, mit der Robert auf seinem roten Lesesessel zu liegen pflegte. Es war empfindlich kalt geworden. Beide aßen sie einen veganen und laktosefreien Riegel auf Weizenbasis, der also keine zwanzig Jahre zu warten brauchte, um seine Bestimmung zu erfüllen.

Katharina hatte eine Kerze aufgestellt, eigentlich das Geschenk einer Kundin, eine astrologische Ritualkerze, die gewiss gedacht war, dieses Haus zu schützen. Was nicht ganz gelungen war. Die nun aber immerhin Licht spendete und damit ermöglichte, die Batterien der beiden Taschenlampen zu schonen.

So lagen die beiden Frauen nebeneinander.

Ihre von der Welt abgeschnittenen Smartphones zeigten kurz nach neun Uhr.

»Ich finde, wir sollten das Buch fertig lesen«, sagte Katharina.

»Was, den *Lächelnden Mann?* Im Ernst?«

»Ich würde schon gerne wissen, wie es endet«, meinte Katharina, sagte aber nicht, sie wolle das Ende gerne kennen, bevor das eigene kam. »Ich lese vor. Dann können Sie schlafen.«

»Na, vielleicht will ich auch wissen, wie das alles ausgeht.«

»Okay«, sagte Katharina, setzte sich ein wenig auf und griff nach dem Buch, das sie in dem Durcheinander herumgewirbelten Inventars rasch gefunden hatte. Wobei man möglicherweise sagen konnte, dass es das Buch war, welches gefunden werden wollte und ziemlich auffällig in der Schachtel gelegen hatte, in der Sharp gesundet war und an dessen Rand noch immer ein Stück von Roberts Fettecke à la Beuys klebte.

Linda rückte jetzt nahe an Katharina heran, sodass die beiden Frauen Schulter an Schulter saßen und Linda ihren Kopf in Katharinas Nacken legen konnte. Und beide spürten sie die Wärme, die aus diesem Nebeneinander entsprang, während ihrer beider Atem feine Wölkchen durch die kalte Luft blies.

Und fast gleichzeitig kam ihnen in den Sinn, wie sehr ihre Situation – dicht an dicht unter der Decke liegend – jener gleichkam, die Simon und Emmy vor fast einhundertdreißig Jahren auf der Spitze des Berges durchlebt hatten.

Katharina öffnete das Buch an der Stelle, wo das Lesebändchen eine karminrote Spur über die Buchstaben und Sätze zog – so, als hätte hier er ein sehr dünner Kardinal seine mittelalterliche Schleppe verloren –, und begann zu lesen. Mit ihrer guten, festen Stimme, die weit weniger kalt klang als vieles, was sie sonst so von sich gab.

Es blieben noch zwanzig Seiten, in denen der Erzähler der Geschichte beschrieb, wie sehr diese Nacht, dieses Überleben an der Seite Emmys, doch zu diversen Gerüchten in der Bevölkerung führte, ohne dass auch nur der Umstand eines Kusses ruchbar wurde. Aber selbst Karl Neudegger, Emmys Vater, schien Simon zu verfluchen. Und es war eben nicht allein die Angst und Sorge, die er ausgestanden hatte, nachdem seine Tochter nicht wie geplant zurückgekehrt war und er auch sofort einen Rettungstrupp zusammengestellt hatte, der noch in der Nacht aufgebrochen war. Ein Trupp Freiwilliger, der erst am frühen Morgen auf die bereits herabsteigenden beiden Vermissten gestoßen war, die man auf einer anderen Route erwartet hatte. Durchfroren, aber in überraschend gutem Zustand, hatte man doch mit dem Schlimmsten gerechnet.

Allerdings lag nun ein allgemeiner Verdacht auf dem Umstand, dass Emmy und Simon eine bitterkalte Nacht auf diesem Berg zugebracht hatten. Ihrer beider Überleben war ein großes Glück gewesen, natürlich, und die Sonntagsmesse, zu der Simon rechtzeitig erschien, ein gesellschaftliches Ereignis. Aber dieses Überleben gab eben auch Anlass zu diversen Spekulationen. Es herrschte »ein Flüstern ob irgendeiner Schande«. Ein Flüstern von einigem Ausmaß und beträchtlicher Fernwirkung. Denn die Sache schien sich bis zur Diözese Linz und von dieser zur Erzdiözese Wien durchgesprochen zu haben, woraus auch immer *die* Sache bestehen mochte.

Faktum war, dass Simon von seinem Priesteramt in der kleinen Gemeinde abberufen wurde, wobei man ihm die Aufstellung eines Gipfelkreuzes als eigenmächtige, in keiner Weise autorisierte Handlung anlastete, wie auch die Verbreitung antikirchlicher Aussagen. So wurde ihm vorgeworfen, in seinen Predigten Bemerkungen von sich gegeben zu haben, die die Richtigkeit der Darwinistischen Evolutionstheorie nahelegten, die er, Simon, in Einklang mit einer göttlichen Schöpfung und einer philanthropischen Geisteshaltung zu bringen versucht habe. Bemerkungen, die kaum jemand aus seiner Gemeinde wirklich registriert hatte, die nun aber den Kirchenoberen als Begründung dienten.

Allerdings folgte keine Suspendierung oder gar Rückführung in den Laienstand, sondern eine erneute Versetzung, die erstaunlicherweise darin bestand, dass Simon in das Amt eines Sekretärs des Erzbischofs von Wien berufen wurde (ein Mann, dem er Jahre zuvor begegnet war und mit dem er einen kleinen Diskurs über die Musik Bruckners geführt hatte, was wohl nicht ohne Eindruck auf den Bischof geblieben war. Eine Versetzung, die aber vielleicht einfach dazu diente, den »aufgeklärten Kleriker« in nächster Nähe zur Amtskirche zu wissen).

Richtig, von einem Kuss oder Schlimmerem war niemals die Rede, nur von Gipfelkreuzen und modernistischen Verirrungen. Wobei freilich zu sagen war – und der Erzähler sagte es auch –, wie tief diese Berührung zweier Lippen Simon erschüttert hatte. Nicht als Ausdruck einer Schande oder widerrechtlichen Handlung, sondern in der ungemein spirituellen Kraft, die er durch ihn, den Kuss, erlebt hatte. Auch kam er nicht umhin, da konnte er fürbitten, was er wollte, sich nach Emmy zu sehnen. Obgleich er sie in seinem Leben kein einziges Mal wiedersehen würde. Aber er vergaß sie nicht. Er bewahrte ihr Bild in seiner Seele. Ja, er meinte, von dieser seiner Seele erst darum eine wirkliche Vorstellung entwickelt zu haben, indem sich darin das Bild dieser Frau manifestierte. Seine Seele war eine Hülle gewesen. Jetzt besaß diese Hülle einen Inhalt.

Auf den letzten Seiten des Romans sitzt Simon Schindler im Zug nach Wien, betrachtet die vorbeiziehende Landschaft, ein kleines Stifter-Büchlein in seinem Schoß, dort, wo eigentlich die Bibel oder ein Gebetsbuch hätte sein müssen. Er empfindet den quälenden Verlust seines Weggangs, aber doch auch die Vorfreude auf die große Stadt. Auf einen Ort, der sich wohl wie kein zweiter eignen würde, die Jahrhundertwende zu erleben. Auch wenn Simon fern der Frau sein würde, mit der er auf der Spitze eines Berges gestanden hatte.

Der Roman endet mit dem Satz: »Er fuhr hinein nach Wien mit dem Gefühl, dort erwarte ihn das Ende der Welt gleichermaßen wie ihr Anfang. Und irgendetwas an der auftauchenden Stadt erinnerte ihn an den Berg, auf dem er gestanden hatte. Vielleicht aber war es einfach sein eigenes Lächeln.«

Katharina las nun auch noch die letzten Seiten des Nachworts, das ja in den vorangegangenen Lesungen immer wieder mal konsultiert worden war. Der Herausgeber, der den Roman nach fast hundert Jahren wiederentdeckt und ihm 1997 zu einer Neuveröffentlichung verholfen hatte, beschrieb, wie Simon Schindler in Wien die Stelle eines Sekretärs jenes Erzbischofs antrat, der als Mitglied des Österreichischen Herrscherhauses sich hartnäckig gegen den Liberalismus stellte und zu dessen Anschauungen es etwa gehörte, dass die soziale Not allein von der Kirche zu bewältigen sei. Ein Gegner der Freimaurer und ein Verteidiger des Kirchenstaats, allerdings auch ein Kritiker der aufstrebenden Christlichsozialen Partei und deren Antisemitismus, was ihn in

Widerspruch zu Karl Lueger brachte. Jenem Karl Lueger, Bürgermeister von Wien, mit dem man den »schönen Simon«, der nun also der »schöne Sekretär des Erzbischofs« war, so gerne verglichen hatte, optisch gesehen. Während Simon natürlich mit Inbrunst die Kritik an den antisemitischen Tendenzen der Christlichsozialen teilte und mit großer Enttäuschung sodann deren Anerkennung durch den Papst und schließlich auch durch den Erzbischof erlebte, weil der in dieser Partei Bundesgenossen im Kampf gegen die Los-von-Rom-Bewegung sah.

Vor allem aber litt Simon unter den Angriffen seines Dienstherren auf den Kirchenhistoriker Albert Josef Maria Ehrhard und dessen Programmschrift »Der Katholizismus und das zwanzigste Jahrhundert«. Ehrhards Ziel war es, den Katholizismus an die Errungenschaften der Neuzeit heranzuführen. Aber Simons Begeisterung für Ehrhards Thesen führte allein zu strengen Rügen durch den Erzbischof. Überhaupt erkannte Simon letztlich, dass seine Berufung nach Wien nichts anderes war als eine Strafe für seine eigene Haltung in der Modernismus-Debatte. War er doch hier gezwungen, im Interesse des Erzbischofs zu handeln.

Allerdings gelang es ihm in diesen sieben Wiener Jahren, die ihm noch verbleiben würden, Kontakt mit einigen der Künstler und Wissenschaftler aufzunehmen, die das Fin de Siècle prägten. So kannte er die Sezessionisten, kannte die Vertreter des Jungen Wien, folgte interessiert der Erforschung der Materie und noch interessierter der des Unbewussten, diskutierte die Arbeiterfrage und kam in Kontakt mit Arthur Schnitzler, der sein Arzt wurde. Und er entwickelte insgeheim eine Theologie, die er das »Mittel des Zweifels« nannte. Wie wirkungsvoll es wäre, würde sich der christliche Glaube genau daran orientieren, am Zweifel.

Am wichtigsten aber war ihm wohl gewesen, im zweiten Jahr nach seiner erzwungenen Rückkehr noch einmal den sterbenskranken Anton Bruckner besuchen zu können. Dieser befand sich mitten in der Arbeit an seiner neunten Sinfonie, deren erste drei Sätze er noch vollenden konnte. Sätze, deren Partitur Simon – wie aus einer seiner Tagebucheintragungen hervorgeht – studieren durfte. Und dabei festhielt, wie sehr er diese Musik als die klangliche Umsetzung dessen empfand, was ein einziger Kuss unter dem Dach einer Decke, unter dem Dach einer Schneekuppel, unter dem Dach eines nächtlichen Firmaments und auf der Spitze eines Berges bei ihm ausgelöst hatte. All dies gespeist von göttlicher Gnade. Sosehr er sich auch – so der Autor des Nachworts – der rein physiologischen und psychischen Faktoren bewusst gewesen sein dürfte, die ein Kuss ebenso wie eine Sinfonie auszulösen verstanden.

Ende Januar 1902 wurde Simon dann von der Erzdiözese als Beobachter zur Gründungsveranstaltung des katholischen Gewerkschaftsbunds Italiens nach Mailand entsendet. Eine Gründung ganz in seinem Geiste, aber natürlich nicht im Geiste jenes Bischofs, in dessen Auftrag er diese Reise unternahm. Sich selbst dabei als einen »Agenten« empfindend und doch in Vorfreude auf diese Stadt. So lautet auch seine letzte Tagebucheintragung: »Und endlich werde ich Leonardo da Vincis Abendmahl sehen können.«

Ob er es wirklich noch sah, ist nicht bekannt. Sondern nur, dass Simon Schindler am zweiten Tag seines Aufenthalts in einer kleinen Seitenstraße eines Vorortes, Quarto Oggiaro, dort, wo er niemals hätte sein dürfen, erschlagen aufgefunden wurde. Ein Tod in der Gosse, der völlig ohne Wirkung blieb, nicht einmal die Wirkung einer polizeilichen Untersuchung nach sich zog. So kam es auch, dass Simon Schindlers Leichnam nicht etwa zurück nach Österreich gebracht wurde, sondern in einem verlorenen Flecken auf dem Cimitero Monumentale beigesetzt wurde. Aber selbst das ist nicht sicher. Nichts scheint sicher. Es wäre vielleicht richtiger, schrieb der Autor des Nachwortes, davon zu sprechen, Simon Schindler sei in Mailand spurlos verschwunden. Wie Emmy Neudegger sechsunddreißig Jahre später in Spanien spurlos verschwunden war. Und man letztlich sagen könne, *Selbstporträt eines lächelnden Mannes auf der Spitze des Berges* sei der Roman einer ewigen Verbundenheit.

Linda war bereits eingeschlafen. Und mit dem letzten Satz des Nachworts klappte Katharina das Buch zu, schaffte es aber nicht mehr – so mächtig kam der Schlaf auch über sie –, es zur Seite zu legen. Das geschlossene Buch mit seinem schönen rostroten Einband kippte wie ein freundlicher Stein, der irgendwie den Weg vom Mars auf die Erde gefunden hatte, auf ihren Brustkorb. Dort lastete er leicht und folgte dem Auf und Ab von Katharinas Atmung. Und folgte ihr vielleicht sogar in ihre Träume, wobei in einem davon Lindas Antlitz derart mit dem eines griechischen Matrosen verschmolz – nicht wirklich das Antlitz, sondern das Wesen –, dass die träumende Katharina nicht hätte sagen können, ob der wunderbare Sex, den sie in diesem Traum hatte, mit einem Mann oder einer Frau geschah oder eben mit jemandem, der Mann und Frau in harmonischer Weise vereinte.

Es war ein heftiger Knall, der Katharina aus dem Schlaf trieb. Wie auch Linda. Ein Balken war heruntergekommen, ein Teil des Dachs eingebrochen, Schnee fiel herab, glücklicherweise aber nicht dort, wo Linda ihre senkrechte Höhlung gegraben hatte, und auch nicht dort, wo die beiden gerade lagen. Aber klar, es zeigte, wie sehr die Konstruktion unter der Last des Schnees seine Stabilität verlor.

Doch noch immer flackerte das Licht der astrologischen Ritualkerze. Es war bereits Morgen. Also draußen, über ihnen, musste gerade die Sonne aufgegangen sein, wenn nicht etwa dichte Wolken und heftiger Sturm das meiste Licht schluckten. Zu hören war jedenfalls nichts hier unten.

»Wir müssen endlich raus«, sagte Linda, »bevor alles zusammenkracht. Zusammenkracht, bevor uns noch die Luft ausgeht.«

Die beiden erhoben sich aus ihrem papierenen Lager, nahmen ihre Taschenlampen und stiegen über all die verstreuten Bücher zu jener Stelle, wo oben im Gebälk die Schaufel befestigt war.

Linda kletterte erneut hoch zu der Lücke im Dach und stieg mit der Schaufel in den diagonalen Tunnelgang im Schnee. Und wieder hatte sie die Taschenlampe zur Stirnleuchte umfunktioniert. Wobei sie für einen Moment der belustigende Gedanke erfüllte, einem dieser Tiefseefische zu ähneln. Ebenfalls von faszinierender Hässlichkeit zu sein, mit einer Laterne auf dem Schädel durch die Finsternis zu tauchen.

Eine kletternde Laterne.

Mit der Kamintechnik gespreizter Beine gelangte sie bis zu der Stelle, wo ein waagrecht liegendes Felsstück den Weg versperrte. Weshalb sie nun seitlich eine Abzweigung in den festen Schnee grub, eine kleine Kurve, die hoffentlich an dem Gestein vorbeiführen würde. Allerdings wurde es nun schwieriger, den weggeschaufelten Schnee nach unten zu befördern, durch die Rinne hinunter ins Gewölbe des *Bücherbergs*.

Es waren wohl drei Meter, die sie geschafft hatte. Auf diese Weise war sie ans Ende der Kurve gelangt, somit wieder in der Lage, fast senkrecht nach oben zu graben.

Und dann ... sie spürte die Bewegung. Die Bewegung des Schnees. Eine Masse, die sich über ihr zu verschieben begann.

Augenblicklich zog sie die Beine eng an sich und gab ihre Haltung auf, um abwärtszurutschen. Aber zu spät, der herabbrechende Schnee hüllte sie ein, umschnürte sie, mauerte sie ein. Sie konnte nur noch – indem sie beide Hände wie eine kräftige Blüte über ihre Stirn legte – einen kleinen Hohlraum schaffen, eine Blase, sodass ihr Gesicht in dieser Blase halbwegs frei blieb, auch wenn der Schnee gegen ihre rechte Wange drückte und ihr rechtes Auge verschloss. Doch ihre linke Gesichtshälfte und vor allem ihr ganzer Mund erhielten sich die winzige Freiheit dieser kleinen Blase. Eine Freiheit, die auch ihren linken Rumpf einschloss, sodass sie den Arm auf dieser Seite bewegen konnte, während ihr rechter in angewinkelter Haltung feststeckte. Ebenso ihre beiden angehobenen Beine, die sich keinen Zentimeter rühren ließen.

Sie konnte es sehen, denn da war noch immer der Schein ihrer Stirnlampe, die zwar nicht mehr an ihrer Stirn saß, sondern irgendwo hinter ihr stecken musste, aber weiterhin funktionierte.

Linda wollte versuchen, sich mit ihrer freien Hand nach unten hin auszugraben, in der Hoffnung, dass die Röhre zumindest nahe der Dachluke intakt geblieben war.

Natürlich, es war ein ungemeiner Schrecken in ihr, der Horror des lebendig Begrabenseins, unaussprechlich, aber auch ein Instinkt des Überlebenwollens und die Kraft eines noch immer freien Arms. So, wie der kleine Hohlraum, den sie um sich geschaffen hatte, der ihren »Spielraum« darstellte. Dem sie verdankte, nicht augenblicklich das Bewusstsein verloren zu haben.

Sie grub mit den Fingern und holte den Schnee von ihren Oberschenkeln, was freilich bedeutete, ihn nach oben hin in jenen »Spielraum« zu verschieben, der dadurch weiter an Größe einbüßte. Aber anders ging es nicht.

Sie dachte an das wachsende Leben, das sie in sich trug, die großartige Geborgenheit trotz der fatalen Situation. Noch. Denn so hart es klingen mochte, sie war der Wirt. Die Wirtin für dieses keimende Leben, das einmal den Namen Lilli erhalten sollte. Eine Wirtin, deren Sinne schwanden …

Und dann vernahm sie das Geräusch. Den Klang. Nicht den Klang des Schnees, sein merkwürdiges Rauschen, auch wenn er stillstand. Vielmehr war es ein zirrender Laut. Etwas, das so klang, als rufe jemand: *Zeitlich zimpert ziemlich das Zillertal!*

Ein verrückter Satz … Nein, es war natürlich der Ruf einer Alpendohle. Nicht irgendeiner. Sharp!

Es war Sharp, der von jenseits der Schneedecke seine Laute ausstieß.

Und während Linda den Ruf vernahm, bemerkte sie im diffusen Schein ihrer Lampe und mit einem Auge, dass dort, wo sie ein Stück ihres angehobenen linken Oberschenkels freigegraben hatte, etwas rötlich schimmerte. Sie dachte zuerst an Blut, Blut aus ihrer Wunde, aber es war doch … sie fasste danach, grub mit wilder Entschlossenheit und brennenden Fingern und spürte nun den Stoff eines Bandes. Es war die signalrote Schlaufe oben auf der Schaufel, die zwischen ihren Beinen eingeschlossen war. Mit zwei Fingern gelangte sie an den Stielkopf und konnte das Element herausschrauben, darin sich die Signalpfeife befand. Diese führte sie mit eng anliegendem Arm zu ihrem Mund hoch, tat die Pfeife wie einen letzten Knochen zwischen ihre Lippen …

Es war ein Wirbel monströser Gedanken in ihrem Kopf, während sie nun mit aller Kraft ihren Atem in das kleine Gerät stieß und sich ihr Luftstrom im Resonanzraum – auch dieser ein »Spielraum« – in einen Ton verwandelte.

Linda erzeugte einen Piff. Dann noch einen weiteren, einen

dritten und vierten. Endlich machte sie eine Pause, biss aber die Zähne fest zusammen, um die Pfeife nicht aus ihrem Mund zu verlieren.

Das Licht aus der Taschenlampe war erloschen.

Linda taumelte in eine halbe Bewusstlosigkeit, ein Pendeln zwischen dem Wissen, im Schnee eingesperrt zu sein, sowie dem Gefühl, wieder jenes kleine Mädchen zu sein, das man in einem Raum gefangen hielt, aus dem kein Ton nach draußen drang. Und keiner nach drinnen.

O doch!

Da war Sharps Rufen: *Zotige Zeiger zwinkern!*

Und dann spürte Linda … es war, als berührte sie jemand an der Schulter. Jene Schulter, die vom Schnee begraben war. Es war mehr die Berührung eines Fingers. Wie angetippt zu werden.

Die Berührung verschwand wieder. Neue Panik überkam sie. Die Panik einer auf einer Insel Verschollenen, die erkennt, dass das Schiff vorbeifährt, das Flugzeug vorbeifliegt, die Flaschenpost zurück an den Strand gespült wird.

Es dauerte.

Sie blies letzte Luft durch ihre Pfeife. Eine Pfeife, die sie sich jetzt wirklich als einen Knochen dachte. Sie, eine frühe Forscherin der Steinzeit, die sich fürchterlich verirrt hatte. In einer sternlosen, mondlosen Nacht.

Und dann kam das Licht.

Ein Loch in der Dunkelheit über ihr. Ein blauer Kreis.

Ein blauer Kreis, der größer wurde. Und in diesem größer werdenden Kreis nun das Gesicht eines Mannes: Robert. Und über dem Gesicht des Mannes – eine kondenzstreifenartige Linie durch das Blau ziehend – die rufende Alpendohle namens Sharp: *Zimmerer zimmern Zimmerfluchten!*

Zum Licht kam die Luft, und um Linda herum wich der Schnee, den Robert zur Seite schaufelte.

Linda lachte, dabei fiel ihr endlich die Pfeife aus dem Mund. Allerdings landete sie genau in der Innenhandfläche ihrer linken Hand, die sie gegen ihren Bauch gepresst hielt. Diese Pfeife würde einige Jahre später am gleichen roten Band über der Brust der kleinen Lilli hängen. Ein Talisman gleichermaßen wie ein probates Mittel, sich einen kräftigen Ton zu verschaffen, selbst wenn man keine Schiedsrichterin war. Und diese Pfeife würde auch Lilli sehr viele Jahre später das Leben retten, aber das war eine andere Geschichte.

Robert schaffte es, Linda vollständig aus dem Schnee zu befreien, und mit einer Kraft, die immerhin einem ehemaligen Champion im Schwergewicht gehörte, zog er sie aus dem Loch und brachte sie hinüber zum Schutzhaus, welches völlig unbeschadet geblieben war.

Er half ihr auf die Kaminbank, hüllte sie in eine Notfalldecke ein, die Silberseite zum Körper, während die goldene Außenseite ihr eine Anmutung verlieh, als sei sie für eine Reise ins Weltall verpackt worden.

»Katharina …«, sagte sie, »sie ist noch unten … im Haus, im Laden.«

Linda erklärte Robert in raschen und zugleich stockenden Worten die Situation, auch, wie er es schaffen könnte, hinunter in das halb zerstörte Gebäude und zu Katharina vorzudringen.

Wobei es freilich ebenso eine Möglichkeit gewesen wäre, die Bergrettung abzuwarten. Auf den Helikopter zu warten, wenn dieser in den nächsten Minuten über der Hütte kreisen und mit Helfern und Gerät landen würde.

Wenn! Ja, wenn!

Natürlich hatte Robert sofort versucht, die Bergrettung zu benachrichtigen. Aber das war gewesen wie der Versuch, einen toten Mann ans Telefon zu bekommen. Erst als sich der Sturm frühmorgens mit der schon üblichen Plötzlichkeit gelegt hatte, mit der hier alles Wetter kam und ging, hatte sich zumindest der Anschein einer Kontaktaufnahme ergeben.

Die beiden Handys freilich, die Robert gefunden hatte, hatten keinerlei Empfang angezeigt. Und auch mit dem Satellitentelefon kam er nicht weiter. Weshalb er sich des Handfunkgeräts bediente. Klar, er war kein Funkspezialist. Aber über der Apparatur klebte ein Zettel mit den Anweisungen einer korrekten Nutzung. So stellte Robert mittels Ultrakurzwelle hintereinander die drei

Kanäle ein, um über die Landesfrequenz mit der Bergrettung, der Feuerwehr und schließlich auf Kanal 3 mit dem Roten Kreuz Kontakt aufzunehmen. Und in der Folge auch noch weitere Bergrettungsfrequenzen zu versuchen. Doch so richtig gelang es nicht. Die Stimmen, die er vernahm, wenn er etwas vernahm, gingen in einem massiven Rauschen unter. Es hörte sich eher an, als würden die Retter selbst der Rettung bedürfen. Es war, als sei die ganze Menschheit, zumindest die der Funktechnik mächtige Menschheit, unter einer nicht zu entschlüsselnden Welle begraben. Einer Welle, durch die all die Stimmen nur noch als ein Glucksen drangen.

Doch Robert sprach stur die vorgeschriebene »Formel« auf, die er mit einem »Achtung, Spruch!« einleitete, sodann den Namen der Schutzhütte und deren genaue Koordinaten nannte und bei heruntergedrückter Sendetaste die Notlage erklärte. Dies in der Hoffnung, man würde ihn hören, wenn schon er niemanden hörte, zumindest nicht richtig. Und sendete immer wieder jenen 1750-Hertz-Ton aus, der als sogenanntes »Aufmerksamkeitszeichen« galt. Ja, das war es wohl, auf sich aufmerksam zu machen. Im Unglück zu sein.

Aber er konnte nicht ewig warten und hatte schon in der Nacht, bei miserabelsten Bedingungen zu graben begonnen.

Er selbst war zum Zeitpunkt des Unglücks in der Küche der Schutzhütte gestanden. Linda, die neuerdings so Hungrige, hatte ihm noch zugerufen, er solle keinesfalls bei der Menge sparen, wenn er koche. Weshalb er sich auf ein Abendmahl eher für fünf Esser als für drei eingestellt hatte.

Und während er da ein mächtiges Stück Fleisch aus der Gefrierkammer holte, vernahm er den gewaltigen Donner, spürte die Erschütterungen, spürte, wie der ganze Boden zitterte. Spürte die Bewegung des Berges und des Schnees. Ließ das Fleisch fallen und beeilte sich, aus der Hütte zu kommen.

Im Laufen griff er nach der Stirnlampe, rannte aus dem Haus und blickte hinüber zu *Katharinas Bücherberg*. Aber da war kein Laden. Er konnte nicht viel erkennen, aber das erkannte er: nur eine Fläche gehäuften Schnees. Allerdings war da auch keinerlei

Hinweis, eine Lawine könnte den Buchladen einfach davongefegt haben. Es fehlte die Spur einer Lawine, vielmehr schien der Hang selbst sich verändert zu haben.

Es dauerte lange, ein langes Herumirren in der Dunkelheit, bis Robert begriff, dass die Möglichkeit bestand, die Erde hätte den *Bücherberg* verschluckt und sei von den Massen nachrückenden, abbrechenden Schnees begraben worden. So ungefähr. Wollte er nicht einen Unsinn annehmen wie den, ein gewaltiger Luftstrom hätte das ganze Gebäude in den Himmel gezogen oder Außerirdische hätten die Buchhandlung in ihr Raumschiff befördert. Die Buchhandlung irrtümlich für ein militärisches System haltend … Wobei manche ja auch fanden, dass Bücher Waffen waren.

Nachdem der Tag angebrochen war, der Sturm sich gelegt hatte und Robert seine verschiedenen Notrufe durchgegeben hatte – sich dabei an die auf dem Stück Papier notierte Regel *Denken – Drücken – Schlucken – Sprechen* haltend (ohne das mit dem Schlucken so richtig verstanden zu haben) –, war er auf die weite Fläche zurückgekehrt, wo vorher Katharinas Buchladen gestanden hatte. Er hatte zwischenzeitlich im Lagerraum der Schutzhütte nicht nur eine spezielle Lawinenschaufel entdeckt, sondern auch eine Lawinensonde. Mehrere Elemente, die er mittels Kordel zu einer langen Stange verband. Klar, er kannte Derartiges nur aus Filmen und den Nachrichten, wenn Gruppen von Helfern systematisch ihre Sonden in den Schnee stießen.

»Ich bin eine Einmanngruppe«, sagte er sich.

Der bittere Humor, der im Gesagten steckte, stachelte ihn an. Er imaginierte einen weiten Raster, den er gedanklich über die unebene Fläche zog. Und begann nun, die gut drei Meter lange Sonde Stück für Stück in den Schnee zu tauchen.

Dabei träumte er vor sich hin.

Das klingt ziemlich komisch. Aber es hatte nun mal etwas Schlafwandlerisches, wie Robert hier im Abstand von etwa zwanzig Zentimetern dünne Löcher in den Schnee bohrte.

Um auf was zu stoßen? Auf das Dach der Hütte? Und sich dann zu diesem Dach hinunterzugraben? Wenn dieses Dach überhaupt noch stand, überhaupt noch in der Lage war, seine

Funktion zu erfüllen. Eine schützende Haube für Menschen zu sein.

Er träumte. Er träumte vom Boxen. Er träumte von jenem Kampf, der sein Leben verändert hatte. Nur, dass er diesmal eben nicht zuschlug, sondern auf diesen einen letzten Schlag verzichtete. Seine Faust in der Luft stehen ließ, wo sie richtiggehend einfror. Nur noch Faust war, sinn- und zwecklos, aber schön.

Er sah die Faust, wie sie sich auflöste. Wunderbar. Wie sie da in der Luft stand und zu vielen kleinen Kristallen zerfiel, die ihrerseits zerfielen. Und danach die Faust bloß noch gleich einem wolkigen Abdruck eine leere Sprachblase bildete. Etwas Gehauchtes.

Und während er träumte und stocherte …

Ein Geräusch holte ihn aus seinem Traum. Er blickte nach oben. Da war der Vogel, die Alpendohle, Sharp, natürlich! Der Vogel segelte in weiten Bögen über die Fläche und gab dabei sein übliches *Zirrr! Zirrr! Zrrriiieh!* von sich. Die Kreise immer enger ziehend. Immer genauer einen bestimmten Punkt dieser Fläche umrundend.

Und dann …

Robert vernahm einen pfeifenden Ton. Aber nicht von oben, sondern von unten, aus der Tiefe. Und gleich noch einen. Als würden Vogel und Schnee sich unterhalten.

Er lokalisierte die Stelle, an der das Pfeifen nach oben gedrungen war, und begann eiligst, den Abschnitt mit seiner Sonde abzusuchen. Zehnmal, zwanzigmal, verzweifelt. Doch endlich stieß er auf etwas, was kein Schnee war. Und sich auch nicht anfühlte wie fester Stein oder festes Holz. Leicht nachgab wie bei einem kleinen Polster. Etwas, das sich in eineinhalb Metern Tiefe befinden musste, wie er an der Skala seiner Sonde ablesen konnte.

Er grub. Nie war er schneller und kräftiger gewesen, nicht einmal vor dreißig Jahren im Ring. So groß dabei die Angst auch war, nicht etwas Lebendes, sondern etwas Totes zu finden. Nach so vielen Stunden. Andererseits, seit wann war der Tod in der Lage, in eine Signalpfeife zu blasen?

Es gibt keine Wunder. Es gibt nur das Glück günstiger Umstände, die einem mitunter als Wunder erscheinen. Und das eigentliche Wunder wäre dann, überhaupt dieses Glück empfinden zu können.

Endlich sah er etwas, nachdem er die eineinhalb Meter weggeschaufelt hatte. Sah zuerst aber kein Kopftuch, wie Katharina es zu tragen pflegte, sondern Lindas hellgrüne Wollmütze über dem blonden Haar. Schaufelte so rasch wie vorsichtig weiter, befreite nun mit bloßen Händen den Kopf der Frau, dort, wo sich seitlich ein kleiner Hohlraum gebildet hatte. Blickte in das Gesicht einer Lebenden.

Wunder des Glücks!

Kein Geräusch eines Helikopters. Keine Meldung aus dem Funkgerät. Kein Trupp nahender Helfer. Überhaupt eine eigentümliche Stille. Noch stiller als die übliche Stille am Berg.

Robert wollte nicht warten. So gut es tat, Linda gerettet zu haben. Es war – auch wenn das absurd klang – zu einfach gewesen. Denn natürlich empfand er alles, was hier geschah, als eine Sühneleistung. Das hatte ja wohl eine Funktion im Gefüge scheinbarer Zufälle, dass er in der Schutzhütte gewesen war, als die Buchhütte abgetaucht war. Im Gefüge des Ausgleichs. Den Tod eines Gegners und den Tod der eigenen Tochter verschuldet zu haben und nun zwei Menschen retten zu können. Weshalb er ja auch nicht hatte sterben dürfen, damals, als er sich in das Vergessen und in Eis und Schnee geflüchtet und sich einen gnädigen Tod erwartet hatte.

Er machte sich also daran, an der Stelle, an der er Linda gefunden hatte, tiefer nach unten zu graben. Tiefer und tiefer, eine Röhre schaffend, und dabei tatsächlich in das Fragment wiederum jener Röhre geratend, die von Linda stammte. Wie da also zwei senkrechte Tunnels zusammenstießen. Damit allerdings … Der Schnee bewegte sich, gab nach. Es war das Dach, das nachgab. Der bewegte Schnee umschloss Robert wie eine Kapsel. In dieser Kapsel gefangen rutschte er abwärts, durch das nun weit aufgebrochene Dach, vorbei am geknickten Gebälk und landete auf dem Boden des *Bücherbergs*, wo seine Kapsel auf einem kleinen Schneehügel zerbarst und ihn freigab.

Er war unverletzt geblieben. Und wäre er verletzt gewesen, dann hätte er gesagt: Das ist nicht die Zeit und nicht der Moment, verletzt zu sein. Vorher, nachher, nicht jetzt.

Allerdings hatte er seine Stirnlampe verloren und konnte sie auch nicht mehr finden. Immerhin war im Zuge all der Umschichtungen ein durchgehender, bis nach oben ins Freie führender schmaler Schacht entstanden, so fragil dieser auch sein mochte. Durch ihn rieselte nicht nur der Schnee herunter, sondern es drang auch etwas Tageslicht herein, welcher das Chaos erleuchtete. Licht, als scheine ein schwacher Mond.

Und dann sah er Katharina. Sie lag inmitten ihrer Bücher, zugedeckt von einem Bücherberg, sodass nur noch ihr Kopf heraussah, ihr von einem seidenen Kopftuch eingefasstes Gesicht. Und ausgerechnet dort, wo so ungefähr Katharinas Herz sein musste, zeigte sich die markante rostrote Gestalt jenes Romans mit dem Titel *Selbstporträt eines lächelnden Mannes auf der Spitze des Berges*.

Über Katharinas Herz. Einem Herz, das noch schlug.

Denn als sich Robert jetzt über die Buchhändlerin beugte, öffnete sie ihre Augen zu einem schmalen Spalt. Und auch ihre Lippen, aus denen irgendein unverständliches Wort herausschlüpfte.

Es war nicht zu ändern, er musste jetzt an die Stelle aus dem Roman des Priesters denken. An die Stelle mit dem Kuss, als die Lippen des Geistlichen und der jungen Fotografin sich trafen. Aber klar, dies war in seinem Fall unmöglich, wäre mehr eine Überschreitung im Sinne eines Vergehens gewesen, hätte er nun diese halb bewusstlose …

Es war Katharina, die ihren Kopf ein Stück anhob und ihre Lippen auf die von Robert drückte. Er merkte, wie schwach sie war, und führte seine Hand hinter ihren Kopf, um sie zu stützen.

Und ja, es war ein Kuss, wie Simon Schindler ihn vor fast hundertdreißig Jahren beschrieben hatte. So ein Stückchen Unendlichkeit, auch wenn Unendlichkeit etwas Blasphemisches an sich hatte. Mehr war dazu nicht zu sagen.

Aber klar, dieser Kuss würde Katharina nicht retten.

Robert löste sich von ihren Lippen, befreite die stark Unterkühlte von all den Büchern – klemmte sich allerdings jenen rostroten Band zwischen Hosenbund und Gesäß – und half Katharina in die Höhe.

Sie war zittrig auf den Beinen, doch das Leben war in sie zurückgekehrt. Vielleicht auch nur, weil sie keine Lust hatte, von Robert geschultert oder sonst wie getragen zu werden. Es reichte, dass er sie auf eine Weise stützte, so, wie sie ihn gestützt hatte, als sie sich erstmals begegnet waren.

Gemeinsam stiegen sie über die Bücher und Balken hinüber zu der Stelle, wo jetzt eine richtiggehende Wand aus Schnee hoch zum zerstörten Dach und von dort in den schmalen Schacht führte. Keine ganz senkrechte, aber doch recht steile Wand, in die Robert mit der Lawinenschaufel, die es glücklicherweise ebenfalls bis nach unten geschafft hatte, Stufen schlug. Stufen, die es ermöglichten, nach oben zu gelangen, zumindest bis zu der Stelle, wo das Dach in den Schacht überging. Denn dieser war nun wirklich senkrecht. Es hätte schon der Kamintechnik Linda Hellmunds bedurft, um weiter vorwärtszukommen. Eine Technik, die weder Robert noch Katharina beherrschten und die sich auch in größter Not nicht so einfach erlernen ließ. Eher bestand die Gefahr, zurück ins Innere des *Bücherbergs* zu stürzen. Dennoch versuchte Robert jetzt, Katharina in den Schacht zu hieven.

Weil zum Wunder eigentlich immer ein zweites gehört – weil so gut wie alles in der Welt als Paar auftritt, wenn auch nicht immer als glückliches –, glitt in diesem Moment ein Seil den Schacht herunter. Ein Seil, an dem sich zwei Steigklemmen befanden, die jeweils mit einer Trittschlinge verbunden waren.

»Ausgezeichnet. Hoch mit Ihnen!«, sagte Robert, der vermutete, dass nun also doch die Bergrettung eingetroffen war.

»Sie kommen aber sofort hinterher, okay!«, mahnte Katharina, und es war jetzt wieder etwas mehr Farbe in ihrem Gesicht und nicht nur auf ihrem Kopfband. Sodann ließ sie etwas Verblüffendes folgen: »Wir brauchen Sie noch fürs Abendessen.«

»Was wünschen Sie sich denn?«, fragte er.

»Fisolensalat«, antwortete sie, umklammerte die Steigklemmen rechts und links und verankerte ihre Füße in den beiden Bandschlingen, musste freilich auf eine Sicherung verzichten, da sie ja ohne Gurt war. Allerdings war der Schacht so schmal, dass sie auch mit dem Rücken an der Schachtwand Halt fand. So ging es nach oben, Tritt für Tritt, Zug um Zug.

Robert sah durch den Schacht nach oben, wie Katharina ins Freie gelangte, und sah nun auch Lindas Kopf über dem Katharinas. Es war also nicht die Bergrettung gewesen, die das fixierte und mit Klemmen und Schlingen versehene Seil heruntergelassen hatte, sondern die Lawinenforscherin im Dienste der oberösterreichischen Landesregierung. Die sich ganz offensichtlich nach kurzer Aufwärmung aus ihrer Weltraumverpackung befreit hatte, um nach dem Verbleib Roberts zu sehen und beim Anblick des entstandenen Schachts das einzige Richtige getan hatte.

Katharina war also gerettet. Beide Frauen lebten.

Roberts Impuls bestand für einen leidenschaftlichen Moment darin, sich von dem kleinen Vorsprung, auf dem er stand, zu lösen, sich fallen zu lassen, die schräge Wand abwärtszustürzen, seine gut hundert Kilo zurück in den dunklen Bücherberg zu befördern, bevor dann alles zusammenkrachen und ihn begraben würde.

Endlich loslassen. Und wenn das irgend möglich war, Kerstin zu begegnen. Der naiven Hoffnung nachzugeben, im Tod wieder mit seinem Kind zusammen zu sein. Es in die Arme nehmen zu können, wie auch immer Arme im Jenseits beschaffen waren. Das Kind auf dem Schoß zu halten wie damals, als das Kind wirklich Kind war.

Vergebung.

Merkwürdigerweise vernahm er – er, der doch wirklich seiner Mutter wegen mit der Musik auf Kriegsfuß stand – jetzt ein lange nicht mehr gehörtes Klavierstück an seinem Ohr. Ein Stück, das er als Kind ständig hatte spielen müssen und ihm während des Spiels vorgekommen war, als würden seine Finger abbrechen. In seinem Rücken hatte die Mutter gestanden, der Teufel auf Urlaub in Wien.

Und doch vernahm er jetzt den wunderbaren Klang dieser

Komposition von Bach, die Nummer Drei aus dem zweiten Teil des *Wohltemperierten Klaviers.* Cis-Dur, nicht wahr? Und es stimmte ja, dass er diese gehasste Musik auch geliebt hatte, exakt dieses Stück, und sich schon damals gedacht hatte, dass, wenn er einmal sterben würde, er dann diese eine Musik hören wollte, natürlich nicht in der eigenen, die Finger abbrechenden Interpretation, sondern in der von … eventuell von Evelyne Crochet. Schon wegen ihres schönen Namens, na ja, und auch des schönen Anschlags. Einfach nur den Anfang des Stücks, das Präludium, immer wieder das Präludium, in einer in den Tod führenden Dauerschleife.

Doch als er bereits dabei war, einen Schritt ins Leere zu tun, kam mit einem Mal das Seil herunter und blieb geradezu provokant – die Steigklemmen exakt auf Blickhöhe – vor ihm hängen.

Von oben rief ihm Linda etwas zu. Nicht ganz so sarkastisch wie Katharina zuvor, die ihn wegen seines famosen Fisolensalats am Leben wissen wollte. Aber doch recht verlangend. Es eile. Wind sei aufgekommen, der Schnee werde weiter in Bewegung geraten.

Das eine Bein noch über dem Abgrund zögerte er. Musste sich zwischen oben und unten entscheiden.

Zwischen der Hoffnung, seine Tochter wiederzusehen, und … Er holte das Bein zurück.

Gut, er würde nach oben klettern. Er würde den beiden Frauen ein Abendessen bereiten, er würde erfahren, wie *Selbstporträt eines lächelnden Mannes auf der Spitze des Berges* endete, und er würde am nächsten Tag ins Tal marschieren und sich der Polizei stellen. Als der Mann, der er war, der einen Unfall verursacht hatte, bei dem seine Tochter gestorben war. Und der in einem Wahn von Verdrängen und Vergessen vom Ort des Geschehens geflüchtet war.

Das würde er tun.

Er setzte seine Füße in die Schlingen, umklammerte die Steigklemmen, und im Takt einer Spielzeugfigur – der Boxer als Bildhauer als Klettermaxe – stieg er nach oben.

Das Buch eines Priesters in seinem Rücken drückte im Rhythmus der Bewegung.

Stunden später standen sie zu dritt auf der Terrasse der Schutzhütte. Über ihnen ein wolkenloser Himmel. Dazu ein leichter, ungewöhnlich warmer Wind. Kein Föhn, anders. So, als kündige sich am Ende des Jahres, noch vor Weihnachten, der Frühling an. Ein Frühling aus dem laufenden Jahr, der sich schrecklich verspätet hatte. Ein Frühling wie einer dieser Postbusse, deren Ankunft wirklich niemand mehr erwartet hatte.

Die drei blickten in die Ferne. Hielten Ausschau. Überlegten, was sich verändert haben könnte. Was sofort auffiel, war, dass absolut nirgends ein Flugzeug den Himmel kreuzte.

Sie hatten zuvor versucht, mittels des Funkgeräts Kontakt aufzunehmen, nicht nur zur Bergrettung, sondern vor allem zu jener in zwei Gehstunden entfernten Bergstation einer Gondelbahn, von wo Katharina in der Regel ihre Vorräte erhielt und nicht zuletzt auch immer wieder ihre Lieferungen neuer Bücher. Doch sämtliche Verbindungen waren stark gestört. Es hatte also nicht an Roberts Unfähigkeit gelegen, ein Funkgerät zu bedienen. Ein heftiges Rauschen übertönte ein unverständliches Gewirr von Stimmen. Stimmen, die erneut den Eindruck erweckten, als würden die Helfer selbst einer Hilfe bedürfen. Stimmen, die nach einiger Zeit vollkommen im Rauschen untergingen. Nur einmal, ein einziges Mal, meldete sich mit ungemeiner, geradezu erschreckender Klarheit eine weibliche Stimme, ganz kurz nur, gerade so lange, um einen einzigen Satz hörbar werden zu lassen: »Bleibt um Himmels willen, wo ihr seid.«

Und das taten sie dann. Standen im warmen Wind auf der Terrasse. Blickten auf das Land, erlebten das Déjà-vu eines von Flugzeugen leer geräumten Himmels und meinten außerdem, am Horizont einen ungewöhnlichen Glanz zu erkennen. Als hätte jemand eine Silberkette am Ende der Welt aufgespannt. Und dazu diese ungemeine Stille, obwohl ja Wind ging. Der lautlose Wind eines stark verspäteten Frühlings. So still, dass man nun den Flügelschlag Sharps in einer Weise hören konnte, als fahre eine scharfe Schere durch dünnes Zeitungspapier.

Die Alpendohle landete auf einem Balken nahe den dreien und schien ebenfalls zum silbrig verwandelten Horizont zu blicken.

So standen und saßen sie eine ganze Weile. Bevor es dann Abend wurde und man sich ins Innere der Schutzhütte begab.

»Also, was auch immer geschehen ist«, meinte Linda, »ich habe Hunger.«

»Ich auch«, sagte Katharina und skizzierte mit Zeigefinger und Daumen eine Figur in die Luft, bei der es sich möglicherweise um die Gestalt einer Fisole handelte.

Robert nickte und machte sich an die Arbeit.